사의 찬미

한소진 장편소설

사의 찬미

우리나라 최초의 여성 성악가
윤심덕의 뜨거운 삶과 사랑

해냄

차례

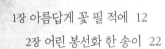

* 알려드립니다.

1) 이 소설에 등장하는 실존 인물에 대한 서술은 작가가 소설적으로 창작한 것임을 밝힙니다.

2) 역사적인 사실에 대한 출처 및 설명은 미주로 처리해 책 말미에 밝혀 두었습니다.

3) 본문에 인용하는 작품은 최근 표기법에 따랐습니다.

조선의 특별한 별, 윤심덕

길고양이 같은 인생들.

그중에서도 그 여자는, 어느 길 어디쯤에서 방황하던 사람일까요. 불안, 분열, 공포, 추위, 슬픔……. 가출자이며 피난자이고 폐쇄자가 되어 버린 그녀는 자신이 어디로까지 내몰렸는지 알고나 있었을까요.

한때는 식민지 조선의 작은 위안이 되길 소망하며 꽃삽으로 노래를 파 내어 세상에 흩뿌리던 그 여자. 그러나 이제 와서는 더 이상 아무것도 아닌 채 썩은 낙엽이 되어 뒹구는 그 여자.

윤심덕. 그녀는 조선 전체가 처음으로 경험하는 특별한 별이었습니다. 그녀의 노래에 열광하던 사람들은 뭔가 결핍되어 있는 자아를 해방시키고 싶었고, 삶의 공복감을 그녀에게서 채우려 했으며, 숨 막히게 옥죄어 오던 권위와 억압을 다 내던져 버리고자 애썼습니다. 그들에게 윤심덕은 하나의 동경이며 비상구였으니까요.

그녀로 하여 마침내 조선의 흑백 사진은 봄 햇살로 피어난 천만 가지 꽃으로 새롭게 물들어 갈 준비를 마쳤던 겁니다. 가부장제와 식민지의 아픔이 뒤엉킨 이 땅에서, 봄을 맞은 그들은 낡고 칙칙한 외투를 훌훌 벗어 버리고 들뜬 외출을 준비하기까지 했지요.

나도 그랬으니까요.

그런데 1년이 지나고 2년이 지나면서 사람들의 태도가 조금씩 차가워져 갔어요. 그들은 웬일인지 이 세상이 조금만 더 있다 바뀌길 바라는 것처럼 굴었습니다. 그들은 아직 구습의 높은 담장을 넘어설 용기가 부족했던 겁니다. 뭐가 무서웠는지 자꾸만 머뭇거렸어요. 아니, 머뭇거리다 못해 뒷걸음질까지 쳤어요.

그게 문제였지요. 새로운 문화를 거부하고 외면할 때 더 이상의 나아감은 없다는 걸 알면서도 조선인으로 살아왔기에, 그 완고하고 차갑기만 한 사고의 틀에서 벗어나지 못했던 거예요. 그래서, 그녀에게 희열을 느끼던 이들은 날이 갈수록 모든 것을 원점으로 되돌려 놓기에 바빴습니다.

비록 그런 상황일지라도 그녀가 호화로운 삶을 원했다면 그들의 숨겨진 욕구에 맞춰 가며 온몸에 값비싼 옷을 두르는 것은 몹시 쉬웠을 겁니다. 관객과 타협하는 일, 그로 인해 두툼해지는 저금통장은 얼마나 흥미진진한 일이었을까요.

윤심덕이 성악가로 데뷔한 지 3년째.

그녀의 목소리가 유흥가 뒷골목 술집에서 나뒹굴 수도 있으리라는 불길한 예감에 휩싸인 건 비단 나뿐만 아니라 저자의 모든 이가 눈치채고 있던 일입니다. 서른 살, 그녀는 공연을 할 때마다 이 노래를 힘없이 불렀으니까요.

"어언 간에 여름 가고 가을바람 솔솔 불어, 아름다운 꽃송이를 모질게도 침노하니, 낙화로다 늙어졌다, 네 모양이 처량하다……"

하루가 멀다 하고 신문을 화려하게 수놓던 그녀의 이름 석 자가 이제는 낙화하는 봉선화와 다름없이 초라해져 갔어요. 대중이 쏟아 내는 이중성은 무대에 서야 하는 이들이라면 누구나 겪어야 할 행로였지만 그녀는 독설과 비난에 힘없이 노출되어 누구보다 몰락이 빨랐습니다. 안타까운 건 모두가 유난히 윤심덕에게는 더 까다롭고 혹독하게 굴었다는 겁니다.

어느 날인가 나는 여전히 종로 뒷골목, 누추하기 짝이 없는 그녀의 무대를 찾습니다. 몇 명 안 되는 관객 중에는 나 같은 어린 학생이 대부분이었어요. 그런데도 그녀는 혼신을 다해 최상의 노래를 불러 주었습니다.

몇 곡이 끝난 후 윤심덕은 관객 한 사람 한 사람의 눈을 일일이 맞추며 자신에 대한 이야기를 꺼내기 시작합니다.

"하아, 이놈의 심장 하나가 문제입니다, 심장이 문제예요. 성악
가에서, 대중 가수로, 엔카까지 부르며 벼랑 끝까지 왔는데 심장
은 나를 이대로 방치할 수 없나 봐요. 이놈이 매일 정신을 차리라
고 내 머리채를 잡아끄네요."

자신의 가슴을 탁탁 치며 그녀는 조금 웃었습니다. 그런데, 어
느새 그녀의 눈에 눈물이 맺혔어요.

"저요, 영원히 인기를 구하고자 하는 것은 아닙니다. 그저 이
윤심덕에게 가장 알맞은, 가장 정직한 길을 가고 싶을 따름이에
요. 이 땅의 다른 여인들보다 더 많이 배우고 더 많은 혜택을 누
린 여인으로서 지금 당장 무언가를 선택해야 한다는 절박함에
놓여 있어요. 그런데 그 길은 어디에서 찾을 수 있을까요? 그런
건 몸이 가르쳐 주는 것이 아니라 영혼이 가르쳐 주어야 한다고
생각해요. 그래서요, 아무래도 곧 내 영혼부터 만나러 가야 할 듯
합니다. 심장이 시키는 대로 그래야 할 것 같아요⋯⋯."

관객들이 웅성거렸습니다. 한숨 소리도 들렸지요. 기운 좀 내세
요, 이런 말도 공중에 붕붕 떠다녔어요. 그때 나는 맥이 탁 풀렸
습니다. 영혼을 만나러 가야겠다는 말이 도대체 뭘까? 그 말의 의
미는 정녕 뭐란 말인가?

그녀가 무대 뒤로 자취를 감추고 모든 조명이 다 꺼질 때까지
남아 있던 우리들은 그 의미를 생각하느라 도저히 일어날 수 없

었습니다.

3년 전, 그렇게도 당당하던 윤심덕의 첫 데뷔 무대를 똑똑히 기억합니다. 그때, 내 나이 고작 열네 살이었지요. 비록 어렸지만 달라지지 않을 것 같은 세상을 불안하게 지켜보던 조숙한 아이였어요. 그런데 그 공연에서 나는 우리네 삶의 기준과 가치 들이 갑자기 전속력을 다해 미래로 달려가는 듯한 착각을 일으켰습니다. 분명 그런 감정은 나만의 일이 아니었을 테죠.

노래로 뿜어내는 이지적 감수성, 풍부한 이야기를 담은 얼굴, 그리고 캄캄한 바다 한가운데에 서 있는 등대처럼 반짝이던 그 눈빛…….

그 순간, 앞으로 나라는 존재는 시대를 밝히는 시인으로 살게 될 거라는 어떤 예감에 사로잡혔습니다. 전 생애의 지표에 불이 켜지는 건 그때가 처음이었답니다.

그런데 그녀가 영혼을 만나러 가겠다 하니 나는, 아니 우리는 지금 무엇을 어떻게 해야 할까요.

1926년 여름,
매일 종로통을 오가던 소년으로부터

1장
아름답게 꽃 필 적에

　'조선의 꽃, 수선(水仙) 윤심덕 귀국 공연'.

　1923년 6월. 종로 YMCA 건물 전체를 뒤덮은 현수막 앞으로 수많은 인파가 몰려들었다. 아침부터 굵은 장맛비가 내렸지만 어느 한 사람, 내리는 비를 탓하지 않았다. 날씨처럼 사소한 것으로 오늘 이 순간을 놓쳐서는 안 되었고, 신발 안으로 스며드는 흙탕물에 발바닥이 불어터질지언정 절대 예민해져서도 안 되었다.

　"윤심덕이다!"

　누군가 짧게 소리쳤다. 그 소리에 놀란 사람들은 들고 있던 우산을 황급히 접었다. 그때, 민소매 은색 드레스에 빨간 브로치를 가슴에 단 한 여자가 검은색 승용차에서 내렸다. 한편 당당하기도, 한편 농염하기도 한 미소로 손을 흔들자 사람들은 호흡까지 멈추고 물고기 떼처럼 파닥거렸다.

그렇다. 윤심덕이다.

하이힐을 신은 그녀가 빗소리와 함께 자박자박 걸어갈 때에는, 종로통 전체가 왠지 모를 어지럼증으로 흔들렸다. 그것은 긴 잠을 자고 있던 조선에서 처음 만나는 이질적인 모습이었다. 더위도 빗방울도, 그녀의 기다란 목과 화사한 얼굴을 가리지는 못했다.

그날 종로는 수많은 사람들로 넘쳐났다. 정신적 휴식을 원하던 조선인들은 한마음으로 그녀의 공연을 기다려 왔다. 그러나 일본인들은 조선인 성악가에 대해 그리 큰 관심을 두지 않겠다는 듯, 조센진 너희들끼리 잘 어울려 보라는 듯, 거만하게 팔짱을 끼고 회관 안으로 들어갔다. 하지만 속마음까지 숨길 수는 없었다. 윤심덕에 대한 짙은 호기심 덩어리가 그들의 이목구비에 덕지덕지 묻어났다.

나는 남자 따위에는 관심 없어요, 그렇게 말하며 일본을 누볐던 조선 최초의 여성 관비 유학생 윤심덕이, '동아부인상회 창립 3주년 기념음악회'를 통해 우리나라 최초의 여성 소프라노 가수로 데뷔하는 순간이었다.[1]

어쩐지 이 나라 조선이 지름길로 질주할 것만 같은, 우월하면서도 충동적인 욕망들이 종로통을 가득 메웠다.

마침내, 막이 오른다.

그녀는 머리부터 발끝까지 과거에는 볼 수 없었던 파격으로 무장했다. 귀를 즐겁게 하기 전에 먼저 눈을 사로잡아야 한다는, 그래야 가슴으로 파고드는 일이 쉬워진다는, 윤심덕의 무대 탐구는 오래전부터 시작되었다.

처음 노래를 배울 때부터 무대와 연기와 의상에 대한 책들을 찾기 위해 수없이 도서관을 뒤졌다. 그 노력에 천성적인 미감이 더해져 윤심덕 특유의 독특함으로 바뀌었다. 뭐가 달라도 달라야 했다. 그러지 않고서는 존재도 이름도, 피나는 노력과 고통에 대한 대가도 없이, 저 수많은 별들 속에 파묻히고 말 것이다.

마침내 어떤 연주회에서든 독보적인 의상과 머리 손질, 액세서리, 그것들의 주인인 자신의 몸짓과 표정까지, 그녀는 스스로 고르고 재단하고 조화시켰다. 이는 일본인들의 마음을 단숨에 사로잡았다. 그녀가 졸업을 앞두었을 때에는 일본의 극장가가 심히 술렁거렸다. 윤심덕을 붙잡자, 윤심덕을 스카우트하자!

극장주들은 귀화만 하면 평생을 보장해 주겠다며 바리바리 돈을 싸들고 몰려들었다. 그러나 일본인으로 살 수는 없었다. 조선인의 혼을 돈과 맞바꾸고 싶지는 않았다. 그녀는 모든 유혹을 뿌리치고 고국으로 되돌아왔고, 오늘 이렇듯 모두에게 감격스런 첫 무대를 마련했다.

막이 오르자마자 울려 퍼지는 여인의 아름다운 목소리는 사람들의 마음속에 커다란 파고를 일으켰다. 윤심덕의 첫 무대를 장식한 노래는 오페라 〈나비부인〉의 아리아 중 '어떤 개인 날'이었다. 오페라에 낯설었던 사람들은 수준 높은 음악의 세계로 초대된 자신에게까지 큰 박수를 쳐 주었다.

소문에 '눈이 크고, 입이 크고, 명랑한 성격 그대로 자신을 호탕하게 내던져 버린다'는 윤심덕이었다. 그래서인지 처음에는 약간의 저항감이나 우려도 있었다. 그러나 그녀에게는 소문으로 따라다니던 이질감도, 식민지 백성을 앞지르려는 제스처도 없었다.

관객들은 점점 안심했고 편안해져 갔다.

이어진 노래도 난생처음 듣는 슈베르트의 〈보리수〉와 서양 가곡인 〈매기의 추억〉이었다. 사람들은 성악이라는 장르가 한층 친근하게 다가오는 느낌이어서 기꺼이 윤심덕의 마력 속으로 빠져들어갔다. 특히 〈매기의 추억〉 2절은 우리식으로 개사하여 불렀는데 사람들은 1절보다 2절에 더 큰 감동을 받았다.

북망산 수풀은 고요타
매기, 영웅호걸이 묻힌 곳
흰 비석 둘러서 적힌다
매기, 아 우리가 놀던 곳……

노래가 끝나자 조명이 꺼졌다. 무대 위의 윤심덕은 한동안 고개를 숙였다. 사람들은 숨을 고르며 무대만 뚫어져라 바라보았다. 희미한 조명 아래 마이크를 잡은 윤심덕은 곡 해설을 시작했다. 그녀의 육성을 가까이에서 들을 수 있는 소중한 기회였다. 그녀는 노래만 부르고 사라지는 다른 가수들과는 달랐다.

"사실 이 노래는 조지 존슨이라는 캐나다 교사와 제자 매기 크라크의 사랑시랍니다. 두 사람은 부모의 반대에 부딪혀 미국으로 도주해 결혼식을 올리는데 불행하게도 매기는 1년을 살지 못하고 폐결핵으로 죽고 말지요. 존슨은 매기와의 짧았던 추억을 이렇게 한 편의 시에 담았고 후에 영국의 작곡가 제임스 버터필드가 이 시를 발견해 곡을 붙였어요. 사랑은 겨우 1년도 채우지 못하는 고통스럽고, 독하고, 이기적인 악마의 속성을 가지고 있나 봅니다……."

사랑은 북망산에 묻고 돌아서서 삶의 열망을 평생토록 접게 만드는 그런 것. 곡을 소개하는 그녀의 낮은 목소리에 모두가 숙연해졌다. 윤심덕으로 인해 훗날 조선에서 광풍을 일으켰던, 바로 그 〈매기의 추억〉이었다.

\\\

"여러분, 이제 수선 윤심덕 양의 마지막 곡이 되겠습니다."

사회자가 마지막을 선언하자, 관객들은 아쉬움으로 짧은 비명을 질렀다.

"천재 작곡가 홍난파의 곡입니다."

난파는 이날 작곡자이자 심덕의 도쿄음악대학 동급생으로 우정의 무대에 섰다. 마침내 그가 청중들 앞에 등장했다. 바이올린이라는 악기도 낯설었던 때에 호리호리한 몸매에 단정한 이목구비의 남자가 무대에 서자 관객들의 호기심은 절정을 이뤘다.

바이올린 선율이 조용히 울려 퍼진다. 윤심덕은 날아오르는 한 마리의 흰나비처럼 가냘픈 목소리로 노래를 부르기 시작했다. 〈봉선화〉였다.

울 밑에 선 봉선화야
네 모양이 처량하다……

마치 무대가 차가운 울담인 듯 보였다. 이날을 위해 얼마나 힘들고 외로운 시간들과 싸워 왔던가. 그것은 낯선 땅 일본에서 홀로 견뎌야 했던 한 여인의 두려움이었다.

윤심덕은 저 단전으로부터 서서히 차오르는 감정의 소리를 느끼며 관객들에게 일일이 눈길을 보냈다. 그녀의 지극한 눈길은 관객 한 사람 한 사람에게 정성스레 바쳐졌다.

그러던 윤심덕은 그만 점점 격해져 갔다. 공연을 준비하면서 무언가 모를 초조함에 뜬눈으로 밤을 지새우던 그녀였다. 가족을 위해 반드시 성공해야 한다고, 국민들의 기대를 저버릴 수는 없다고, 불안해하던 날들이었다. 그런 그녀를 곁에서 지켜보던 시인 김형준이 난파의 곡에 기꺼이 노랫말을 붙여 주었다. 울 밑에 서 있는 봉선화의 쓸쓸한 모양새가 윤심덕의 가냘픈 모습과 겹쳐졌던 모양이다.

사실, 이 곡은 홍난파가 유학 시절 심덕에게 처음으로 들려주었다. 그땐 아직 가사를 쓰지 못해 책갈피에 넣어 두었던 것인데 심덕의 첫 공연에 맞추어 김형준의 작시로 완성되었다.

북풍한설 찬바람에 네 형체가 없어져도
평화로운 꿈을 꾸는 너의 혼은 예 있으니
화창스런 봄바람에 환생키를 바라노라

3절로 넘어가자 관객들이 하나둘 자리에서 일어났고 노래가 끝날 무렵에는 모두 기립하여 저마다 가슴에 고인 눈물을 쏟아 냈다.

노래는 단순히 봉선화라는 꽃의 운명을 이야기하고 있었지만 그것이 말하고자 하는 뜻은 다른 곳에 있는 것만 같았다. 난파의 이웃에 살던 김형준은 늘 '봉선화만 보면 우리 민족의 신세가 꼭 저 꽃과도 같다는 생각이 든다'는 이야기를 입버릇처럼 했다. 그러나 그때에는 누구도 노랫말에 담긴 그 의미를 알지 못했다.[2]

다만 윤심덕의 입에서 처음 흘러나와 윤심덕의 노래가 되었기에, 모두 하나가 되었다. 홀로 태어난 인생, 모진 비바람에 꺾여 버린 삶, 하지만 언젠가는 이 고달픈 생에도 다시 봄이, 희망이 찾아올 것이라는 믿음…….

노래가 끝나고 한참 동안, 그녀도 함께 울었다.

하지만 그녀의 눈물은 저들의 마음과도 달랐고, 저들의 아픔과도 달랐다. 그것은 캄캄한 무대 위에서 언제까지나 한 줄기 조명만을 받으며 살아야 할, 한 여인의 외로움이었다.

§§§

'사랑은 겨우 1년도 채우지 못하는 고통스럽고, 독하고, 이기적인 악마의 속성을 가지고 있나 봅니다…….'

심덕이 내뱉는 독백을 숨죽여 듣는 이가 있었다. 객석 끝에 앉아 있던 그 남자는 바로 김우진이었다.

'나는 서른 살까지만 살고자 해요. 눈을 부라리며 살기 싫어요. 서른이면 필 것 다 피고, 알 것 다 알고, 울 것 다 울 텐데……. 모진 순간까지 오래오래 살고 싶지는 않아요.'

심덕은 때로 혼잣말처럼 이렇게 되뇌고는 했다. 우진은 그 말을 절대 잊지 않았다. 그녀의 말대로 하자면 이제 그녀의 삶은 겨우 3년밖에 남지 않았다. 물론 그런 일은 벌어지지 않을 테지만 그 말은 늘 그의 가슴에 남았다.

일본 유학 중에 만나 사랑이 시작되기도 전에 비틀어진 운명에 놓인 두 사람이었다. 그러나 두 사람 사이를 먹구름이 가로막는다 해도 우진은 언제나 그녀를 그리워했다. 그녀에 관한 한 살살이 세밀하게, 모두 두 눈으로 확인하고 싶었다. 그러기 위해 기꺼이 현해탄을 건넜고 그렇게 그녀를 두 눈에 담았다. 하지만 그녀는 온 국민의 여자였다. 자신의 그리움 따위는 아무것도 아니었다.

'저 여자 앞에 다시는 나타나서도 안 되고 만나서도 안 될 사람이 바로, 이 김우진이다. 평생 나는 그녀의 그림자로 살아가야 할 것이다. 그래도 이렇게 먼발치에서나마 저 얼굴을 보아야 숨통이 트일 것만 같으니…….'

그날 우진만큼 초조하고 떨리는 가슴을 피눈물로 적시던 사람은 없었으리라.

모든 것이 끝나고 객석의 불이 환하게 켜졌을 때, 우진은 더 이상 이곳에 앉아 있으면 안 된다는 생각이 들었다. 관객들의 박수 소리가 자신의 몸과 마음을 떠밀었다.

그 순간, 불 켜진 객석을 향해 마지막 인사를 하던 홍난파의 눈에 언뜻 누군가가 보였다. 열렬한 박수소리를 등지고 한 남자가 뚜벅뚜벅 걸어 나갔다. 그 뒷모습이 어딘가 낯익었다. 그 남자는 출입문을 열다 말고 다시 한 번 되돌아섰다. 구부정한 몸에 안경을 낀 그는 손으로 코를 만지작거리며 무대를 바라보았다. 저런 모습이 몸에 밴 사람은 김우진밖에는 없었다. 그것도 잠시, 그는 곧바로 문을 열고 나갔다.

'정말 못 말리겠네. 이 짧은 공연을 위해 결국은 현해탄을 건너고 말았어. 한 여자를 가슴에 두고 도대체 어떻게 하려 저러는 거야?'

아무도 만나지 않고 그렇게 가 버린 우진이었다. 그럴 수밖에 없었던 그의 애절한 마음이 읽혀졌다. 막이 내린 후에도 오랫동안 우진의 잔영이 난파의 눈에 어른거렸다.

2장
어린 봉선화 한 송이

조금은 막되어 보이는 여자와 쑥스러움을 많이 타는 남자는 허물이 없어 보인다. 찢어지게 가난한 살림을 탓하며 싸우기도 잘하지만 어느새 화해도 잘하는 두 사람이다. 남자가 여자의 손을 잡고 뒤뜰로 이끌면 여자는 목소리를 높인다.

"아, 내일 아침 먹을 게 없다니끼니, 여긴 뭐 하러 와? 쌀이 나오나 밥이 나오나?"

여자의 혀끝에는 아직도 잔뜩 불평이 묻어 있지만 자리를 잡고 앉은 남자가 나지막이 노래를 부르기 시작하면 모든 것이 끝나 버린다. 사방은 고요해지고 이내 평화가 찾아온다. 풀벌레 소리만이 남자의 청아한 노래에 가락을 맞추다 반주를 넣고 사라지는, 그런 밤이다.

어느덧 아이들은 두 사람이 부모라는 사실에 만족스러워진다. 반은 어머니의 성격을 닮고 또 반은 아버지를 닮아 잔소리도 노래로 듣는 법을 배워 간다.

4남매 중 둘째 딸로 태어난 심덕은 특히 아버지의 노래를 열심히 듣고 따라 부르는 아이였다. 그럴 때마다 귀는 저절로 예민해졌고 목청은 한없이 확장되어 갔다.

어느덧 아버지의 노래는 잦아들고 심덕의 노래만 남는 시간, 부모는 어쩐지 아이가 가엾어지고 있다. 언제부턴가 그런 부모의 마음이 심덕에게도 달라붙기 시작했는지 노래를 부를 때마다 왠지 모르게 아이의 등줄기에는 진땀이 흘러내렸다. 그것은 노래를 평생 목숨처럼 여기며 살아가게 될, 저토록 앞이 안 보이는 아이의 미래 때문이었으리라.

1914년. 열여덟의 나이로 경성여자고등보통학교 사범과를 졸업하던 날도 그런 심정이었다. 마침내 선망의 대상인 '신여성'이 되었다. 이제부터는 어머니처럼 당당하게 살고 싶었고, 그간의 불안과 외로움에서도 벗어나고 싶었다.

총독부는 부잣집 딸들이 많은 경성여자보통고등학교(약칭 '경성여고보')에 대해서만은 늘 큰 관심을 가졌다. 그랬기에 성대한 졸업 축하연을 마련해 주는 것도 하나의 관례였다.

"경성 최고의 지성인들이여, 어서 오십시오."

웅장한 돌계단 위에서 총독부 직원들이 깍듯이 인사를 건넬 때, 친구들은 목을 길게 빼고 마치 이 자리를 위해 존재해 온 것처럼 거만한 표정을 지었다.

그렇게 화려한 연회장은 처음 보았다. 그러나 심덕은 놀랄 수도 들뜰 수도 없었다. 이 모든 것은 그저 식구들의 피와 땀이 이루어 낸 하나의 사치스런 풍경이요, 혼자만 누려야 할 불완전한 행복이었다. 이런 마음은 아버지의 성품이었다.

"여러분들은 이제 곧 보통학교 교사로 발령이 날 것입니다. 세상의 중심이 될 어린 싹들은 여러분들이 주는 풍부한 물과 사랑을 듬뿍 받아 미래의 주역으로 성장하게 될 것이고……."

행사 도중, 한 일본 남자가 등장해 꽤 길고 지루한 연설을 시작했다. 학무국장이라 했다. 그러나 심덕은 문득문득 떠오르는 가족들의 얼굴만 끝없이 좇았다.

'아, 어머니, 아버지. 이제는 제가 있시요. 교사 발령만 나면 그 지독한 가난에서 두 분을 구해 낼 것이야요. 동생들의 학비도 제가 책임질 겁니다. 얼마 남지 않았시요. 조금만, 조금만 기다려 주시라요…….'

진남포 보통학교와 평양 숭의여학교, 그리고 오늘에 이르기까지 자신이 누려 온 황홀한 행복은 가족들의 희생 속에서 자랐다. 아버지는 심덕의 학비를 대느라 이 일 저 일 가리지 않다가 원래부터 허약한 몸에 폐결핵까지 얻었다. 마침내 생계의 모든 짐은 억척스럽기 짝이 없던 어머니에게로 돌아갔다. 평양 광혜원에서 간호조무사로 일하게 된 어머니는 밤낮을 산모들의 피 빨래하는 일로 지쳐 갔고 그 삶은 나날이 뭉개져 갔다.

어디선가 아련히 식구들의 목소리가 들려온다. 심덕아, 우린 너만 있으면 돼. 그간의 고생 다 잊어버리고 너한테 의지하고 살 거이야. 어서 고향으로 오기만 하라…….

그때였다. 우레 같은 박수 소리가 들려왔다. 현실로 돌아오자 모두의 시선이 그녀에게로 쏠려 있었다. 졸업생 대표로 그녀가 노래를 부르는 순서였다. 심덕은 식구들에게 모든 것을 바치겠다는 마음으로 천천히 일어났다. 그녀를 바라보는 수많은 눈동자를 보며 호흡을 가다듬었다. 심덕의 얼굴이 드디어 화사하게 피어나기 시작했다.

그런 얼굴은 평소 동급생들이 가장 싫어하던 얼굴이었다. 노래하나 잘 부른다고 저렇게 우릴 무시해도 되는 거야? 눈 한번 제대로 마주치는 법이 없고, 쟤가 뭔데? 그나저나 저 아이가 입는 옷은 도대체 어디에서 난 거야? 저런 옷은 어디서도 본 적이 없어…… 뺏고 싶어.

심덕의 옷은 모두 시장에서 자투리 천들을 구해 손수 바느질해 입은 것들이었다. 노래를 잘하는 것처럼 심덕의 머릿속은 온통 미적인 감각에 초점이 맞춰져 있었다. 동급생들은 그녀의 겉

모습만 알고 그녀가 가진 재능과 자신만만함에 질투를 느꼈지만, 정작 심덕은 매일매일 열등감과 싸우는 일로 탈진해 갔다.

이제 모든 게 끝났다. 다 떨쳐 버리고 새 출발을 해야 한다. 심덕은 마침내 입을 열어 노래를 부르기 시작했다. 그 옛날, 아버지의 등에 업혀 들었던 노래다.

> 말하지 말아라, 겨울 밤 남몰래 흐르는 눈물
> 얼어붙은 사지에 스며드는 날 선 바람
> 보지 말아라, 달빛에 서린 어머니 얼굴
> 발뒤꿈치 길게 에워싸는 아버지 그림자……
> 산다는 건 그런 것, 볼 수도 없고 느낄 수도 없고
> 그저 고개 숙여 작별을 고할 뿐…….

노래를 마치자 여기저기에서 훌쩍훌쩍 우는 소리가 들렸다. 이제 자신에게 쏟아지던 질투의 눈빛은 아무 데에도 없었다. 심덕은 세상에서 가장 아름다운 아버지의 노래를 불렀다는 것만으로도 마음의 짐 하나는 덜었다 여겼다.

〰

평양 순영리에서 태어난 심덕이 이 거대한 도시 경성으로 유학

을 올 수 있었던 데에는 그럴 만한 이유가 있었다. 거기에는 아침부터 밤까지, 눈비에도 아랑곳없이 동네 어귀에서 노래를 부르고 있던 한 여자아이와 그 아이를 향한 어른들의 독설과 험담이 자리했다.

1897년에 태어난 심덕은 말보다는 노래부터 배웠다. 그 아이의 노래는 한도 풀어내고 눈물도 닦아 내기에 충분할 만큼 대단했다. 가난을 이유로 보통학교에도 들어가지 못한 아이는 온종일 남자아이들과 냇가에서 고기를 잡으며 선머슴처럼 굴었으나 노래만 부르면 달라졌다. 심심함도 잊고 외로움도 잊었다.

그런데 어른들은 아이의 노래를 듣고 귀를 닫기도 전에 그 아이의 '기생 팔자'에 대해 기를 쓰고 갑론을박을 벌였다.

'애 노는 품새가 여간 불안하지 않아.'

'아무리 어려도 기렇지, 맨발로 저거이 무슨 짓이간?'

'아무래도 기생 팔자를 타고난 거 같지 않네? 하기야 기생이 제일이지. 우리네처럼 평생 구정물에 두 손 두 발 다 담가 봤자 무슨 덕을 보갔니?'

박수 칠 때는 언제고, 돌아서기만 하면 수군대는 모습은 이중적이다 못해 원망스런 것이었다. 그런 게 바로 관객이란 이름의 사람들이라는 것을 누군들 알았을까.

동네 사람들의 이중성을 쥐어뜯어 버리고 싶도록 증오하던 심덕의 부모는 가난한 살림에도 불구하고 보란 듯이 아이의 '정식 성악 교육'을 선언하기에 이른다.

아직 어려, 무어라 가늠할 수 없는 감정을 안고 차가운 벽에 기대어 있던 아홉 살 여자아이는 부모의 피 토하는 결심으로 보통학교에 들어갈 수 있었다. 그들에게는 먹고사는 일보다 심덕의 입학이 무엇보다 시급했다. 말이 씨가 된다고 아이가 기생이 되는 것만은 막아야 했으니까.

입학 전날 밤.

무언가 모를 흥분과 불안감에 온종일 초조하게 서성대던 아이를 아버지가 등에 업었다. 난생처음 아버지의 등에 업힌 심덕은 아버지의 품도 이렇게 따스할 수 있다는 사실이 놀라웠다.

그때였다. 아버지가 갑자기 노래 하나를 부르기 시작했다.

말하지 말아라, 겨울 밤 남몰래 흐르는 눈물
얼어붙은 사지에 스며드는 날 선 바람……

심덕의 가슴이 뛰었다. 지금까지 그렇게 잘 부르는 노래는 들어본 적이 없었다. 자신의 노래는 감히 견줄 수도 없을 만큼. '아버지였어. 내가 누굴 닮았나 했더니 바로 아버지였어……'

그 노래는 아버지가 직접 곡을 만들고 가사를 쓴 것이었다. 조실부모한 아버지는 가난 때문에 자신의 뛰어난 음악적 소질을 일찌감치 접은 채, 어릴 때에는 남의집살이를 했고 성장하고 난 후에는 푸성귀를 캐다 팔며 생계를 이어 갔다.

　아버지가 힘들 때마다 바람결에 흥얼거렸을 노래, 일찍 여읜 부모님을 그토록 그리워하며 남몰래 불렀을 그 노래, 식구들 앞에서조차 크게 소리 내어 부르지 못했던 가슴의 노래.

　아버지는 문득 심덕에게도 노래나 한번 불러 보라 했다.

　　이화우(梨花雨) 흩날릴 제 울며 잡고 이별한 님

　　추풍낙엽에 저도 나를 생각는가

　　천리에 외로운 꿈만 오락가락 하여라……．

　아이의 입술을 타고 울려 퍼지던 노래는 조선 기생 이매창의 시조에 요나누키 단음조[3]를 가미한 것으로 심덕이 동네 사람들의 애간장을 녹이던 것이었다. 아버지는 그 노래를 듣자마자 당장 심덕을 등에서 내려놓으며 아이의 손을 세게 움켜잡았다.

　"이제 그런 노래를 다시는 불러서는 안 되는 거야. 그런 노래를 부르지 못하게 하려고 널 학교에 보내는 거니까."

　심덕은 부끄러워 고개를 들지 못했다.

　"너는 학교에서 정식으로 노래를 배워야 한다. 그따위 노래로 천한 것들과 평생을 어울려 살면 절대로 안 되는 기야."

　여식들은 그저 일찍 혼인을 시켜 축내는 밥이라도 줄여 보자는 것이 사람들의 생각이었다. 그러나 심덕의 아버지는 달랐다.

"최고의 성악가가 되어야 한다. 반드시 훌륭한 무대에 서야 해."

심덕은 아버지와 있었던 그 밤을 죽을 때까지 잊지 않겠다고 맹세했다.

))))

"오늘은 조금 마셔도 좋아. 자, 다들 건배!"

졸업 축하연은 성인식과도 같았다. 교사들은 학생들과 더불어 이별의 잔을 나누었다.

조명이 어두워지기 시작했다. 이 어두운 조명은 마치 몇 잔만 마셔도 금세 얼굴이 붉어지는 사회 초년병 여성들을 위한 총독부의 배려처럼 여겨졌다. 그러나 그것은 지나친 안심이었다. 어둡게 내려앉은 불빛은 가증스런 일본인들의 본심을 숨기는 장치였다. 거나하게 취한 학무국장이 잔을 들고 비틀거리며 심덕의 자리로 다가왔을 때, 마침내 어둑한 조명의 실체가 드러났다.

"오오, 윤심덕 양. 너무나 감격적이었어요. 대일본에서도 들을 수 없는 기가 막힌 목소리…… 야속한 사람, 어찌 그리 한 곡만 부를 수가 있어요?"

생김새와 말투에 기름기가 줄줄 흘렀다. 그렇게도 연설을 지루하게 하더니 심덕의 옆자리를 파고들어 또 쉴 새 없이 이야기를 쏟아 냈다. 비곗살이 전부인 얼굴과 거기에서 흐르는 끈적끈적한

땀만으로도 미칠 것만 같았다. 그런데, 슬쩍슬쩍 그 몸을 심덕에게로 밀착시키기 시작했다.

"그래, 윤 양. 사랑은 해 봤겠지? 한 번 해 봤어, 두 번 해 봤어?"

어쩌면 좋아. 탁자 밑에서 놀고 있던 놈의 손이 급기야 일을 치기로 작정했다. 그 손이 심덕의 다리를 훑었다. 얼굴은 화끈거리고 심장은 멈추는 듯했다. 놈의 손은 허벅지를 지나, 이윽고 속곳까지 헤집어 대었다. 같이 앉아 있던 동급생들은 곧바로 눈을 돌려 딴청을 부렸다.

"흐흐흐……, 윤 양처럼 아리따운 아가씨를 남자들이 가만두었을 리 없지."

행여 남이 들을까 목소리까지 낮추던 그놈. 그 손을 다리로 걸어차 버리고 싶었다. 태어나 처음 겪는 일이었으며 상상조차 할 수 없는 일이었다. 손놀림을 멈추지 않는 놈 때문에 심덕의 가슴은 더욱더 요동쳤다.

그녀는 아직 어렸다. 당차게 밀어낼 만큼 용기도 부족했다. 그러나 아무리 총독부의 간부라지만 부정해야 할 것은 부정해야 했다. 바로 그것이 지금까지 심덕이 지켜 온 자존심이며 평양 여자의 기질이었다.

심덕은 조그만 소리로 제지했다.

"이제 그만하시라요. 체통을 지키시오!"

그것만이 그녀의 유일한 저항이었다. 작지만 당찬 평안도 사투리에, 같이 앉아 있던 동급생들이 깜짝 놀라 두 사람을 쳐다봤다. 심덕은 목이 타고 오금이 저려와 그대로 쓰러질 것만 같았다. 동공은 껍질만 남은 듯 힘없이 풀려 나갔다.

심덕의 입가가 파르르 떨리자, 그놈은 곧 모든 것을 우습게 생각키로 한 모양이었다. 더러운 그 손을 슬며시 떼어 내고 이내 심덕에게 악수를 청했다.

그 손은, 아무 일 아닌 것으로 무마하려는 손이었다.

"하하하, 윤 양. 그럼, 건승을 빌겠습니다! 총독부의 명예를 걸고 훌륭한 교사가 되어 주시오."

울화통이 터졌다. 들끓어 오르는 분노를 진정할 수 없어 그 시간이 끝날 때까지 속으로 끝없이 외쳐 댔다.

'나는 조선을 이끌어 갈 신여성이다! 여기에 올 때까지 가난을 자존심으로 바꾸려 하루에도 수없이 운동장을 돌며 눈물을 뿌려 대야만 했던 나는, 너 같은 짐승에게 수치를 당해서는 안 될 사람이다! 나는 유희의 대상이 아니다, 내 인생은 고귀하다……!'

그 말을 쏟아 내지 못했던 것이 그렇게도 한스러울 수 없었다.

그런데 심덕은 똑똑히 보았다. 다른 자리로 옮긴 학무국장은 몇몇 친구들에게도 심덕에게 했던 추행을 똑같이 거듭하고 있었음을. 어찌된 일인지 친구들은 놈이 손을 뗄 때까지 아무런 행동도 취하지 않고 고스란히 당하고만 있었다. 원래부터 잘 먹고 잘 살아 저밖에 모르는 아이들이었다. 그런 아이들이 도대체, 왜, 꾹꾹 참고 있는지 알 수 없었다.

훗날 알게 된 일이지만 학무국장의 주 직책은 전국의 '교사 발령권'을 손에 쥐고 흔드는 일이었다. 심덕이 평양이 아닌 강원도 원주로 발령이 난 건, 바로 그날 그 사건 때문이었을 것이다.

원주는 오지 중 오지였으며 평양과의 거리는 너무도 멀었다. 괘씸죄가 적용되었다. 학무국장의 손길을 뿌리친 죄, 자신의 지위를 우습게 본 죄, 쓸데없는 자존심을 내세운 죄……. 조선인은 아무 데서나 자존심을 내세우면 안 되었다. 그것도 여자가, 여자 주제에 일본 남자의 손을 뿌리치다니.

그런데 더욱 화가 나는 것은 친구들이었다. 학무국장의 손에 자신들의 운명이 달려 있다는 걸 벌써부터 알고 있던 그들은 자신의 몸을 그가 아무렇게나 만지도록 내버려 두었다. 수치와 치욕을 교사직과 바꿔 버린 것이다.

'하찮은 조선인이라서 오물과 같은 그 손을 뿌리칠 수 없었다 해도, 너무나 슬프다. 너희는 아이들을 가르쳐야 할 교사가 아니더냐.'

                          \\\\\

집안을 일으키려는 그녀의 소망은 산산조각 나 버렸다. 원주에서의 교편생활은 혼자만의 생활비를 충당하기에도 벅찼다. 주변 사람들은 몇 년 후면 다른 곳으로 발령이 날 것이라며 심덕을 위로했지만 학무국장이 그 자리에 버티고 있는 한 영원히 그 문제는 해결되지 않을 것만 같았다.

아니나 다를까. 더욱 흉악한 일이 벌어졌다. 원주에서 교편생활을 시작한 지 3개월도 안 돼 심덕은 다시 강원도 횡성으로 발령이 나고 말았다. 원주보다 더한 곳이었다. 그때, 심덕의 나이 겨우 열여덟. 겉으로는 아무렇지도 않은 듯 보였지만 그 내면에는 폭풍이 일었다.

'나는 바람만 불어도 금세 허물어져 버릴 몸이었지만 기생 팔자를 면하게 해 주려는 부모님 정성으로 이렇게 성장했다. 그런데 그 인간이 기생 취급을 하고 있었다. 아무 말도 하지 않고 있기에는 너무나 분통이 터졌다.'

추행으로 인한 충격과 파장은 참으로 오래갔다. 스무 살도 안 된 여자가 감당하기에는 너무나 버거운 일이었다. 밤마다 잠을 이룰 수 없었고 어쩌다 겨우 선잠이라도 들면 어김없이 가위에 눌리고야 말았다. 자신이 꿈꾸던 미래는 도무지 보이지 않았다. 지금 당장, 무언가 결심을 하지 않으면 안 되었다.

이듬해 1915년.

총독부가 주최한 관비 유학생 선발 시험에서 심덕은 단연 일등으로 뽑혔다. 전국에서 몰려든 수많은 남녀 지원자들 가운데 그녀의 노래는 독보적이었다. 여성으로는 조선 최초였다.

방년 19세 된 평양 여학생 윤심덕. 그 부친은 풋나물 장사로 업을 삼고 그 모친은 평양 광혜녀병원(廣惠女病院)에 사무원으로 있어 가세가 극빈함에도 불구하고 어려서부터 공부를 시켜…….[4]

국내 언론이 윤심덕에 대한 자세한 소개까지 곁들이며 전국에 이 사실을 알렸을 때, 국민들의 놀라움은 컸다. 여자가, 그것도 노래하는 여자가. 그런 재능이라면 기생이 되는 것이 당연했던 시대에 여자가 관비로 유학까지 갈 수 있다는 사실은 온 나라를 발칵 뒤집어 놓았다.

조선총독부가 주도한 내선일치(內鮮一致) 정책에는 뛰어난 한국인을 일본으로 유학 보내 인재를 양성하는 일도 포함되어 있었다. 어쩌면 일본이라는 물에 흠뻑 젖어 드는 사람이 많아야 식민지 정책을 시행하기가 보다 더 쉬울 수 있었기 때문이리라.

그러나 심덕은 그런 깊숙한 것까지 생각할 겨를이 없었다. 등록금이 전액 무료에다 생활비까지 지원되는 유학 생활이 보장되었기에, 그것만이 부모님을 돕는 일이었기에…….

심덕이 교편생활을 접고 유학을 가야겠다고 했을 때 어머니 역시 말리지 못했다.

"오마니, 노래 공부를 마치고 정식으로 성악가가 되면 그때는 교사 월급보다 수십 배 많은 돈을 벌 수 있을 것이야요. 조금만 기다려 주시라요. 그때는 제가 동생들 교육까지 책임지겠습네다, 꼭 집안을 돌보겠습네다."

성악가로 대성해야 할 딸을 외면한 채 보통학교 교사로 만족하려 했던 어머니는 며칠 밤을 뜬눈으로 새웠다. 마음이 단단했던 그녀는 마침내 심덕의 편에 섰다.

"하라. 네가 하고 싶은 일, 마음껏 하라. 이 에미가 끝까지 도와줄 것이니 아무 염려 말라."

어머니의 결단에 힘을 얻은 심덕은 자신의 뜻이 결코 이기적인 것이 아니었음을 언젠가는 꼭 보여 주리라 다짐했다. 그리고 결국 해내고야 말았다.

윤심덕은 그때부터 사람들의 시선에서 자유로울 수 없는 몸이 되었다. 많은 것이 낯설겠지만 이제는 외로움 따위에 흔들려서는 안 되었다.

그렇게, 열아홉 살 윤심덕은 현해탄을 건넜다.

함께 경합을 벌였던 아름다운 목소리들이 파도와 함께 일렁이며 격렬한 화음을 만들어 냈다. 힘겹고 무섭기만 했던 순간들도 포말 속으로 흩어져 갔다.

인생의 동트는 새벽에 처음 만났던 것이 바로 노래였다. 그것에 마음을 빼앗겨 지금까지, 그 형편에는 도무지 있을 수 없는 헛된 희망으로 가슴을 졸였다.

횡성에서 지내던 몇 개월도 아픔이 전부였다. 몇 명 안 되는 어린아이들을 가르치기 위해 새벽같이 일어나 학교로 뛰어갔지만 교실 안에 들어가 보면, 언제나 텅 비어 있었다. 그 작은 아이들은 공부보다는 농사일로 온종일 허덕였다. 아이들의 집을 일일이 찾아다니며 부모를 설득했으나 그 눈빛은 차갑기만 했다. 아직 어린 처녀의 몸으로는 모든 것이 힘들고 벅찼다.

더 많은 것을 배우고, 더 많은 것을 알아야 한다……. 아이들의 눈빛을 읽으려면, 학부모의 가슴을 이해하려면, 조그만 것에 상처나 받는 어린 교사는 해를 끼칠 뿐이다. 그런 참담한 심정으로 다시 태어나기 위해 감행한 유학길.

그래도 여섯 명이 전부였던 그 이름들을 낱낱이 기억한다. 순남이, 호야, 영만이, 두년이, 필상이, 그리고 이름도 없이 그냥 아기로 불리며 곤드레 나물을 삶던 아이. 심덕은 그 아이의 이름도 가만히 불러 보았다. 아기야…….

'지난날의 모든 기억은, 저 멀어져 가는 부산항에 내려놓고 가자. 가족들 생각도 시모노세키항에 닿을 때까지만 하기로 하자. 이제부터는 시계를 보는 일도 없어야 한다.'

갑자기 바다 위로 후두둑 빗방울이 떨어졌다. 빗방울이 점점 세찬 폭우로 변하자 문득 두려움이 앞서기 시작했다. 풍랑이 일면 이 배는 조선으로 되돌아가는 것일까, 아니면 이대로 멈추는 것일까?

그 두려움은 유학 생활 내내 그녀가 감당해야 할 험난함의 전조였다. 그러나 단 하루밖에 원하는 삶을 살 수밖에 없고 나머지 모든 날을 다 저버려야 할 아픔이 계속된다 해도, 기어코 견뎌 내야만 할 일이었다.

3장

내리는 비, 우울

1920년 9월.

아침부터 가을을 재촉하는 비가 내렸다. 와세다 대학 기숙사에도 비는 멈출 줄 몰랐다. 이런 날이면 커피에서 손을 떼지 못하는 김우진이었다. 지금까지 다섯 잔째 커피를 마셨다. 커피와 함께 방 안에 나뒹굴고 있는 술병과 담배꽁초는 언제부턴가 그의 모든 것이 되어 버렸다.

"이렇게 방구석에서 죽치고 있을 줄 알았어. 나 없는 동안에도 계속 이러고 있었던 거야?"

모처럼 그를 찾아온 사람은 난파였다. 그 이름은 홍영후.

얼마 전 아내의 지병 때문에 휴학하고 고국으로 돌아갔던 친구다. 그러나 음악의 불모지인 조선에서는 도무지 음악적 진척을 볼 수 없었기에 이렇듯 현해탄을 오가는 신세로 살고 있었다.

벽지에 내려앉아 있는 곰팡이들을 손가락으로 비비며 난파가 혀를 찬다.

"이렇게 어두워서야. 그러니 이런 게 기승을 부리지. 차라리 자취방을 얻는 게 어때?"

"난 이 기숙사가 좋아."

기숙사를 떠날 수는 없었다. 그렇게 되면 함께 유학하고 있는 아우 철진과 합치게 될 것이고 아우의 감시자가 되라는 아버지의 명령이 떨어질 테니까. 그나마 이 일본에서 조금이나마 자유를 얻고 있는 아우까지 숨 막히게 할 수는 없었다.

난파는 부쩍 수척해진 우진의 얼굴을 들여다보며 한번 더 혀를 찼다.

"밖에도 안 나가지? 작가는 사람을 많이 만나야 한다면서? 어두운 골방에 앉아 상상으로만 쓰는 건 글이 아니라고 본인의 입으로 말했잖아?"

영문과에 재학 중인 김우진은 다른 학생들보다 뛰어난 영어 실력을 가지고 있었다. 그간 몇몇 유명 외국 작품을 번역하여 일본 문학계에서 주목을 받기도 했다. 우진은 니체와 사회주의에 근간을 두고 스웨덴 극작가인 스트린드베리의 표현주의, 버나드 쇼의 개혁 사상을 세상에 알린 일등 공신이었다. 서구적 개념들에는 구시대의 인습을 부정할 만한 진보적인 것들이 가득했다. 그것은 우진이 지향하는 글쓰기의 목표였다.

우진에게 인습이란 '아버지'로 대표되었다. 사실 그는 아버지라는 거대한 암초에 부딪히며 살아왔다. 그가 문학에 심취하게 된 건, 그것만이 아버지라는 현실에서 빠져나올 수 있는 유일한 출구였기 때문이다. 물론 아버지는 아들이 문학에 빠지는 일을 끔찍하게 싫어했다. 지금도 아버지는 하루가 멀다 하고 우진에게 편지를 보내왔다. 책도 읽지 말고, 친구도 술도 다 끊으라는 식의 편지다.

목포의 대단한 재력가인 아버지의 편지엔 온통 안 된다는 것과 하지 말라는 것뿐이었다. 게다가 우표 값을 아끼라며 동생들에게도 엽서를 쓰지 말라 했다. 인간의 정보다는 우표 값이 더 중요한 사람, 타지의 자식에게 안부를 묻는 자상함 따위는 눈 씻고 봐도 없는 사람. 그래서 우진은 편지를 보관하는 일은 절대 하지 않았다. 책상 밑에 흩뿌려 두고 발로 꾹꾹 밟아 버렸다.

여기에서까지 감옥살이를 하라는 것인가.

'그렇다면 절간으로 들어가 중이 되는 것이 낫겠습니다. 흐흐흐……, 술과 담배, 거기에 푹 빠진 지도 벌써 오래되었시다.'

발밑에서 신음하던 편지를 손으로 빡빡 비벼 휴지 조각으로 만들고도, 아버지에 대한 우진의 소리 없는 반발은 멈추지 않았다.

친구를 가까이하지 말라는 아버지의 편지만 보면 어김없이 떠오르는 사람이 난파였다. 명문 도쿄음악학교[5]에 다니던 난파는 비록 한 살이 어렸지만 유학생 모임에서 처음 만나 친해진 후, 밤을 새도 모자랄 만큼 대화가 잘 통했다.

우진은 쓰레기통에서 엉망으로 구겨진 편지 한 장을 끄집어내 그것을 난파에게 보여 주었다. 「아버지께」라는 제목의, 시 같은 편지였다.[6]

어쩌면 그 같이도 따뜻하게
나의 몸을 꼭 안으면서도
어쩌면 그리도
나의 가느다란 등불에 바람질 하십니까
징상스럽게도 흰 이를 악물며
어쩌면 그런 험한 침을
이같이 뱉어 주십니까

아 생명은 떠다니는 부유
맑은 물 위에서
언제든지 구할 수 있으나
한번 더럽히면
다시 오지 않는
생의 깔대 위에

더 이상 침을 뱉지 마십시오

"내 인생에 침을 뱉는 사람이야. 어제도 편지가 왔거든. 보내지도 못할 답장을 썼지. 너무 답답해서 화풀이라도 하려고."

우진은 다시 그것을 쓰레기통에 구겨 넣어 버렸다. 그의 눈이 붉게 물들어 갔다.

§§§

"그래도 등록금은 넉넉히 보내주시잖아. 그게 어디야?"

우진의 알 수 없는 애증의 세계를 누군들 이해할까. 난파의 말에 쓰디쓴 웃음을 지었다.

"아버지는 우리 형제에게 돈을 보내는 것도 재산 증식의 방편이자 투자라 생각하고 있어. 그런 확고한 희망을 뿌리칠 수는 없지. 그게 효도니까."

난파는 자신의 아버지를 생각해 보았다. 부친 홍준은 비교적 넉넉한 집안의 가장으로 난파를 세브란스의전에 보내 의사가 되길 바랐다. 그러나 난파가 1년 만에 의전을 그만두고 음악을 택하자 아버지의 고민은 커져만 갔다.

아버지를 열심히 설득한 사람은 형님인 금파 홍석후였다. 세브란스의전 1회 졸업생으로 조선 최초 안과 의사자격증을 얻은 그는 동생의 음악적 천재성을 처음부터 예사로이 보지 않았다.

　난파의 아버지 역시 음악적 감수성이 뛰어난 사람이었다. 오래 전부터 소리를 잘 듣지 못했지만 언제나 홀로 거문고를 어루만지며 조선 후기 김창업이란 사람이 지었다는 시조를 읊조렸다.

　　거문고 줄 꽂아놓고 홀연히 잠에 든 제
　　시문견폐성(柴門犬吠聲)에 반가운 벗 오는고야
　　아희야 점심도 하려니와 탁주 먼저 내어라

　거문고 줄을 꽂아 놓았다는 것은 연주 준비가 끝났다는 것을 의미했다. 그럼에도 연주를 들어 줄 사람이 없어 잠이 들고 말았다는 이야기인데 그의 아버지는 마치 거문고 줄을 꽂아 놓고 잠든 시인처럼 얼마 전 세상을 떠났다.

　시대 상황으로 보아 아들이 음악을 한다는 것은 길길이 뛰며 반대해도 모자라는 일이었지만 음악을 이해하던 가족들이었다. 형님이나 아버지나 음률을 알았고 흥을 알았다.

　그때, 난파가 우진의 눈치를 보며 조심스레 이야기 하나를 꺼냈다. 그것은 우진이 갖고 있는 우울감의 진앙지이자 평생 피할 수 없는 숙명이었다.

　"김 형, 아내는 정말 보고 싶지 않아? 지금도 전혀 관심 없는 거야?"

아내의 이야기가 나오자 우진의 눈동자가 흔들렸다. 또 커피를 타기 시작했다. 그렇다. 우진이 아버지와 급격히 멀어지게 된 이유 중 가장 큰 것은 바로 결혼이었다.

§§§

'혼인 날짜가 잡혔으니 속히 귀국하기 바람.'

우진이 스무 살이 되던 1916년 어느 날, 신경질적으로 뾰족하게 날이 선 듯한 아버지의 전보 하나가 도착했다. 구마모토 농업학교에 유학 중이던 우진은 자신의 눈을 의심하다 못해 넋이 나가고야 말았다.

그 나이가 될 때까지 아버지의 명령대로 움직이면서 모든 희망을 포기하고 살던 청년 김우진. 그러나 일면식도 없는 여자와 혼인을 하라 한다. 벌써 날짜까지 잡았다는 아버지는 마치 아들에게 강한 독선을 행하지 않으면 안 될 어떤 극한 심리적 공황에 빠진 것처럼 보였다.

우진의 아버지 김성규는 과거 전남 장성군수를 거쳐 목포의 무안감리(務安監理)로 임명된 사람이었다.[7] 그는 식구들을 쭉 모아 놓고 자신의 과거에 대해 이야기하곤 했다.

"첩의 아들로 태어난 설움이 말도 못했다. 오죽하면 안동 김씨 자손으로 살기가 그렇게도 싫었겠느냐."

결국 초정 김씨의 시조가 된 그는 뒤틀린 태생부터 지워 버렸다. 마침내 아버지는 물려받은 재산 하나 없이 재산을 불려 나가는 데 성공하여 대대적인 부를 거두었다.

사람들은 그 집을 경복궁만 한 집이라 했다. '성취원(成趣院)'이라 불리던 그곳에서 그의 욕망은 끝없이 펼쳐졌다. 넘쳐나는 금붙이를 향해 자석에 이끌리듯 사람들은 몰려들었고 그 사람들을 발판으로 아버지는 더 큰 세력을 얻었다.

"너는 초정 김씨 가문에서 처음 태어난 놈이야. 너에 대한 기대가 얼마나 큰지 알겠지? 장차 이 집안을 이끌어야 해."

장남의 부담은 컸다. 우진은 아버지로 인해 가장 큰 피해를 보고 있는 사람이 자신일 것이라고 생각했다.

'아버지는 소신이 강해도 너무 강하다. 그것으로 주변 사람들의 인격은 허수아비 취급을 받고 있어. 특히 반드시 당신의 뜻대로 움직여 줘야 할 사람은 나라고 못을 박는다. 하지만 아버지와 나는 성격부터 판이하게 다르지 않은가.'

경제관념보다 문학적 이상 세계에 뜻을 두었던 이가 하필이면 장남인 자신이었기에, 자라면서 무엇 하나 부딪히지 않는 게 없었다.

"이 시대에는 농업밖에 없어. 농업 경영에 눈을 떠야 큰 사업가가 되는 거야."

마침내 그는 우진을 일본 구마모토 농업학교로 유학 보내기에 이르렀다. 하지만 어렸을 때부터 책을 끼고 살았던 그에게 농업이라는 분야는 전혀 적성에 맞지 않았다. 문학과 농업 사이에서 갈팡질팡하던 그의 방황은 그렇게 시작되었다.

그중에서도 결혼은 가장 큰 타격이었다. 그는 진보적 유학생이 아니던가. 아내만큼은 자신이 직접 선택해야 옳다고 믿었다. 우진은 편지로 강하게 반발했으나 그것은 곧바로 묵살되었고 아버지의 우격다짐은 날카로운 편지가 되어 날마다 도착했다.

'천하의 불효자식 같으니. 이만한 처자는 조선 천지에 눈 씻고 봐도 없는데 무슨 불만이냐? 유학 도중 마음에 드는 여자를 만난다면 호적에서 이름을 파 내고야 말 테니 그리 알아라. 이미 날짜가 정해졌으니 부친 망신시키려면 네 마음대로 해!'

우진은 오랫동안 목숨 받쳐 지켜 온 이 민족의 판에 박힌 결혼관에 강한 거부감이 일었다. 그래서 또 답장을 했다. 아닙니다, 저는 사랑하는 사람과 결혼하고 싶습니다. 그렇게 하도록 해 주십시오……

하지만 그는 '아버지의 권력'으로 관철할 것은 반드시 관철하고야 마는 사람이었다. 우진은 물론 철진까지 강제로 끌고 갈 기세였다. 우진은 점차 지쳐 갔다.

사실, 우진이 아버지의 말에 죽은 듯이 복종하게 된 건 일찍 어머니를 여의고 난 후부터였다.

첫 번째 부인은 자식도 없이 일찍 죽었고, 재취로 들어온 친어머니 순천 박씨는 우진과 동생 철진을 낳고 역시 세상을 떠났다. 우진의 나이 다섯 살 때였다. 삼취로 들어온 계모 김해 김씨도 아버지와 딱 1년을 살고 명을 달리했다. 아버지는 부를 과시하듯 곧이어 사취를 얻었지만 그녀도 곧 세상을 떴다. 가장의 가부장적 사고방식을 견디지 못해 부인이 연이어 화병으로 죽었다는 소문이 동네에 파다했다.

그 후로도 계모들은 수없이 아버지 곁을 왔다 갔고 첩까지 여럿 두어 열한 명의 이복남매가 태어났다. 처음에는 우진도 그런 아버지의 운명이 안타까워 순종키로 마음먹었으나, 아버지는 자식들이 모든 것을 이해하리라 믿었는지 여자 문제만큼은 자유롭기 이를 데 없었다.

세월이 흐를수록 아버지의 여성 편력이 지긋지긋해지기 시작했다. 우진은 적어도 자신만큼은 그렇게 살고 싶지 않았다.

'이게 뭔가. 이 여자 저 여자 닥치는 대로 취한다는 게 말이나 되는 일인가. 나는 다르게 살고 싶은데, 아무리 가난해도 사랑하는 사람과 살고 싶은데……. 싫다, 정말 싫다.'

그렇게 가슴속에 수많은 외침이 있었으나 말 한마디 못하고 끌려가 혼인을 치렀다. 모두들 그렇게 조혼이란 낡은 관습을 따랐으니 가슴을 칠 노릇이었다.

우진의 아내 정점효는 영암 출신으로 경학원(經學院)의 이사정운남의 딸이었다.[8] 그 혼인은 선비 집안과의 결합이었다. 아버지는 경학원 이사와 사돈을 맺으면 돈밖에 모른다고 비난받던 자신의 사회적 평가가 달라질 거라 믿었다. 지금까지 피눈물 나게 쌓아 온 성과를 이어 갈 수만 있다면 무슨 짓인들 못할까.

모든 것을 이해하려 했지만 젊은 피가 흐르는 아들은 이런 정략결혼만은 결코 용납할 수 없었다. 아들과는 한마디 상의도 없이 아버지 혼자 무작정 고른 사람이 바로 점효였다.

·\\\\·

점효는 영락없이 조신하고 말이 없는 맏며느리상으로, 살림 솜씨가 뛰어나고 매사에 신중했다. 집안 교육은 제대로 받았다고는 하나 발랄한 유학생 여성들만 보아 온 우진에게는 답답해 보이는 사람일 뿐이었다. 무엇보다 난생처음 본 사람과 살을 섞는 일은 인간으로서 할 짓이 아니었다. 아버지 때문에 억지 인연을 맺은 것이라 반항과 포악을 떠는 일은 그로부터 오랫동안 우진의 몫으로만 남게 되었다.

정을 주면 되었다. 아내가 되었으니 정을 줄 수도 있었다. 하지만 어떤 이유보다 자식을 무시해 온 아버지가 그 손으로 직접 골랐다는 것만은 도저히 용납할 수 없었다.

'한 이불 덮고 살 사람은 난데 아버지가 고르다니……'

그런 여자를 사랑하면 아버지의 독선을 인정하는 꼴이 될 것이다. 아버지를 온몸으로 거부하기 위해서는 아내 또한 거부해야 마땅했다.

김우진은 훗날 「첫날밤」이라는 시를 이렇게 남기고 있다.

이날 저녁 이 자리 위에
같이 누워서
너와 나
같은 술, 한마음으로
천년만년 축수(祝壽)하나
너와 나의
생각하는 것
같지 않다

너와 나
아마
지난 날 꿈속에서
서로 만났을 터이나
이날 이 저녁
너와 나
같이 누워

생각하는 것

같지 않다

(이하 생략)

점효에게 말 한마디라도 건넸다가는 아버지라는 덫에 덥석 물릴 것만 같아 우진은 모든 것을 외면한 채 여름방학이 끝나기만을 기다렸다.

그날도 그는 말 한마디 없이 아내가 차려 주는 점심상을 묵묵히 받았다. 뜨거운 한낮, 툇마루였다.

그런데 밥 한술을 뜨려는 순간 그만 날벼락을 맞고야 말았다. 갑자기 나타난 아버지가 느닷없이 우진의 밥사발을 면전에 내던졌다. 우진은 본능적으로 사발을 피했지만 크게 놀라 비명조차 지르지 못했다. 아버지는 그날따라 마치 작심한 듯 보였다. 아내와 합방을 하지 않고 있는 자식 놈이었다. 있는 힘껏 밥상을 걷어차고는 불같은 화를 이기지 못하고 텃밭에서 자라던 채소들까지 발로 마구 짓밟으며 나가 버렸다. 이제는 물리적인 폭력도 불사하겠다는 뜻인가.

부자의 살풍경을 보던 아내는 눈물만 뚝뚝 흘렸다. 그러고는 난생처음으로 입을 열었다.

"내가, 내가……, 만일 내가 이 집에서 아이를 하나도 낳지 못하면 어떻게 되는 건가요?"

점효의 목소리는 심하게 갈라져 있었다. 원래 이 사람의 목소리가 이런 것이었나. 우진은 그녀의 얼굴을 처음으로 똑바로 보았다. 그녀 역시 화를 꾹꾹 삼키는 표정이었다. 새댁의 입에서 아이의 이야기가 나오는 것을 보면, 분명 거기에는 아버지의 심한 독촉이 있었을 것이다. 아버지는 발로 차고 그녀는 울었다.

　우진은 파르스름하게 변하던 아내의 뺨에 흘러내리던 눈물을 보았다. 그때, 우진의 마음에 작은 연민이 일기도 했다. 하지만 그런 것도 잠시였다.

　그는 이 사건이 주는 의미를 곱씹어 보는 데에만 몰두했다. 연민이 생기면 제 아내를 보듬어 줄 것이라 생각하는 사람이 아버지였다. 그런데 점효도 못마땅했다. 그녀는 그 말 외에는 더 이상하지 않고 깨진 사발들을 주워 담는 일에만 열중했다.

　일은 남자들이 저질러 놓고 뒤처리는 늘 여자가 한다. 조선 여자들은 죄도 없으면서 죄인처럼 조아리는 걸 당연시하고 있다. 도대체 왜, 내가 이렇게 살아야만 하느냐고 따지거나 불만을 터뜨리지도 않는다. 밥상을 치우는 게 뭐 그리 중요하다고. 조선 여자의 소극적 태도를 유전자로 이어받아, 하고 싶은 말을 끝까지 하지 못하는 점효의 태도는 인간이 부여받은 생명력을 스스로 포기한 것이나 다름없었다. 하기야 그런 생각도 다 변명일지 모른다. 얌전하고 착한 여자를 싫어하는 놈이 어디 있으랴. 하지만 매사 뒤틀어져야만 속이 편한 게 우진의 심사였다.

"난파, 그때 아내와 아버지는 사전에 서로 짜고 행동 개시를 한 거야. 여름방학이 끝나고 있었으니까."

우진은 아버지와 더 크게 부딪힐 일이 싫기만 하여 허겁지겁 짐을 쌌다. 그러고는 뒤도 안 돌아보고 일본으로 되돌아오고야 말았다.

점효에 대한 생각은 그렇게 커다란 마침표를 찍었다. 일본으로 돌아와 빡빡한 수업 일정에 몸이 바빠지자 자신이 결혼을 했다는 생각마저 잊혀져 갔다.

"애정 없는 결혼이란 그런 것일까? 돌아서면 까마득하게 잊어버리는 것이 사랑하지 않는 사람과의 관계란 말인가……?"

아직 어리기만 한 그는 여자가 무엇이고 사랑이 무엇인지 알 수 없었다. 아버지라는 거대한 바위에 짓눌려 둘만이 간직할 수 있는 추억도 없었다. 아마도 그것은 짧은 평생, 그 누구도 마음 놓고 사랑하지 못했던 한 남자의 운명이었는지도 모른다.

그 후, 우진은 아버지 몰래 와세다 대학 영문학과로 진학하고야 말았다. 아버지가 그토록 싫어하는 문학을 택하는 일만이 그 결혼에 대한 유일한 저항이라 생각했다.

"남편도 없이 막막하게 시집살이를 하는 여자야. 얼마나 외롭고 두렵겠어? 왜 그렇게 냉정해? 김 형답지 않은 일이야."

난파는 고국의 아내를 몹시 사랑하는 사람이었다.

"만일 내가 그녀를 아내로 받아들인다면 기필코 아버지의 세계에 발을 들여놓아야 해. 문학은커녕 소설 한 줄도 읽지 못한 채 아버지의 지시에 따라 오로지 돈을 모으고 돈을 세며 살아가야 한다구. 그것은 내가 원하는 삶이 아니야."

그런 이유로, 우진은 몇 년 동안이나 고향 땅을 아예 밟지 않았다. 사랑하지 않는 사람과는 아이도 낳지 않겠다는 그였다.

그러나 지난해 겨울방학, 자신과 철진의 유학비를 끊겠다는 아버지의 강압으로 점효와 상봉할 수밖에 없었다. 아버지는 동생 철진의 운명까지 틀어쥐고 그를 협박했다. 그렇게 철진은 늘 마지막에 아버지가 꺼내는 족쇄로 이용되었다.

그렇게 아내와의 짧은 시간을 보내고 온 우진은 종족 번식의 본능, 그것 외에는 어떤 감정도 없었다며 스스로를 달랬다. 그런데 그 일로 덜컥 아이가 들어선 아내가 올해 딸을 낳고야 말았다.

"큰일이군. 가계를 잇기 위해 땅만 보고 돈만 보며 살라 할 수도 없고."

다가올 세상에 대한 개안이 필요한 시대였으나 난파는 답답하게 살고 있는 우진이 측은하기만 했다. 조혼을 한 두 사람은 늘 마음이 통했지만 아내에 대한 마음에는 이질감도 자리했다.

"어쨌든, 김 형. 의식적으로라도 이 방구석에서 빨리 나가야 할 거 같아."

우진은 이미 식어 버린 커피를 마저 마시며 친구를 향해 희미하고 축축한 미소를 지었다.

4장

진흙 속에서 피어나다

김우진, 홍난파 등과 함께 일본 유학생으로 동시대를 살고 있던 윤심덕 역시 2학년 가을 학기를 맞이했다. 관비 유학생으로 일본에 도착해 3년간 아오야마 학원에서 음악 기초를 배우고 이곳 도쿄음악학교에 입학한 그녀였다.

심덕은 이 학교에서 가장 분주한 학생이었다. 음악과 교수들은 정기 연주회를 대비해 함께 연습해야 할 사람이라고는 심덕밖에 없다며 저마다 그녀를 불러 댔다.

"윤 양! 왜 이제 와? 내가 얼마나 기다린 줄 알아? 기무라 교수한테만 가 있을 거야? 제발 나한테도 신경 좀 써 줘."

"죄송합니다, 교수님."

뛰어오느라 숨이 찼지만 숨을 고르기도 전 악보부터 펼치는 심덕이었다.

"자, 오늘은 슈만의 〈시인의 사랑〉이야. 연습해 왔지?"

일본 최고의 음악학교이니만큼, 매해 수준 높은 학생들을 뽑으려면 가을 연주회가 성공해야 학교와 교수들의 위상이 올라갈 수 있었다.

연주회에서 불러야 할 노래는 참으로 많았다. 슈베르트와 슈만의 피아노곡을 비롯해 바이올린 성악곡 역시 끝이 없었다. 바흐와 헨델, 하이든, 모차르트…….

물론 연주회에는 남녀 성악도가 대거 참여하게 되어 있었지만 교수들은 일단 모든 곡을 심덕과 연습하고 싶어 했다. 음악의 성격, 템포, 주제를 확고히 다지는 데에는 심덕만 한 사람이 없었다. 그랬기에 테너와 바리톤이 불러야 할 노래도 심덕과 연습했고 알토가 부르는 노래도 그리했다.

"그렇지, 아주 좋아. 다이치 그놈은 왜 그렇게 무디게 부르는지 모르겠어. 한심한 놈 같으니. 자, 이 부분이 절정이야. 다시 한 번 해 볼까?"

언제 어디서든 심덕의 노래를 가장 우선으로 쳐주는 교수들이었다. 그렇게 그들의 각별한 사랑을 받았으나 심덕은 늘 편치 않았다. 남의 것을 빼앗는 느낌이었다. 그날도 그렇게 온종일 이곳저곳에서 노래를 불렀다. 교수들이 하도 간곡히 부탁하기에 들어준 것인데, 그들은 조금만 틀려도 화를 냈다. 부탁하는 처지라는 걸 망각하는 그들에게 심덕의 존재는 그저 힘없는 조선인일 뿐이었다. 그래도 비위를 맞춰야 했다. 동료들에게 미운털이 박혀 있는 그녀를 교수들까지 외면한다면 더 이상 의지할 곳이라고는 아무 데도 없으니까.

온몸에 힘이 다 빠져나간 채로 교수실을 나온 그녀가 맞닥뜨리게 되는 건, 역시 눈에서 분노의 불길을 내뿜는 학생들이었다. 그럴 때마다 그녀는 움츠러드는 어깨를 더 활짝 펴고 보란 듯이 걸었다. 눈치를 보며 고개라도 숙이면 그땐 가차 없는 공격과 괴롭힘이 달려들 것이다. 상대가 가슴을 펴면 펼수록 풀이 죽는 게 일본인의 속성임을 알고 더 활짝, 더 크게 가슴을 펼 수밖에 없다. 결국 심덕은 매사 기가 세어지는 방법을 모색했다. 어머니의 성품을 떠올리면 드센 면들이 보다 쉽게 발휘되었다. 그러나 어머니의 힘으로 단단해지는 건 그저 얼굴 근육밖에는 없었다. 마음은 늘 버겁고 괴롭고 초라했다.

이런 날 심덕은 지쳐 가는 몸과 마음을 교내 음악 감상실에서 풀고는 했다. 말동무 하나 없던 그녀에게 텅 비어 있는 어두운 감상실은 언제나 편안한 쉼터가 되어 주었다.

그런데 감상실에 도착하자 매혹적인 바이올린 선율 하나가 가슴을 울렸다. 온종일 일본인들의 등쌀로 천국과 지옥을 오가던 그녀는 갑자기 설움이 북받쳤다.

아, 이 음악은 마치 고향집 풀꽃 내음 같구나.

얼마쯤 지났을까. 음악에 빠져들어 고단함을 떨치고 있을 무렵, 컴컴한 감상실 맨 앞에 앉아 있는 한 남자가 눈에 들어왔다.

'응? 저 깽깽이가? 경성에 있는 줄 알았는데 웬일이야?'

난파였다. 음악이 끝나자 그는 불을 켜고 축음기에 들어 있는 레코드판을 꺼냈다. 그리고 심덕에게로 성큼성큼 걸어왔다.

"어머, 언제 왔어?"

"얘긴 나중에 하고 빨리 나가자구. 내가 왔다는 걸 알면 여성분들이 떼거지로 몰릴 테니까."

"참나, 그 병을 아직도 못 고쳤네? 그나저나 그 레코드, 난파 거야? 음악 참 좋던데."

멘델스존의 〈마단조의 바이올린 협주곡〉이라 했다. 이 음악을 심덕에게 들려주기 위해 가져왔는데 이곳에서 만나게 되리라는 예상은 틀리지 않았다. 역시 두 사람은 마음이 잘 통했다.

감상실에서 빠져나온 두 사람은 어둠이 깔리기 시작한 교정 벤치에 앉았다. 난파는 한때 심덕과의 우정이 혹시 연정은 아닌지 가슴이 뛰던 시절도 있었다. 그러나 아내가 아프기 시작하면서부터는 그런 마음도 저만치 밀어내 버렸다. 자신의 유학으로 홀로 외롭게 병마와 싸우는 아내를 배신할 수는 없었다.

"우리 깽깽이 덕분에 내가 그런 음악을 듣게 되다니. 그 곡을 들으니 어쩐지 언니가 생각나. 동생들 뒷바라지는 언니가 다 했거든. 우리 언니의 뒷모습엔 언제나 슬픔이 깃들어 있었지."

"베토벤의 〈마단조의 바이올린 협주곡〉을 '아담'이라고 한다면 멘델스존의 것은 '이브'로 평가받아. 베토벤의 것은 남성적이고 이 곡은 여성적이라는 거지. 언니가 생각난다면 역시 심덕 씨 음감은 대단한 거야."

심덕은 눈을 감고 조금 전에 듣던 음률을 떠올리며 역시 난파가 고른 음악은 뭔가 달라도 다르다 생각했다.

⟪⟪⟫

도쿄 다이토 구에 위치한 도쿄음악학교. 관비 유학생은 사범과에만 진학할 수 있었기에 심덕은 작곡과였던 난파와는 과(科)가 달랐다. 그래도 조선인 동급생으로서 그들은 남다른 친구였다.

며칠 전 우진을 만나고 온 난파는 우진에게 주는 우정의 무게만큼 심덕에게도 그런 마음을 가지고 있었다. 일본에 올 때마다 두 사람을 번갈아 찾아다니는 그였다.

"요즘도 나랑 심덕 씨랑 그렇고 그런 사이라는 소문은 여전한가?"

"걱정하지 마. 내가 하도 뻔뻔하게 구니까 이젠 심드렁해졌어."

언젠가 한 번은 학교에서 기차여행을 한 적이 있었다. 외로운 조선인 처지에 서로를 의지했던 난파와 심덕은 같은 좌석에 앉아 서로 두런두런 이야기를 하며 지루함을 달랬다. 마침 커튼이 쳐져 있는 좌석이었다. 조그맣게 퍼져 나오는 심덕의 웃음소리를 듣고 동급생들은 기상천외한 소문을 만들어 내기도 했다.

'커튼 안에서 거의 신음 소리에 가까운 두 사람의 목소리가 흘러나왔다지 뭐야? 그 안에서 뭘 했겠어? 안 봐도 뻔하지 뭐. 젊은 남녀가 바짝 붙어 앉았는데 그냥 얘기만 했겠냐구? 누가 그러더라. 그 곁을 지나는데 후끈후끈 열이 나더라고. 어휴, 망측해. 입이 더러워질까 봐 말하기도 싫어. 추잡해……'

더욱이 교수들로부터 특별 대우를 받던 심덕이었다. 동료들의 질투와 따가운 시선을 받는 건 당연한 일이었다. 그것은 곧잘 일본인들의 고질적 집단 따돌림인 '이지메' 현상으로 이어졌고 그들은 심덕을 형편없는 여자로 만드는 데 혈안이 되어 갔다. 입이 더러워질까 무섭다면서도 언제나 심덕은 입방아의 대상이었다. 그들로 인해 칙칙한 내용의 무수한 이야기가 만들어졌고 동시에 난파까지 희생양이 되어 버렸다.

그녀는 그렇게, 없는 일을 상상으로 각색해 내는 그들이 싫었다. 그들은 심덕을 밀어냈고, 심덕은 그들을 밀어냈다.

"집사람은 좀 어때?"

아내 때문에 방학 때 집에만 다녀오면 몇 달씩 마음을 잡지 못하는 난파였다. 2학년이 되자 학교를 다니는 둥 마는 둥 하다가

휴학까지 했으나 이렇게 도쿄를 배회하고 있는 것을 보면 애가 탔다.

"전혀 차도가 없어……."

열여섯에 일찌감치 혼인을 한 난파는 알 수 없는 병에 허덕이고 있는 아내 때문에 항상 수심이 가득했다. 3년 전에 딸아이를 낳고는 더욱 쇠약해졌으니 아이는 누님들의 집을 오가며 키우는 형편이었다.[9]

늘 난파의 아픔을 꼼꼼히 헤아리는 그녀였다. 그러나 심덕도 초조한 사람이기는 마찬가지였다. 유학생 모임에 가끔 등장하는 심덕은 유난히 활발하고 때로는 도발적이기까지 했다. 그리하여 누구도 그녀의 아픔을 눈치챌 수 없었지만 그건 반드시 성공해야 한다는 강박감을 떨쳐 내려 몸부림치는, 고통의 또 다른 일갈이었다.

"만나는 사람도 없어? 여자 나이 스물넷이면 할머니 소리 듣는 나이 아니야?"

이 여자를 홀로 사랑해 정신병원에 입원한 남학생도 있었다.[10] 그러나 그건 자신이 어떻게 해 줄 수 있는 문제가 아니라 했다. 다 제 운명이지, 그렇게 말할 때는 그녀답지 않게 냉정하고 싸늘하기까지 했다.

"남자한테 얽매이면 그때부터 성장이 멈추는 거야. 그게 조선 여자의 운명 아니겠어? 더구나 이 조선 여자가 무대에 서야 해.

더 말해서 뭐 할까."

사랑에 관한 한 심덕은 굳게 닫힌 창문과도 같았다. 남자와 사랑에 빠져 허우적대는 일이야말로 가족들에게 빚을 갚아야 할 그녀에게 사치에 불과했다.

〽

두 사람의 해후가 난파의 가정사로 침울하게 이어질 무렵, 학교 건물 뒤에서 한 여자아이가 천천히 걸어 나왔다.

"참, 내 조카야. 이번에 나랑 같이 왔어. 여기저기 볼 데가 얼마나 많은지 내 손도 뿌리치고 혼자 다니기에 이 벤치에서 만나자 했지."

난파의 조카이자 홍석후의 딸, 옥임이었다. 열 살 남짓 되었을까? 그 아이는 가만히 서서 학교 담장 너머, 뒷산 너머, 해 지는 저녁 하늘 너머를 허허롭게 바라보고 있었는데 그 모습이 야릇했다.

"저 애는 어렸을 때 우리 집에서 처음으로 피아노라는 걸 봤어. 내가 조금씩 가르쳐 줬는데 하나를 알려주면 열이고 스물이고 척척 알아듣는 애야. 우리 학교에 와 보는 게 소원이라 해서 이번에 같이 오게 됐지."

"아이를 데리고 여기까지 온 걸 보니 역시 대단한 집안이네."

"대단하기는. 형수님이 다섯이나 되는 애들을 돌보느라 쩔쩔매고 있어서 내가 그냥 끌고 오다시피 했어."

사실 형님은 의사라고는 하지만, 장남으로서 일곱이나 되는 동생들을 챙기느라 늘 쪼들리는 형편이었다. 난파 역시 형님의 도움이 없었다면 지금까지 버티지도 못했을 것이다.

"저 애가 제대로 음악 교육을 받는다는 건 좀 힘들겠네."

"어쨌든 딸이니까. 위로 오라비 셋에 남동생까지 있는데 딸의 재능까지 신경 쓸 틈이 어디 있겠어? 피아노 배우는 속도가 어찌나 빠른지 탐나는 아이이지만 저 애 집안은 시큰둥해. 피아노 살 돈도 없는 집이야."

학교도 남보다 1년 늦게 들어갔고, 그것도 집안일 돌보느라 다니는 둥 마는 둥 하고 있단다.

"그런데 말이 없어도 너무 없어. 나하고 있을 때는 몇 마디 하곤 하는데 제 집에서는 한마디도 안 해."

"왜 그럴까?"

"뭐 하나 그냥 지나치는 법이 없이 매사에 예민한 애야. 내가 보기엔 뭔가 문제가 있는 거 같은데, 나도 정신없고 식구들도 저 애한테는 별 관심이 없다 보니……."

그래도 아이의 음악성은 아깝다 했고 저 아이가 쓴 시에 난파가 곡을 붙여 동요를 만들어 본 적도 있다 했다.

그때, 옥임이 다가왔다. 난파는 하던 이야기를 멈추며 말했다.

"옥임아, 삼촌이 말했던 윤심덕 아줌마야. 보고 싶다 그랬잖아?"

문득 아이가 심덕을 바라보았다. 아이와 악수를 하러 손을 내밀다가 심덕은 그 눈이, 정말 아름답고 고운 그 아이의 눈이 너무도 허망하여 놀랍기만 했다. 도무지 알 수 없는 표정으로 심덕의 얼굴을 오랫동안 무심히 쳐다보았다.

음악가들 중에서도 특히 작곡을 하는 이들에게서 저런 모습이 많이 보였다. 난파도 한번 몰두하면 낮이고 밤이고 없었다. 그렇다면 저 애는 정말 음악적 소질이 대단할 수도 있었다. 다만 이 시대에 하필 딸로 태어난 게 걸림돌이었다.

옥임은 삼촌의 무릎을 베고 깊은 잠에 빠져들었다.

"애 감기 들겠네. 얼른 데려가서 쉬게 해."

난파는 옥임을 둘러업고 걸었다. 심덕이 자신의 외투를 벗어 아이에게 덮어 주었다.

마침내 난파는 이날 심덕을 찾아온 이유에 대해 입을 열었다.

"사실 내가 다시 일본에 온 데에는 특별한 일이 있어서야. 누굴 좀 만나 줘."

"누구?"

그렇게 말을 꺼낸 난파는 마침 뭔가가 생각난 듯 환하게 웃었다.

"참, 심덕 씨 호가 수선(水仙)이지? 그 친구 호는 수산(水山)이야, 이거 우연치고는 기가 막힌 인연이네. 두 사람 다, 물을 좋아하나 봐?"

김우진의 호가 수산이었다. 심덕 또한 비를 좋아했고 물만큼은 언제나 변함이 없다 생각해 수선이라는 호를 사용했다.

"그 친구 만나 보면 아마 낯이 익을걸? 이따금씩 유학생 모임에 나왔으니까."

"무슨 일인데?"

"만나 보면 알아."

"총각은 아니겠지?"

"딸이 하나 있어."

"호호, 연애설에 휘말리지는 않겠네?"

그러나 그때는, 김우진과 윤심덕 두 사람이 물을 좋아한다는 사실은 그리 중요하지 않았다. 물의 한가운데로 두 사람의 시간이 영원히 정지해 버릴 거라는 생각은 그 누구도 하지 못했다.

※

난파가 일본을 다시 찾게 된 데에는 우진을 중심으로 현재 어떤 중요한 일이 벌어지고 있기 때문이었다. 작년 3·1운동이 그렇게 비극적으로 끝난 데 대해 유학생들이 나서서 고국을 위해 뭔가 의미 있는 일을 하자며 머리를 맞대고 있을 무렵.

딸아이 출산 이후 모든 것에 흥미를 잃어 가던 우진 역시 언제까지나 은둔 생활만 할 수는 없다 생각했다. 그것은 남보다 선택받은 유학생으로서, 아버지가 그렇게도 싫어하는 문학에 목숨을 거는 자로서 해야 할 일이 아니었다.

우진이 어둡기만 한 기숙사에서 벗어나고자 찾은 일도 바로 고국을 위한 '그 무엇'이었다. 그러나 처음에 우진은 유학생들 사이에서 논의되고 있는 일에 대해 별 관심을 보이지 않았다. 그건 큰돈이 들어가는 일이었기 때문이다. 고국의 동포들을 위로하는 일이라고는 유학생들이 배워 온 문학과 음악 등 신문명을 보여 주는 것밖에는 없었다. 그렇다면 무대를 꾸며야 하는데 거기에 누가 큰돈을 댄단 말인가.

그런데 시간이 흐르자 우진은 그것이야말로 매우 의미 있는 일이라는 생각이 들기 시작했다. 희곡에 관심을 두고 있던 그였다. 그간 꿈꿔 왔던 무대가 머릿속에 선명하게 그려지기까지 했다.

우진이 고민을 하자, 철진이 팔을 걷어붙이고 달려들었다.

"아버지를 살살 구워삶아야지요. 두고 보세요."

"실의에 빠진 고국의 동포들의 몸과 마음을 벌떡 일으켜 세울 일이라면 단원들도 모집해야 하고 식비, 의상비, 무대 장식비 등등 얼마나 돈이 많이 들어가는데 그래? 그뿐이야? 여비도 문제야."

하지만 다음 날, 철진은 아버지한테 뭉칫돈을 보내라 장장 열 쪽의 편지를 썼다. 그러더니 또 하루는 펄펄 날며 뛰어왔다.

"형님! 이게 웬일이우? 돈을 의미 있게만 쓴다면 무한정 대 준다 그러시네? 그냥 내가 불우한 유학생들을 위해 돈 한번 멋지게 내놓으라 그랬지. 그랬더니 군말 않고 보내겠다는 거예요. 하하하핫……, 우리 아버지, 일본에서까지 이름을 날리고 싶으신가 봐요."

수많은 이복동생 중에서도, 한 어머니의 한배에서 태어났기에 철진은 언제나 우진의 편이었다. 형이 좋아하는 문학을 저도 선택하고는 그 뒤를 따랐다. 그러나 이상하게도 아버지는 철진에게는 큰소리 한번 내지 않았다. 그것은 영원한 수수께끼였다. '둘째한테는 별 기대를 하지 않아서 그래요. 장남하고는 벌써 태생부터 다르잖우?' 늘 그렇게 말하는 철진이었다. 우진이 아버지를 회피하는 일에 몰두했다면 철진은 정면돌파 쪽을 택했다. 아버지의 속마음을 파고들어 얻어 낼 것은 반드시 얻어 냈다.

아버지가 약속한 돈은 과연 집 서너 채를 살 수 있을 만큼 많았다. 이 이야기가 퍼지자, 과연 철진의 말대로 유학생 세계가 들썩였다. 우진은 그간의 원망을 삭이며, 어쨌든 아버지의 도움을 받아서라도 반드시 이 일을 성공리에 끝내리라 생각했다. 그런 생각은 곧 의지가 되어 불타올랐다. 그렇게 우진 형제가 머리를 싸매고 노력하는 모습은 유학생들의 사기를 더욱 높였다. 그들은 극단을 만들어 고국으로 순회 공연을 떠나는 일에 만장일치를 보았다.

그 일에 조명희, 홍해성, 고한승, 조춘광 등의 문학 천재들이 모여들었다. 그들은 이미 우진과 함께 극예술협회를 조직하여 외국 고전과 근대 희곡을 열렬히 분석하고 토론해 온 사람들이었다. 숫기도 없는 우진이 오래전부터 그 모임을 주도하게 된 건 누구보다 어학 실력이 뛰어났기 때문이기도 했지만 그만큼 문학에의 열정이 남달랐다는 이야기다.

이 일은 극예술협회를 중심으로 바쁘게 돌아갔고 '동우회순회 연극단'이라는 정식 명칭이 붙여졌다.

⁂

순회연극단의 주요 레퍼토리는 신극 공연이었다. 여기에는 조명희의 창작 희곡인 「김영일의 사(死)」와 난파가 자신의 소설을 직접 희곡으로 각색한 「최후의 악수」, 그리고 우진이 번역한 「찬란한 문」이 선정됐다. 조명희의 희곡은 가난에 허덕이던 유학생의 죽음을 사회주의의 시선으로 바라본 것이고, 문학에도 소질이 있던 난파의 것은 소학교 친구 세 명의 우정과 사랑을 중심으로 특히 젊은이들의 허무한 사랑이 진하게 배어 있는 소설이었다.

특히 조명희의 작품을 선정한 데에는 여러 이유가 있었다. 그는 3·1 만세 운동에 참여해 투옥된 전력이 있었다. 감옥에서 가까스로 풀려난 그는 친구의 도움으로 일본으로 건너와 도요 대학에서 동양철학을 수학하게 되었다. 견디지 못할 정도의 굶주림 속에서도 학비를 벌어 가며 고군분투했던 조명희의 「김영일의 사」는 궁핍하기 짝이 없던 그의 자서전이기도 했다.

그런 그는 가끔씩 식민 치하 조선에 대한 시를 운명처럼 써 내려갔다.

동무여!
우리가 만일 개[犬]이거든
개인 체하자
속이지 말고 개인 체하자
그리고 땅에 엎드려 땅을 핥자
혀의 피가 땅속으로 흐르도록
땅의 말이 나올 때까지

동무여! 불쌍한 동무여!
그러고도 마음이 만일 우리를 속이거든
해를 향하여 외쳐 물어라
"이 마음의 씨를 영영히 태울 수 있느냐"고!
발을 옮기지 말자
석상(石像)이 되기까지

─ 조명희, 「동무여」

당시 유학생 사이에서 이 시는 감동으로 퍼져 나갔다. 동포끼리 배신을 마다하지 않는 모리배 친일파들에 대한 분노와 절규가 통곡으로 드러난 시였기 때문이었다. 이처럼 막간에는 조명희뿐 아니라 극예술협회 회원들의 자작시도 낭독할 예정이었다.

그런데, 우진이 번역한 「찬란한 문」은 조금 색깔을 달리하는 작품이었다. 아일랜드의 극작가인 로드 던세이니의 희곡으로, 현실 세계와 요정(妖精)을 주제로 하여 시공을 초월한 신화의 세계가 재창조된 것이다. 아일랜드 특유의 안개 긴 몽롱한 분위기에 괴담이 곁들여진 환상적인 이미지가 돋보인 이 작품은, 현실 도피가 전부였던 우진의 상황을 잘 대변해 주기도 했다.

사회성과 사랑, 그리고 환상의 세계가 한 무대에서 펼쳐지게 되었으니 작품 선정은 모두에게 만족스러웠다.

그 소극적인 사람이 웬일일까 싶을 정도로 우진의 눈은 날마다 강렬하게 빛났다.

"난파, 그런데 뭔가 허전하지 않아? 아직 우리나라 관객들이 신극에는 익숙하지 않아서 말이야."

국내 관객들의 지지를 받으려면 뭔가 흥밋거리가 곁들여져야 할 듯했다.

"그건 그래. 막간에 무언가 이목을 집중할 만한 걸 넣었으면 좋겠는데. 시 낭독만으로는 좀 부족하긴 하지."

"애초에 우리가 음악도 염두에 두었으니 자네가 바이올린 연주를 들려주는 건 어때?"

"글쎄, 바이올린이 어렵고 생소하지는 않을까? 얼마 전 경성에서 가진 내 독주회에서 사람들이 보여 준 무관심을 생각하면, 으, 떠올리고 싶지도 않아."

"이 사람아, 국민들이 언제까지 과거에만 머물러야 하겠어? 관객이 신파극보다는 신극을 자꾸 접해야 희곡이 발전하는 것처럼, 바이올린 같은 악기도 즐길 줄 알아야만 조선의 음악 수준이 높아지는 거야."

우진은 진취적인 사고를 가진 사람이었다. 겉으로는 허약해 보였지만 그의 가슴에는 새로운 것에 대한 열망으로 가득했다.

"그럼, 나랑 한기주 양이 번갈아 가면서 연주하기로 할까?"

당시 도쿄음악대학의 한기주는 난파와 동급생으로 바이올린과 피아노, 성악까지 못하는 것이 없는 재주꾼이었다. 우진도 고개를 끄덕였다.

"좋지. 여자가 등장하면 부드럽고 매력적이잖아. 관객들의 호응도가 확 달라질 거야. 노래도 부르게 할까?"

그러나 어쩐지 그녀만으로는 조금 부족한 느낌이었다. 기주는 무대를 장악하기에는 에너지가 아직은 어설펐다. 어느 정도 파격적인 무대가 절실했다. 그때, 갑자기 난파의 머릿속에 심덕이 떠올랐다. 아, 그렇다. 윤심덕! 그녀만큼 돋보이는 사람은 없을 것이다.

"우리, 윤심덕에게 노래를 부탁해 볼까?"

"그렇게 바쁜 여자가 허락하겠어? 몇 번 본 적이 있기는 하다만 콧대 높기로 소문이 파다하던데."

"뜬소문이야. 그런 사람 아니야."

기발한 생각이었다. 윤심덕은 도쿄음악학교에 입학할 때부터 이미 유학생들은 물론 일본인에게까지도 유명한 조선의 자랑스러운 성악도였다.

"윤심덕이 함께한다……? 그렇지, 큰 인기를 끌 수 있을 거 같군."

그렇게 무대 구성까지도 생각할 줄 아는 우진이었다.

난파는 생각에 잠겼다. 이제 막 이 골방에서 나가려 애쓰는 우진에게 심덕은 분명 활력소가 될 것이다. 어쩌면 그녀는 우진에게 미소를 되찾게 해 줄지도 모른다.

5장

슬픈 광기의 날들

김우진이란 사람은 전혀 마음에 들지 않았다. 어두운 표정은 딱 질색이었던 심덕에게 그는 처음부터 우울로 중무장한 부르주아의 냄새를 진하게 풍겼다. 게다가 누구에게도 눈길 한번 주지 못할 정도로 소심해 보이는 남자였다. 그러나 그러면 어떻고 저러면 어떠리. 모두 같은 민족인걸……. 심덕은 동우회 순회공연에 합류하기로 약속했다.

1920년. 겨울방학을 맞아 본격적으로 연습이 시작되었다. 그런데 연습 장소에 가면 늘 마음에 걸리는 게 있었다. 우진과 단원들의 마찰이 영 만만치 않았다.

"아니, 김우진 씨? 전 도무지 이 극본을 이해할 수가 없어요. 결말이 왜 이래야만 되는 거죠? 너무 난해하지 않아요?"

"아? 예……."

제작자이며 총연출가이기도 했던 우진은 작품 해석을 요구하는 연기자들에게 늘 즉각적인 답변을 하지 않았다. 깊이 생각해보지 않고는 경솔하게 대답을 늘어놓는 일 따위는 하지 않는 그의 성격 때문이다. 심덕은 그럴 때마다 우진의 태도를 유심히 지켜보았다. 아? 예, 두 마디가 전부였다. 놀란 듯 동그랗게 눈을 뜨고 내뱉는 아? 예……. 사람들에게 똑 부러진 대답을 하지 못하는 것도 그의 성격이었다.

개인 시간을 조절할 수 없던 배우들은 모든 불만을 총연출자인 우진에게 쏟아 냈다. 그렇게 첫 단계부터 삐걱거리는 일이 참으로 많았다. 그러나 우진은 참고 기다릴 줄 알았다. 친구들이 굳이 우진에게 총연출을 맡긴 데에는 어쩌면 우진의 그런 면을 높이 샀기 때문인지도 모른다.

우진의 낯빛은 희다 못해 푸른 기가 감돌았다. 그의 눈은 검은 테 안경 속에서 늘 크게 뜨고 있었지만, 시선은 자유롭지 않았다. 무슨 일에 집중만 하면 한군데로만 시선을 고정하는 바람에 누가 질문을 해 와도 곧장 대답하지 못했다. 눈을 아래쪽으로 두는 날이면 온종일 그런 자세로 사람들과 대화했다. 또한 생각해야 할 일이 많을 때는 팔짱을 긴 채로 코를 만졌다. 심덕의 눈에는 우진의 그런 모습이 특이하기만 했다.

그러던 어느 날, 우진의 번역극에 등장하는 인물의 성격에 대해 집요하게 물고 늘어지는 여배우가 있었다.

"도무지 종잡을 수 없는 인물들이잖아. 희곡에서 인물이란 처음부터 일관성을 유지하는 것이 가장 좋다고 배웠는데, 아무리 환상적인 작품이라고는 하지만 이 사람들, 어떻게 해석해야 해?"

반말로 잘난 체하는 이는 민설란이었다. 유학생으로 왔다가 일본 극단에서 일하게 되는 바람에 학업을 그만둔 여자였다. 그래도 유학생들에게 그녀는 우상과도 같은 존재였다. 비록 주인공 한번 하지 못했지만 일본 극단에 소속된 현역 배우로서 그 자부심은 대단했다. 공연이 없는 시간을 내어, 노느니 유학생들을 돕겠다는 마음으로 이 무대를 기꺼이 수락했던 모양인데, 거기엔 같은 학교 후배인 철진의 끈질긴 간청이 큰 몫을 했다.

그러나 학생들의 연극이라 그런지 이상만 앞서 있고 현실성이 떨어져 보였다. 처음에 가졌던 호기심과는 달리 날이 갈수록 설란은 매사에 시시콜콜 참견을 하며 콧대를 높이기 시작했다.

그날도 우진이 침묵으로 일관하자, 설란은 답답하여 거의 숨이 넘어갔다.

"아? 예……"

또 저 소리. 심덕까지 답답해져 갔다. 그런데 이번에는 웬일인

가. 우진이 한마디를 덧붙이고 있다.

"민 선배님, 앞뒤를 열심히 읽어 보시면 좋을 듯합니다."

급기야 여자는 크게 화를 냈다.

"그럼 내가 극본을 읽어 보지도 않고 연습을 한다, 이 말이야?"

여전히 반말로 까탈을 부렸지만 우진의 표정은 변함이 없었다.

"그렇다면, 우리끼리 다시 의논해 보겠습니다."

"또, 또! 아니, 뭘 그리 만날 의논한다는 거야?"

대본을 땅바닥에 내동댕이치며 무대 밖으로 나가려던 그녀의 팔을 우진이 가만히 붙잡았다.

"이러지 마시고, 선배님이 저희에게 가르침을 주십시오. 저희가 열심히 배우겠습니다. 그리고 제가 원작자의 의도를 더 정확히 파악해 각색에 좀 더 심혈을 기울이겠습니다."

오랜 연구 끝에 이제는 비교적 깔끔하게 정리된 극본들이었다. 그러나 그녀는 신파극만을 주로 연기했던 터라, 인간의 내면을 들여다보는 신극에는 도무지 적응이 안 되었다.

꧁꧂

말없이 제 할 일만 묵묵히 하는 우진의 모습에, 심덕은 자신도 모르게 조금씩 마음이 열려 갔다. 가타부타 말이 없는 이에게서 '사람'이라는 것도 느껴졌다. 이렇게 어수룩한 사람이야말로 신선

한 경험이었다. 어쩌면 그녀는 치열한 생존 경쟁에서 벗어나 모처럼 한숨을 돌리고 있었을 것이다. 혹독하기만 했던 유학 생활에서 쉼표를 찾아낸 게 분명하다.

시간이 흐르자, 김우진이라는 사람에게 조금씩 동화되어 가는 이들 중에는 그 얄미운 민설란도 있었다. 웬일인지 하루는 사람들 앞에서 이런 이야기까지 했다.

"하루에 열 번도 더 변하는 게 사람 아니겠어요? 여기 나오는 인물들은 모두 아침에는 살아야겠다며 마음을 다잡다가도 저녁만 되면 죽음의 그림자를 밟고 서 있어요. 그렇듯 변화무쌍한 인간의 감정 기복을 연기할 줄 알아야 진정한 배우라 생각합니다만……."

그걸 모르는 단원은 한 사람도 없었다. 유치하기 짝이 없는 설란의 이야기에 혀를 차고는 했지만, 그래도 같은 동포로서 손 하나 내밀어 주는 일은 그리 어렵지 않았다. 그건 우진이 보여 준 힘이었다. 침묵의 힘, 그리고 기다림의 힘. 심덕에게는 그런 우진과 함께하고 있다는 사실만으로도 안정과 평온이 찾아왔다.

하지만 늘 시간에 쫓기던 그녀는 항상 이들과 함께할 수도, 시간을 잘 지킬 수도 없었다. 몇 시간 동안 발성 연습만 하는 날도 있었고 노래가 잘 되지 않는다며 입 한번 벌리지 않은 채 귀가하기도 했다. 그게 노래하는 이들의 특성이라는 걸 알 리 없는 단원들은 심덕이 유난을 떤다며 수군거렸다. 그러다가도, 가끔씩 단원들과의 호흡과 돈독한 정이 느껴지면 저절로 신명이 났다. 그럴 때면 심덕은 마치 아리아의 여주인공처럼 모든 사람들의 영혼을 울려 댔다.

우진은 심덕의 노래가 뿜어내는 강한 힘에 새삼 놀랄 수밖에 없었다. 그것은 준비한 세 편의 연극을 다 합쳐도 찾아볼 수 없는 감동이었다.

'비록 피아노 한 대밖에 없지만 여자의 노래를 담는 순간 저 피아노는 오케스트라로 변하곤 한다. 자신감 넘치는 표정하며 일체의 망설임도 없이 무섭게 뿜어내는 내면의 소리……. 저 여자의 눈빛은 이 세상 사람들을 모두 집어삼킬 듯 집요하다.'

날이 갈수록 우진은 심덕에게 미묘한 끌림을 느끼기 시작했다. 그녀의 얼굴을 가만가만 훔쳐보는 날이 많아졌다. 참으로 다양한 표정을 가진 여자였다. 이야기할 때나 노래할 때, 얼굴 근육 하나 하나에까지 섬세한 감정들이 파고들어 저절로 희로애락의 덧칠을 했다. 그런 그녀의 모습을 보고 있으면 여러 색깔의 꽃들을 한꺼번에 감상하는 듯했다. 조선 여자 특유의 내숭이 그녀에게는 전혀 없었다. 유학생 모임을 매번 놀라움으로 초토화시킨다는 저 여자.

'사람이라면 저런 수많은 표정을 지을 줄 알아야 해. 저 여자는 여자를 넘어서 인간이기를 갈망하는 거야. 우선 저 사람은 표정부터가 무척 솔직하다. 감정 표현도 정확해. 그러나 복잡해. 그게

78

장점이야.'

자신의 단점이기만 한 소심함, 비열함, 이중성, 덜떨어짐……, 심덕에게는 그런 게 없었다. 윤심덕의 내면에는 다른 여자에게서는 볼 수 없었던 '인간'이 살고 있었다. 일찍 세상을 떠났던 어머니와 계모들만 떠올리면 가슴이 절로 비어 가는 우진에게 심덕은 '생명력' 그 자체였다.

어떤 알 수 없는 감정이 우진의 가슴으로 흘러들었다. 탐색의 시간은 짧았으나 점점 그 이상의 무엇이 목을 타고 올라왔다. 그리고 때때로 그녀의 노래에 덧없는 성욕까지 느꼈다. 하지만 그것은 남녀의 합일을 갈망하는 육체적 욕망이 아니라, 예술의 신비에 빙의된 것만 같은 분열적 절정감이었다. 그의 눈동자는 감당키 어려운 여행을 준비하는 사람처럼, 점차 외롭게 흔들렸다. 어쩌면 숱하게 불면의 밤을 치러야 할지 모를, 저 참담한 사랑 속으로 빠져들고 있었는지도 모른다. 그러나 그 눈빛은 단지 추억만 만들고 싶은 것이 아니었다.

온 생을 던지고 싶은 광기였다.

그것이야말로 첫사랑의 어지러운 고통이라는 걸 우진은 본능적으로 감지했다. 지금까지 한 번도 느껴 보지 못했던 이 감정은 첫사랑의 아픔이라고, 이 감정은 죽을 때까지 떼어 내지 못할 것이라고.

겨울방학이 끝나 갈 무렵, 연습실은 모두의 사랑방이 되어 갔다.

한기주와의 이중창을 프로그램에 넣은 것은 심덕의 제안이었다. 심덕은 뛰어난 재능을 인정받지 못하고 있는 기주가 늘 안타까웠다. 그랬기에 그녀와의 조화에 더욱 세심하고 예민한 배려를 쏟아 냈다. 서로 다른 듯 묘하게 어우러지는 그녀들의 이중창은 분위기를 한층 고조시켰다. 난파와의 이중주와 노래 반주만을 전담했던 한기주는 심덕이 고른 〈매기의 추억〉을 부르며 점점 자신감이 붙었다.

기주는 심덕보다 두 살이나 어렸다. 곡을 해석하는 면에서 자신보다 우수한 심덕을 어느덧 친언니처럼 따르며 의지하기도 했다. 그로부터 〈매기의 추억〉은 단원들의 애창곡이 되어 갔다.

그러던 중 민설란은 좌중을 압도하는 심덕의 존재를 강하게 의식하기 시작했고, 여자로서 질투의 감정도 느꼈다. 그러나 그보다 더한 무엇이 그녀의 마음을 자꾸 건드렸다. 심덕의 노래가 시작되면 설란은 재빠르게 우진부터 바라보았다. 언제나 심덕을 똑바로 보지도 못하고 아래로만 시선을 주고 있는 사람이었다. 팔짱을 낀 채로 콧등만 만지작거리는 소심한 사람이었지만 노래가 절정으로 치닫기라도 하면 우진은 영락없이 '남자'가 되어 간다. 온몸이 낮은 파도처럼 물결치다가 갑자기 소스라치듯 경련을 일으켰다. 얼굴은 더욱 하얗게 변해 갔고 눈빛은 허허롭기까지 하다.

윤심덕에게 마음을 빼앗기고 있는 게 분명해 보였다.

'흥, 노래로도 사내라는 게 확인되는 거야?'

설란은 이상하리만치 답답하고 화가 났다. 종종 그것이 심술로 이어졌다. 심덕의 노래 도중에 큰 소리로 우진을 불러 대곤 했다. 그럴 때마다 피아노는 멈췄고 노래는 끊겨 버렸다. 심덕은 여자의 심술에 자신의 아까운 시간을 빼앗기고 있으니 화가 나기 일쑤였다. 저 여자, 한두 번이 아니질 않은가. 화가 머리끝까지 오르면 곧장 짐을 싸 들고 밖으로 나가 버렸다. 그러나 시간이 흐르면서 설란에게 문제가 있는 것이 아니라 자기 자신에게 문제가 있다는 자책감에 사로잡혀 갔다.

'어떤 마음도 품지 말자. 어차피 이곳은 연극을 위한 모임이 아닌가. 그런데 내가 왜 이렇게 자꾸만 날카로워지는 거지?'

심덕은 자신 안에서 끊임없이 일어나는, 난생처음 느낀 감정들을 떨치려 문을 더욱 크게 닫고 나갔다. 그렇게 그녀가 휑한 바람 소리를 내고 사라지면 그 뒷모습을 보고 있던 우진의 가슴에도 찬바람이 불었다.

그날도 겨울바람이 몹시 차가웠다. 우진 앞에 갑자기 철진이 들이닥쳤다.

"형님, 잠깐만 나와 보세요!"

언제나 명랑하던 철진의 낯빛이 사색이 되어 있다.

"왜? 여기서 말해."

"빨리 나가자니까요!"

우진은 마치 지진이 일어난 것처럼 구는 철진에게 이끌려 밖으로 나갔다. 그런데 철진을 따라 긴 복도를 걸어가던 순간, 갑자기 그 시간과 장소가 한없이 낯설게 느껴졌다. 복도 끝에 서 있는 두 사람은 아버지와 아내였다. 우진은 자신의 눈을 의심했다. 이곳과는 전혀 어울리지 않는 두 사람이었다. 그렇게 선뜻 큰돈을 내어준 아버지가 아내를 끌고 들어섰다. 그 무한한 은총의 결과가 마침내 이렇게 되돌아왔다.

그때, 철진이 속삭인다.

"오신다고, 형님한테 수없이 편지를 하셨대요."

아버지의 편지는 읽지도 않고 내던져 버리던 우진이었으나 이 느닷없는 방문은 도무지 감당키 어려웠다. 아버지에게 형을 무사히 인계한 철진은 단원들이 걱정된다며 연습실로 꽁무니를 뺐다. 할 수 없이 우진 혼자 두 사람을 상대해야 했다. 일단 어디든 가야 할 것인데, 그곳이 어디인지 한참을 망설였다.

무작정 좁은 골목을 따라 걷는다. 마치 도망치는 사람처럼 빠른 걸음으로……. 우진의 뒤로 점효가 따라왔고, 그 뒤로 아버지가 따라왔다. 그리고 그들의 뒤로는 겨울바람이 속력을 내며 따라온다.

몇 해 동안 수없이 오갔던 학교 앞 골목. 허름한 옷가게가 보였고, 빵집이 보였다. 조금만 더 가면 누런 간판의 소바 가게가 나올 것이다. 그런데 우진은 자꾸만 두리번거린다. 마치 길을 잃은 것처럼 눈앞이 빙빙 돌았다. 더 이상 길이 없을 때까지 걷기만 하던 우진 앞에 문득 빨간 벽돌집이 가로막았는데 그것은 '유메[夢] 료칸', 즉 '꿈의 여관'이었다. 그때, 아버지가 점효에게 말했다.

"아가야, 이 집이 깨끗해 보이는구나. 예서 쉬어라. 나는 일주일 후에 돌아올 거야."

우진이 아무 말 없이 서 있기만 하자, 아버지는 나지막이 윽박질렀다.

"너희들은 대체 언제 아들을 낳을 거냐? 혼인의 신성함은 아들을 낳아 키우는 일에 있어. 딸만 갖고는 안 돼. 이 긴 방학 동안 단 며칠도 짬을 내지 않는 이유가 고작 그깟 연극 때문이었더냐?"

그토록 반대하는 문학을 왜 비싼 돈까지 지불하면서까지 하는지, 그걸 목격하고 싶었지만 결국은 손자를 얻기 위해 나선 길이었다. 아버지는 충분히 그런 사람이었다. 그가 추구하는 돈의 대가는 바로 그런 거였다. 두 사람을 여관방으로 떼밀어 버리고 아버지는 그 자리를 떴다. 돈 많은 이가 갈 곳은 참으로 많다는 듯, 느긋하기만 한 뒷모습이 모퉁이를 돌았다.

겨울바람이 창문을 마구 두들겨 댄다. 이따금씩 점효가 잔기침을 했다. 조그마한 술상만이 우진의 마음을 달래 주던 시간. 그 시간은 한없이 더디게 흘렀다.

"이렇게, 갑자기, 어떻게······?"

바람 소리처럼 점효의 기침은 점점 심해지고 있다.

"몸이 아픈 모양인데, 여기까지 왜······?"

그렇게도 할 말이 없었을까. 그 무서운 시아버지를 뒤따라올 수밖에 없었던 이 여자의 고충이 느껴졌지만 도무지 무슨 말을 주고받아야 할지 난감했다.

'오늘도, 인간이라면 해야 할 그 많은 통과의례 중 하나를 치르는 날이라 생각하는 거요?'

이렇게라도 쏘아붙여야 막힌 속이 뚫릴 것이나 그러나 그만두기로 했다. 여전히 '아낙으로서 마땅히 해야 할 일을 하기 위해 왔어요······.'라는 답답한 말만 들려오겠지.

아무 말도 하지 않고, 그저 물끄러미 창밖만 바라보고 있는 아내를 보며 우진은 두터운 벽을 느꼈다. 딸 하나를 낳았다. 할아버지와 아버지의 서로 다른 생각으로, 멀리 떨어져 있는 아이였지만 그 아이의 얼굴은 지금까지 한 번도 보지 못했다. 그런데 이미 가슴에 다른 여인이 들어서고 말았다. 아이의 얼굴을 보기도 전에.

자식을 책임질 줄 알아야 하는 것이 아비였지만 이미 가슴에 다른 여인의 눈동자가 깊이 박히고 말아, 모든 것을 부정해야 했다. 그에게는 오로지 커다란 빛으로 들어와 있는 심덕의 그림자만이 어른거릴 뿐이었다.

'그건 도무지 버릴 수 없는 빛이다. 그 빛을 놓치고 나면 다시는 그리움, 열정, 터져 버릴 듯한 심장을 느끼지 못할 것 같다. 그런데, 무작정 아들을 만들라니……?'

부부의 잠자리는 본능적이며 자연스러운 일이다. 특히 남자에게는 더욱 그러할 것이다. 그러나 그러고 싶지 않았다. 본능에 맡기는 것은 지금 그가 해야 할 짓이 아니었다. 하지만 점효에게 있어 남편이란 어떤 존재인가. 그녀는 한 번도 본 적이 없는 남자에게 시집을 온 조선의 모든 여자들 중 한 사람이고, 조선 여자라서 그토록 불쌍하기만 한 존재였다. 하지만 불쌍하다고 여자를 보듬을 수는 없었다. 우진은 술만 거듭 마셨다. 자신의 딸을 낳은 여자가 오늘은 눈 한번 제대로 뜨지도 못한 채, 기침만 하고 있다.

도대체 저 여자는 지금, 무엇을 생각하고 있을까?

'꿈의 여관'에서, 그들은 서로 다른 꿈을 꾸었다.

조선인은 모두 타인에 의해 인연을 맺은 후, 남자들은 사랑에 대한 갈망으로 축첩을 일삼았고 여자들은 그런 남편 뒤에서 통한으로 인생을 마친다.

'나는 그런 구시대의 악습이 싫어서 새로운 삶의 방향을 찾아 헤맸던 거야. 그것이 문학을 하는 이유이며, 그것이 작품을 창조하는 이유다. 신문명의 선구자로 살고자 하는 사람이 구습의 승계자로 되돌아가는 일은 올바른 일이 아니다……'

그때였다. 기침을 하던 점효가 천천히 모로 쓰러졌다. 그 얼굴이 백지장처럼 창백했다. 우진은 놀라 얼른 그녀의 이마를 짚어보았다. 고열과 식은땀이 얼굴 전체를 뒤덮고 있다.

"왜 그래요, 어디가 아파서 이래요?"

"……떠나기 전부터 감기가 심했어요."

"그런데도 아버질 따라나섰단 말이요? 이 추운 날씨에?"

만나서 지금까지 제 생각에만 빠져 있던 우진의 두뇌가 화들짝 깨어났다. 그 양반이 그렇게 말했겠지. 아가야, 네가 아프면, 그놈이 분명 동정심을 갖게 될 거다, 그랬겠지, 분명 그랬겠지……. 우진은 부아가 치밀어 어쩔 줄을 몰랐다.

그러나 점효는 힘없이 이렇게 말했다.

"제가 오자 했어요. 보고 싶어서……."

겨우 그 말을 하고 다시금 고꾸라지던 여자를 두 손으로 안았다. 우진이 지금까지 했던 모든 생각은 그저 관념에 불과했다. 눈앞에 보이는 것은 현실이었다.

우진은 방문을 박차고 나가 여관 주인에게 외쳤다.

"여기 물수건 좀 줘 봐요, 어서!"

남편을 만나러 이곳까지 찾아왔다는 점효의 소문은 삽시간에 퍼졌다. 게다가 폐렴으로 병원에 입원한 아내의 곁을 우진이 밤낮으로 살뜰히 지킨다고도 했다. 그 소리를 들은 심덕의 가슴에 상처 하나가 들어섰다.

'정말 중요한 것을 망각하고 있었어. 그는 아내가 있는 남자였다!'

우진에 대한 그녀의 초점이 복잡하게 얽혀 갔다. 연습실 안과 밖이 전혀 다른 남자의 현실에 커다란 괴리감까지 느껴졌다.

홍난파와 조명희의 인솔하에 연습은 계속되었지만 어쩐지 모든 게 허전하기만 했다.

'그 사람 특유의, 뭔지 모를 우수와 고독이 서려 있지 않은 무대는 그저 단순하고 무미건조한 사각의 링에 불과해. 김우진이라는 존재 없이 맹목적으로 노래해야 한다는 사실도 견딜 수가 없어. 그런데 내가 왜 이러지?'

난파가 곁에 있었지만 이상하게도 그녀는 오갈 데 없는 듯 흔들렸다. 우진은 오래전부터 말도 없이 심덕의 그림자를 굳게 밟고 있는 사람이었다. 마치 빈 공간에 서 있는 기분이었다. 그 공간에 우진과 그의 아내가 서성이고 있었다.

이제는 원래 있던 자리로 되돌아가야만 한다는 양심의 소리가 쉼 없이 들렸다.

며칠 후, 어둠 속으로 누군가 문을 열고 들어섰다. 우진이었다. 홀로 연습실을 지키고 있던 난파는 반가워 벌떡 일어났다.

"아, 난파. 다들 간 거야? 달려온다고 달려왔는데……."

"집사람은 어때?"

"오늘 퇴원해서 여관에 데려다주고 왔어. 폐렴인 줄 알았는데, 거기까지는 아니었어. 독감이 심했던 모양이야."

"천만다행이네. 아버지는?"

아버지가 돌아온다던 날이 바로 오늘이었다. 그 얼굴을 다시 보는 게 싫어 이렇게 아내를 홀로 두고 뛰쳐나왔다. 아버지가, 점효의 완전한 회복을 기다리며 며칠을 더 머물겠다고 고집을 피울까 봐 그것도 걱정이었다.

그 시간, 두 사람은 천천히 내려앉는 어둠 속에 파묻혀 커피를 마셨다. 우진은 말없이 한 여자를 기다렸다. 오늘은 심덕이 뒤늦게 홀로 독창 연습을 하는 날이다. 우진은 아내의 곁을 지키면서도 이 시간만을 손꼽아 기다렸다. 자신의 행동이 서글펐으나 어쩔 수 없었다. 도덕은 저만치 떨어져 있었고 사랑은 바로 여기, 현재의 시간에 머물러 있었기에.

두 사람의 침묵 가운데로 반 시간쯤 흘렀을까. 갑자기 연습실의 문이 열렸다. 심덕이다!

난파와 우진은 동시에 일어났다. 그런데 심덕의 표정이 이상했다. 떨리는 다리를 어쩌지 못해 들어서지도 못한 채 밖에 서 있었다.

"왜 그래, 무슨 일이야?"

난파가 날카롭게 외치는 사이, 우진은 무작정 심덕에게 달려갔다. 난파는 그런 우진이 놀랍기만 했다. 늘 한 걸음 뒤에서 관망하던 그에게는 있을 수 없는 행동이었다.

이성을 잃은 심덕은 우진의 품에 안겨 왈칵 울음을 터뜨렸다.

"도대체 왜 이런답니까? 심덕 씨! 그 씩씩하던 사람이."

심덕은 정신을 차리지 못했다.

"아버지가, 우리 아버지가 돌아가셨대요."

"예? 그럼 빨리 귀국해야 하는 거 아니오?"

"벌써……, 벌써 장례까지 다 치렀답니다."

"응?"

"나한테는 알리지도 않았어요. 벌써 한 달이나 됐대요."

아마도 어머니의 결정인 모양이었다. 어려운 집안 살림을 눈으로 목격하기라도 하면 행여 딸이 학업을 포기하지나 않을까 걱정스러웠을 것이다.

우진은 덜덜 떨고 있는 심덕을 다시 안았다. 그리고 가만히 등을 토닥여 주었다. 심덕은 우진의 품에 오래도록 자신의 몸을 맡겼다. 그 옛날, 아버지의 등에 업혀 있던 일이 생각났다. 영원히 잊을 수 없는 아버지의 그 노래를 들으면서, 별을 보았던 날들이 떠올랐다. 그 노래를 다시는 듣지 못할 거라 생각하니 눈물이 그치지 않았다.

발뒤꿈치 길게 에워싸는 아버지 그림자……

심덕은 흐느꼈다.

그런데 그렇게 부둥켜안은 두 사람 사이로 잠시 예리한 파동 하나가 스치고 지나갔다. 비록 사연은 달랐지만 아버지라는 존재로 인해 서로 다른 아픔을 겪고 있던 두 사람의 심장이, 이토록 가까이에서 서로 맞붙어 뛰고 있었던 것이다.

그 순간. 복도 끝에서 고함 소리가 들려왔다.

"너 이래서 아내를 멀리하는 게야?"

노여움이 머리끝까지 차고 올라 어쩔 줄 모르고 있는 사람, 바로 우진의 아버지였다.

우진이 웬 여자와 포옹을 하고 있다. 그것도 오랫동안의 깊은 포옹이었다. 그러나 분명 아버지와 눈이 마주쳤는데도 우진은 여자를 더 세게 끌어안았다. 심덕이 놀라 품에서 떨어지려 했지만 그 힘을 막을 수는 없었다. 두 사람 앞으로 다가 온 아버지는 다짜고짜 우진에게서 심덕을 떼어 내 그녀를 힘껏 내동댕이쳤다.

우진은 아버지를 밀쳐 내며 소리쳤다.

"이 사람한테는 손대지 마세요!"

"이놈이, 감히 누구한테 소리를 질러?"

갑자기 아버지가 우진의 뺨을 몇 차례나 후려쳤다. 난파가 달려들어 두 사람을 말렸으나 소용없었다. 놀라 어쩔 줄 모르던 심덕은 넋 나간 듯한 모습으로 멍하게 서 있을 뿐이었다.

"아버님, 이러지 마십시오, 두 사람은 아버님이 생각하는 그런 사이가 아닙니다."

난파가 간곡히 말했다. 그럼에도 우진은 절규하듯 외쳤다.

"아니에요, 전 이 여자를 사랑해요."

"뭐라구?"

"이 여자를 사랑한다구요! 그러니 어서 집사람 데리고 돌아가십시오."

이미 이성을 잃은 얼굴이었다. 아버지의 손바닥은 또다시 우진의 얼굴을 수차례 후려쳤다. 우진은 그 손을 꽉 붙잡았다. 자신의 이글이글 타오르는 눈빛을 감당할 수 없었던 우진은 마침내 그 자리를 박차고 나갔다.

우진은 뛰었다. 이날은 완전히 독립하는 날로 삼아야 할 것이라 다짐했다. 그 생각만을 하며 뛰었다.

"저, 저놈이……. 너 거기 서지 못해?"

난파는 순간, 당황해 어쩔 줄을 몰랐다. 그러나 행여 심덕에게 불호령이 떨어질까 두려워, 사력을 다해 그녀를 데리고 곧장 뛰쳐나갔다.

"이놈들이, 이게 다 뭐하는 짓들이야?"

아버지는 노여움을 참지 못하고 그만 그 자리에 주저앉고야 말았다.

난파가 속도를 내며 우진을 뒤따라갔지만 우진은 벌써 몸을 숨겨 버렸다. 하기야 뭐가 좋아 아버지에게 맞은 얼굴을 보여 주겠나. 심덕을 사랑한다고 외치던 우진이었다. 마음에 없는 말을 함부로 내뱉는 친구가 아니라는 걸 난파는 분명히 알고 있다. 골목 끝에 심덕이 망연자실 먼 하늘을 보고 서 있다. 그 하늘에 손자국으로 벌겋게 달아오른 우진의 뺨이 선명하게 그려졌다. 그녀 역시 뺨을 맞은 것처럼 아팠다. 아, 그런 것이었구나……

난파의 말로는 그가 유난히도 아버지라면 치를 떤다 했고, 아버지의 행동이 늘 강압적으로 내달리는 바람에 혼인도 끌려가듯 했다 한다. 그래서 아내에게 정을 주지 못한다고도 했다. 그런데 자식이 여자를 껴안고 있는 모습을 보았다. 그것도 아이까지 둔 놈이었다. 아버지로서의 분노가 이해되기도 했다. 그러나 그렇게 무자비하게 때릴 필요까지는 없었다. 우진의 삶이 그려져 심덕의 마음이 찢어지는 듯했다.

난파가 그런 심덕에게 다가갔다. 두 사람은 땅을 보며 한참을 그렇게 서 있었다. 뺨을 맞고 뛰쳐나간 우진을 이해하려 애쓰는 난파였다.

'그에게도 열정적인 사랑이 필요했을 것이다. 평생 강압적으로 이루어진 결혼에 끌려다닐 수는 없어. 목석이 아닌 이상, 남자라면 누구나 여자를 위해 물불을 가리지 않는 날들이 찾아오는 법인데 그는 지금 확실히 그런 상태에 놓여 있다.'

그런데 난파는 우진과 심덕이 똑같은 마음을 가지고 있다는 생각도 떨쳐 버릴 수 없었다. 인간이 한 사람을 사랑하고, 그 사람에게 평생의 정을 쏟게 되는 일에 잘잘못을 가릴 수는 없지 않은가.

다만 이 여자, 윤심덕이 걱정스러울 뿐이다…….

6장

사랑······ 변명

책상 위에 놓인 여동생 성덕의 편지를 다시금 읽는다. 읽고 또 읽는다. 물론, 아버지의 죽음과 장례식에 대한 편지다. 그런데 거기에는 아버지에 대한 이야기도 있었지만 가족들의 사연이 더 길었다.

언니, 어머니도 이젠 더 이상 버티지 못하고 있는 듯해요. 야근을 너무 자주 해서 그런지 최근 들어서는 기력이 많이 쇠해지셨어요. 내가 이화학당 대학과에서 성악을 공부하고 있는 관계로 막내 기성(基誠)이 함께 경성에서 자취하게 된 지도 벌써 몇 달째. 기성이도 연희전문에서 바리톤을 공부하기 시작했습니다. 우리 둘의 학업을 위해 이젠 내가 나서야 할 것 같아요. 그런데 무슨 일을 해야 할지 눈앞이 캄캄합니다. 어쩌다 우리 삼남매는 노래 외에 다른 일에는 도통 관심이 없을까요? 이 일을 어쩌면 좋아요? 생활비는 내 손으로 벌고 있지만 등록금에 대한 어머니의 고민은 쌓여만 가고 있어요…….

심덕은 동생들의 아까운 재능을 반드시 살려 주고 싶었다. 그러나 학생 신분인 그녀가 적극적으로 나서서 할 수 있는 일은 아무 데도 없었다. 이런 내가 지금 해야 할 일은 무엇이란 말인가. 그 편지 위에 뺨을 얻어맞은 우진의 얼굴이 문득 겹쳐지자, 심덕은 소스라쳤다. 갑자기 높은 나무 끝에 매달려 있는 것처럼 두려움이 밀려왔다. 스물네 해 동안 그토록 억제해 오던 사랑의 감정이 엉뚱한 곳에서 터져 버리고 말았다. 마치 휴화산이 오늘내일 폭발을 준비하고 있었던 것처럼.

'그의 따스한 품에서 갑자기 심장이 뛰지 않았는가. 그건 뇌가 아닌, 저 가슴 밑바닥에서부터 차고 올라오는 감정이었어. 그러나 사랑일지 모를 이 감정은 오로지 괴로움일 뿐이니…….'

잠을 이룰 수 없었다. 아버지는 아들을 때리고, 아들은 세상이 끝나는 듯 포효하고……. 심장의 반쪽엔 가족이, 또 다른 반쪽엔 김우진이 들어섰다.

"윤 양, 윤 양……, 자요?"

그로부터 며칠 후, 밤이었다. 시계를 보니 아홉 시가 넘었다. 여간해서 밤에는 말소리를 내지 않는 것이 일본인들의 습성인데 주인 여자가 목소리까지 죽여 가며 심덕을 부르는 것을 보니 은밀한 일이 있는 게 분명했다.

방문을 열었다. 여자가 가리킨 곳에는 뜻밖에 우진이 서 있었다. 여자는 깜짝 놀라는 심덕의 태도를 보며 예삿일이 아니라 느꼈는지 조금 단호한 목소리로 말했다.

"우리 집은 안 됩니다."

오십 대의 주인 여자는 여학생 단속을 일생의 목표로 삼아 온 사람이었다. 밤중에 남자가 찾아왔다는 사실만으로도 불쾌하기 짝이 없었다. 심덕은 주섬주섬 두터운 코트를 챙겨 입었다. 그런 심덕을 보며 여자는 한마디를 더 덧붙였다.

"겨울에는 문을 일찍 잠근다는 거 알죠? 늦게 오면 문을 못 열어 줍니다."

어떤 말도 들리지 않는다. 심덕의 눈은 오로지 우진에게만 향해 있었다.

바람이 점점 거세지고 있다. 그런 겨울밤, 우에노 공원의 시노바즈 연못 벤치에서 두 사람은 마치 추위를 잊으려는 듯 꼭 붙어 앉았다. 심덕의 눈에 우진은 가진 것도 많고 해야 할 일도 많았지만 어디에도 갈 곳이 없는 사람처럼 보였다. 조금만 타협하면 인생은 탄탄대로로 뻗어 갈 것이었으나 결코 타협하지 않는 사람이었다. 그는 자신을 존재케 한 모든 것을 떨쳐 버리려 안간힘을 썼다.

그리고, 도대체, 왜, 그런 그에게 끌리고 있는지 알 수 없는 여자도 있었다. 허나, 자신에게 그 이유를 꼬치꼬치 캐묻고 싶지 않다. 이 순간만은 어머니도 잊고 동생들도 잊고 싶었다. 잠시만, 아주 잠시만…….

이윽고 남자가 고개를 돌려 여자의 눈을 바라본다. 여자도 남자의 얼굴을 바라보았다. 여자의 머리카락이 찬바람에 눈동자를 덮어 버린다. 남자는 그녀의 눈이 그리워, 여자의 머리카락을 하나씩 쓸어 올렸다. 두 눈이 서로에게 닿았다. 그때였다. 모호하기 짝이 없는 서로의 눈길을 거두어 버리려 갑자기 남자의 입술이 여자의 입술을 찾았다. 그러나 순간, 심덕의 마음속에는 입맞춤에 대한 열망보다는 그것에 대한 정당함이 가장 큰 문제로 다가왔다.

다가가고자 하는 마음과는 달리 머릿속은 온통 미움, 외로움, 우유부단, 그리고 자기 자신에 대한 이기심이 자리 잡아 갔다. 또다시 가족들의 얼굴이 떠올랐다. 아, 그런 것들은 잠시 잊기로 하지 않았는가. 그런데도 이렇게까지 많은 생각을 하고 있는 자신이 슬퍼 심덕은 우진의 입술을 떼어 낸 채 얼굴을 돌렸다.

우진이 서둘러 그녀의 손을 잡으며 말했다.

"그럼 이렇게, 손만 잡고 가면 안 될까요?"

한참 후, 심덕이 고개를 저었다.

"안 될 것 같아요."

그녀의 입에서 이 순간을 부정하는 말이 더 흘러나오는 게 두려워 우진은 심덕을 더 강하게 끌어당겼다. 그 입술을 자신의 입술로 다시 덮어 버린다. 심덕은 잠시 저항했으나 이내 힘이 풀렸다. 아내가 있는 남자라는 것이 이토록 가슴에 통증을 안겨 줄 줄은 몰랐다.

신체의 일부분일 뿐인 입술, 그것은 아무것도 아니었지만 모든 것이기도 했다. 우진의 입술이 더욱더 강하게 파고들자 심덕은 점점 뿌리칠 수 없는 욕망에 휩싸여 갔다. 이깟 입술이 뭐라고……. 입맞춤은 그 모든 괴로움을 합한 것보다 자극적이었기에, 머릿속을 헤매고 도는 도덕과의 싸움은 먼지처럼 하찮아져 갔다. 서로의 입술이 맞닿은 그곳에서는 외로운 넋들의 열락이 끝없이 소용돌이쳤다. 그를 갖고 싶다는 생각이 심장을 태웠다. 욕심이 났다. 심덕은 이 순간이 사라질까 봐 점점 애처롭게 매달렸다.

입술 하나에 많은 생각이 겹쳐진 그들에게 자정이 가까워 오고 있었다.

'꿈의 여관'에 혼자 남겨진 점효는 한없이 남편만을 기다렸다. 온다던 시아버지 역시 깜깜소식이었다. 여자는 벌써 며칠째 홀로 지낼 수밖에 없었다. 독감은 거의 나았다고는 하나 여전히 한기가 온몸을 파고들었다.

'이게 도대체 무슨 일이지? 나는 어떻게 되는 거야?'

낯선 땅에서 홀로 밤과 새벽을 맞는다는 것은 두렵기도 하고 서럽기도 했다. 방학 때조차 얼굴 한번 내미는 적이 없는 남편 때문에 원망을 담고 살아 왔다. 부모님들에 의한 혼인이었지만 점효는 우진을 처음 본 순간부터 지금까지, 오직 그이만을 그리워했다.

'그것이 잘못된 거였어. 차라리 나도 혼인에 불만을 갖고, 그이에게 연정을 품지 말아야 했어. 바보같이 나만 외짝사랑을 했던 거야.'

여자는 눈물을 흘렸다. 그리고 여관에 처음 들어서던, 그날을 생각했다. 내내 술상만 뚫어지게 쳐다보고 앉아 있던 남편이었다. 그는 마치 두 사람이 부부라는 것을 새까맣게 잊은 사람 같았다. 그러나 아내의 몸이 신열로 가득하자 혼자만의 생각에서 서서히 깨어나기 시작하던 사람이었다. 점효는 뼈 마디마디, 아프고 쑤시지 않은 곳이 없었지만 남편이 곁에 있다는 것이 그렇게도 좋아 점차로 그에게 몸을 의지해 갔다. 그저 가까이에서 남편의 얼굴을 바라보고 있다는 것만으로도 행복했다.

'아버지에 대한 불만이 내게로 번졌음이 분명하다, 내가 더 잘
해 주고 더 많이 보듬어 줘야 한다.'

그런 생각으로 점효는 지금 죽는다 해도 후회하지 않을 만큼
정성을 다해 간절한 눈길을 보냈다. 마침내 그녀의 마음이 남편
을 움직였던 것일까. 우진은 여관집 주인이 가져다준 물수건으로
흠뻑 젖은 아내의 옷을 벗겨 내고 정성껏 닦아 주었다. 희미한 불
빛에 점효의 봉긋한 젖가슴이 드러났다. 가냘픈 허리와 희디흰
두 다리도 무방비로 노출되었다.

기침이 나올 때마다 젖무덤이 출렁였다. 점효는 있는 힘껏 남편
의 목덜미를 잡았다. 그때, 아주 짧은 순간 남편의 눈이 반짝 빛
나는 것을 보았다.

그리고……, 남편의 얼굴이 점효의 뺨을 스치고 지나갔다. 그
의 얼굴에서 피어오르던 냄새는 스무 살이 넘은 성숙한 여자의
코끝을 자극했다. 그건 남자의 냄새였다. 점효는 참을 수 없는
격정에 사로잡혀 우진의 손을 자신의 두 다리 사이로 이끌었다.
어느새 두 사람은 격렬하게 엉켜들기 시작했다. 점효는 세포를
다 열어 남편의 열정을 남김없이 모두 받아들이려 죽을힘을 다
했다. 그러나 남편은 무언가를 꾹꾹 억누르고 있었다. 필요도 없
는 억누름이었다. 남편인 그는, 자기 것인 아내를 그저 인간인 채
로 놔두었다. 그리고는 마침내 여자에게서 냉정하게 벗어나 자

리를 옮겼다.

점효는 비로소 울음을 터뜨리며 실신하고야 말았다.

'그이는 딸을 잉태시켰던 그 밤을 잊었단 말인가.'

그것을 사랑이라 믿으며 살아왔다. 그러나 병원에서 보여 준 남편의 태도는 의무적이다 못해 차가웠다. 도대체 무엇이 잘못되었던 걸까, 내가 좀 더 사랑스럽게 굴지 못했던 걸까?

아픔과 절망에도 아랑곳없이 몸은 빠르게 회복되어 갔다. 자신의 빠른 회복이 원망스러웠다. 이틀 후 눈을 붙이고 일어나자 남편은 감쪽같이 사라져 버렸다.

"아가야, 짐 싸라, 어서!"

저녁 무렵이었다. 밖에서 시아버지의 목소리가 들렸다.

"이놈한테 돈을 보내 주지 않으면 그만이야."

"아 참, 아버지두. 그런 게 아니라니까요."

철진의 목소리도 들렸다.

"뭐? 멀쩡한 처를 놔두고 별 희한하게 생긴 계집년이랑 바람을 펴?"

"그냥 동료라니까요. 그 이상도 이하도 아니라니까 그러시네. 그 여잔 유학생이고 저도 그 여자랑 친해요. 다들 외로운 처지에 친할 수밖에 없다니까."

"시끄럽다! 계속 이렇게 나오면 네놈까지 한 푼도 없을 줄 알어."

도무지 무슨 말들을 하고 있는지 알 수 없었지만 '바람을 핀다'는 말에 점효의 가슴이 두근거렸다.

"빨리 짐 갖고 나오너라, 아가."

철진이 조심스레 방문을 열었다. 점효 옆에 덩그마니 놓인 가방 하나가 보였다. 철진은 말없이 그 가방을 들었다. 새파랗게 질려 있는 그녀가 안쓰럽기만 했다. 철진은 절대 아니라는 듯 고개를 저으며 아버지가 듣지 못하게 조용히 속삭였다.

"형수님, 듣고 계셨어요? 아버지가 무슨 오해를 하셨나 봐요. 절대로 그런 일 없어요. 그건 제가 보장합니다. 그냥 안심하시고 집으로 돌아가 계세요."

"그런데, 이 사람은 어디에 있는 거죠?"

"여관방에 쭈그리고 있어요."

밖에서 연신 아버지의 헛기침 소리가 재촉하듯 들렸다.

"그런데요, 아버지한테 좀 많이 맞은 거 같아요."

"네?"

"두 분이 집으로 되돌아가실 때까지 나타나지 않을 모양이에요. 형수님도 잘 아시겠지만 워낙 아버지와 형님은 성격이 맞지 않잖아요."

시아버지가 손찌검을 했다는 말에 점효는 겨우 조금 품고 있던 희망까지 꺾여 나갔다. 이 일로 또 오랜 시간 그 사람을 볼 수 없을 것이다.

"가자. 그놈 찾아다니느라 시간을 지체할 수는 없어."

이미 제날짜를 넘긴 귀국선 표는 무용지물이 되었고, 다시 어렵사리 구한 표까지 휴지 조각으로 만들 수는 없었다.

"형수님 몸이나 잘 챙기세요. 언젠가 조선에서 제일가는 금실을 자랑하실 날이 올 겁니다. 제가 장담해요."

씩씩하게 위로해 주는 시동생이었다. 지금은 철진의 말을 소중하게 가슴에 담아 두는 일밖에는 그 어떤 것도 할 수 없었다.

〉〉〉

심덕은 그날 밤 우진과 헤어진 후, 굳게 닫힌 대문 앞에서 문이 열리기만을 기다렸다. 한 시간 정도가 되었을까. 얼려 죽일 수는 없었는지 주인 여자가 문을 열어 주었다. 심덕은 그 끔찍한 여자의 눈꼬리를 매몰차게 뒤로하고 겨우 방으로 들어왔다. 그러고는 곧장 쓰러져 며칠을 일어나지 못했다.

그의 손과 입술이 떠오르자 죽도록 몸이 아팠다. 그런 심덕에게 주인집 여자는 자꾸만 신호를 보냈다. 그날 밤, 한 남자에게 혹독한 실연을 당한 것이 분명하다 여겼던 모양이다. 사랑의 시작은 마치 실연의 시작과도 같은 모습을 하고 있었기에.

여자가 동정심이라도 들었을까?

"윤 양, 윤 양, 어디 아파?"

방문을 두드리는 여자 때문에 혼미함에서 겨우 벗어나기도 했다. 그렇게 정신을 차리고 나면 커튼을 비집고 들어오는 햇살에 가슴이 아파 미칠 것만 같았다.

"약 좀 사다 줄까요?"

사랑의 흔적을 아무에게도 보이고 싶지는 않았다. 그러나 우진의 얼굴을 보았다는 이유 하나만으로 심덕에게 묘한 관심을 보이고 있는 주인 여자가 끔찍하기만 했다. 어서 이곳을 뜨고만 싶었다.

"윤 양, 심덕……!"

더 이상 참을 수가 없다. 심덕은 벌떡 일어났다. 아무래도 당장 이 집에서 나가겠다고 말해야겠다.

"누가 찾아왔는데, 어떻게 할까?"

누가, 누가 왔다고?

"들여보내도 돼?"

김우진은 아닐 거라 생각했다. 깊이 생각할 시간을 갖자며 떨쳐 내고 돌아선 심덕이었다. 그럼에도 불구하고 한 가닥 몹쓸 미련으로 자신도 모르게 힘껏 방문을 열었다.

"어머? 정말 많이 아픈가 봐?"

뜻밖에도 민설란이 서 있었다. 여긴 또 어떻게 알았을까. 들어오란 말도 안 했는데 성큼성큼 방 안으로 들어선다.

"얼굴이 이게 뭐야? 아버지가 돌아가셨다면서? 이런, 병이 안

날 수가 없네."

설란이 봉투 하나를 내밀었다.

"난파한테 들었어. 내가 단원들의 주머니를 좀 털었지. 어서 용기 내고 일어나."

설란이 방문하리라고는 생각지도 못했다.

"김 감독도 계속 두문불출이야. 연습실에도 안 나타나고."

적어도 다른 사람의 입을 통해 그의 상황을 전해 듣고 싶지는 않았다. 그러나 아직도 연습실에 나타나지 않고 있다는 말에 궁금증이 앞섰다. 그토록 이 마음을 어지럽혀 놓고 도대체 어디에서 무엇을 하고 있다는 말인가.

심덕은 무슨 말을 해야 할지 몰라 침묵을 지켰다. 그런 심덕의 눈치를 가만히 살피며 설란이 덧붙인다.

"사실은, 철진이 그러는데 형제가 더 이상 부친에게 돈을 받지 않기로 했다나 봐. 무슨 일이 있었는지 모르지만 걱정이야. 그런데 우리 이렇게 가만히 있어야 하는 거야? 그간의 수고와 노력이 아깝잖아. 조금씩이라도 돈을 모아야 하는 거 아니냐구? 이런 상황에서 윤심덕의 이름을 내걸면 조금 더 쉬워질 것도 같은데……."

그녀가 도대체 무엇을 원하는지 알 수 없었다.

"내가 무슨 일을 할 수 있다 그래요?"

"치, 존댓말은. 김 감독이 한동갑이라며? 사실 나도 동갑이야. 우리 그냥 친구하자. 스물넷 동갑끼리 한번 뭉쳐 보자구."

아버지의 돈을 받지 않겠다고? 그게 그리 쉬운 일인가. 어렸을 때부터 부유한 가정에서 아무 어려움 없이 살아온 그들이 단 하루라도 버틸 수 있을까. 게다가 민설란, 이 여자가 갑자기 친근한 얼굴로 호의를 보인다. 유난히 다정하게 구는 설란을 보자 머리가 깨지는 것만 같았다.

설란은 다시 무엇인가 열심히 이야기하기 시작했다. 눈을 뜨고 있었지만 눈꺼풀이 한없이 무거웠다.

"제발, 가 줘."

설란의 얼굴이 눈에서 멀어졌다 가까워졌다. 이상한 착시가 수없이 되풀이되었다. 이런 미묘한 웃음을 짓고 있는 그녀가 마음에 걸렸으나 심덕은 자꾸만 잠 속으로 빠져들어 갔다.

아버지는 등록금은 물론, 극단에 들어가야 할 돈을 완전히 차단하겠다고 선언했다. 손자를 보는 일은 지금의 아버지가 살아가야 할 이유였기에 그것 역시 돈으로 해결하고자 수단 방법을 가리지 않았다.

우진은 올 것이 왔다 생각했지만 단원들의 얼굴이 어른거려 괴로웠다. 고국에 대한 열정으로 자신의 말만 믿고 기꺼이 고생을 함께한 사람들이었다. 그러나 아버지에게로의 회귀는 있을 수 없는 일이다. 친구들 앞에서 뺨을 맞는 일은 아무것도 아니었다. 지금까지 아버지의 생각과 언어로 얻어맞은 영혼의 상처는 헤아리기도 싫었다. 이 고통스런 삶에서 벗어나는 길은 아버지의 세상에서 벗어나 세상을 다시 사는 일밖에는 없었다. 심덕을 떠올렸다. 사랑하는 사람이 생겼다. 그 사람을 실망시키지 않는 일이라면 무엇이든 해야 했다.

철진은 자신도 형을 따르겠다고 했다.

"너는 나하고 달라. 내 의견에 따르지 않아도 돼. 난 그저 나를 채찍질하고 싶어서 그러는 거야. 싫으면서도 순응하며 살아온 사람이 바로 나니까. 이젠 달라지고 싶어."

그저, 자유를 원하는 심장에 조금이나마 산소를 공급하고 싶었다. 작은 의지들이 차곡차곡 쌓인다면 자신들이 원하는 세상에 발을 내디뎠을 때 적어도 두려움만큼은 느끼지 않으리라 생각했다.

당시 일본인들은 철도 사업에 열을 올렸기에 우진 형제는 철도 하역 작업 일을 해 보려 현장을 찾았다. 두 사람을 보더니 작업반장은 가소롭다는 듯이 헛웃음을 쳤다.

"이런 데는 피라미들이 꼬이는 곳이 아니야. 다른 일을 찾아보시게."

두 청년의 허여멀건한 얼굴은 곧 퇴짜를 맞았다. 그때 혈기가 왕성한 철진이 자신의 힘을 보여 주겠다며 화물 하나를 번쩍 들고 창고로 직행했는데 그만 다리가 꼬이면서 그대로 쓰러져 골절상을 입고 말았다. 막노동이라도 하겠다는 그들의 생각은 철진의 부상으로 처음부터 난관에 부딪쳤다. 감당할 수 없는 치료 비용이 모든 희망과 용기를 가로막아 버렸다.

우진은 밤이 되면 심덕과 함께 앉아 있었던 우에노 공원의 연못 근처를 서성였다. 아버지에게 등록금을 받지 않으려면 뭐라도 해야 하는데 도대체 앞이 안 보였다. 날이 갈수록 삶에 지쳐 가는 제 모습을 누구에게도 보여 주고 싶지 않았다. 다만 연못 안을 힘없이 바라볼 뿐이었다. 연못 위에 부유하는 초췌한 잡초들처럼 우진은 자신의 삶도 그러하다 생각했다.

인생을 믿으며 사랑을 갈구했지만 내일이 되어도 모레가 되어도 희망 따위는 보이지 않을 것만 같았다. 매서운 바람에 석고처럼 얼어 있는 연못 안을 깊이 들여다보았다. 영원히 빛으로 나오지 못하고 숨어 있기만 한, 저 끝없는 심연……. 그 심연에는 무엇이 있을까. 그곳에 몸을 누이면 마음이 고요해질까.

생각이 거기에까지 미치자 자신도 모르게 벌떡 일어났다. 어쨌든 살아야 했다. 살고자 하는 힘으로 발길을 돌려 심덕의 집 앞까지 걸어가고는 했다. 외진 방에서 흘러나오는 불빛을 한참 동안 바라보며 그녀의 체취를 느끼려 애썼다. 그러나 두 팔로 부둥켜안지 않는 한, 어느 곳에서도 그녀의 체취를 확인할 방법은 없었다. 홀로 심덕을 사랑하는 일은 결코 익숙해지지 않았다.

그 즈음 심덕은 설란의 잦은 방문으로 그간의 서먹함이 사라져 가고 있었다. 이전에 보여 주었던 건방진 모습과는 달리, 설란은 반드시 고국 순회공연을 재개해야 한다는 의지를 불태웠다. 곤경에 빠진 우진 형제를 돕기 위한 일이라면 무슨 일이든 팔을 걷어붙이고 나서야 한다고도 했다. 모두가 포기하고 있는 일이었지만 그녀는 달랐다.

"요새 김 감독을 한 번이라도 봤어?"

볼 수가 없었다. 갈 때마다 연습실 문은 언제나 닫혀 있었다.

"철진이가 다리를 다쳐 누워만 있대. 무슨 일이 이렇게 엉켜 가는지."

철진이 다쳤다는 소식까지도 설란에게서 들어야 하는 심덕이었다. 어떻게 하면 다들 돈의 굴레에서 벗어날 수 있을까. 그러나 그런 심덕의 안타까운 마음을 악마가 노리고 있었다. 어느 날, 설란이 심덕의 옷깃을 끌어당겼다.

"한 번의 공연으로 목돈을 쥘 수 있는 곳이야."

그런 일이 과연 있을까 싶었지만 설란은 흔치 않은 기회라 꼬드겼다.

"그저 노래만 열심히 부르면 돼. 그리고 만일 그 일이 마음에 들면 계속 할 수도 있어. 계란으로 바위 치기를 하고 있는 김 감

독에게 도움을 주는 건 물론, 동생들 학비도 충분히 벌 수 있을
테니까."

김우진과 내 동생들……. 심덕의 가슴을 짓누르는 사람들이었다.

⁂

마치 귀신에 홀린 듯 설란의 뒤를 따라간 일은 씻을 수 없는 실
수였다. 설란이 타고 온 택시를 타고 도착한 곳은 뜻밖에도 도쿄
에서 가장 유명한 다이토 구의 유곽이었다.[11]

먼저, 음산하고 퇴폐적인 조명이 두 사람을 맞이했다. 그곳에는
과거 학무국장에게 겪었던 일쯤은 별것 아닌 것으로 여길 만큼,
인간의 상상을 완전히 뛰어넘는 풍경으로 가득했다.

그날의 주인공은 군국주의 일본을 대표하는 육군 최고의 백작
이었다. 그날이 그의 생일이라 했다. 화려한 방 안 한가운데에 훈
도시만 걸친 한 남자가 제왕처럼 앉아 있었다. 그 모습은 너무도
끔찍하고 변태적이었다. 그는 얼굴에 분칠을 한 게이샤들이 연주
와 춤을 끝내자 정신없이 달려들어 술을 끼얹었다. 그러고는 그
녀들의 몸을 혀로 핥았다. 사람들은 박장대소하며 웃음을 쏟아
냈다. 아직 세상물정을 모르는 심덕에게 펼쳐진 광경은 참담했다.
뛰쳐나가고만 싶었다. 그러나 심덕의 곁을 둘러막고 선 건장한 군
인들이 그녀를 완강히 가로막았다. 오싹한 등줄기 사이로 식은땀

이 흘러내렸다.

그래, 아무 일도 없을 거야. 노래만 부르고 얼른 자리를 뜨자……. 오랏줄에 묶인 죄수처럼 꼼짝도 하지 못한 채 심덕은 슈만의 노래를 불렀다. 그러나 노래가 시작되자마자 백작은 버럭, 소리를 질렀다.

"이년 봐라. 어디에서 그런 시시한 노래를 불러? 다 그만두고 엔카 불러."

백작이 심덕의 노래를 가로막으며 불같이 화를 내었을 때, 문밖에 서서 모든 것을 지켜보고 있던 설란이 뛸 듯이 심덕에게 달려왔다.

"그냥 엔카 한 곡 시들어지게 불러 줘."

"난 성악가야. 내가 왜?"

"얘가, 왜 이렇게 답답하게 굴어? 이 자리가 어떤 자리라고. 까딱하면 목숨이 날아가. 눈 딱 감고 한 곡만 부르면 모든 게 끝날 거 아니야?"

강압적이기까지 한 설란의 말투였다. 문란하기 짝이 없는 곳이었지만 누구 하나 무장을 해제하지 않았다. 풀어진 눈빛 같은 건 찾아볼 수 없었으며 서로가 서로의 눈치를 보았고 서로가 서로에게 고압적이었다.

심덕은 이 자리에서 1초라도 빨리 벗어나려면 엔카를 부를 수밖에 없다는 생각이 들었다. 문득, 당시 일본을 풍미하던 유행가였기에 저절로 가사가 외워진 노래 하나가 떠올랐다. 심덕은 바짝 마른 입술을 침으로 적시며 그 노래를 부르기 시작했다.

나는 강가의 마른 억새, 당신도 같아요
어차피 우리 두 사람은 이 세상에서는 꽃이 피지 않는 마른 억새
죽는 것도 사는 것도 그런 것이에요
흐르는 강물에 그대 어찌 변할까
나도 당신도 도네강의 뱃사공으로 살아가 봐요

〈뱃사공의 노래〉였다.[12] 조용하고 잔잔한 노래였지만 심덕이 부르자 애수와 슬픔이 되어 흘렀다. 백작 홀로 우주처럼 떠받들어지고 있던 공간이 갑자기 통곡할 것 같은 분위기로 변해 갔다. 박수조차 함부로 치지 못할 만큼 고요한 침묵이 내려앉았다.

그때였다. 오늘의 주인공이 심덕의 곁으로 다가왔다. 그러고는 무작정 심덕을 자신의 자리로 끌고 갔다.

"오, 네 이름이 뭐냐? 노래도 잘하지만 얼굴도 그만하면 됐다. 얼굴에 떡칠을 한 저것들은 사실 벗겨 보면 엉망진창이거든. 킬킬킬, 너는 목소리와 몸이 절묘한 균형을 이루었어. 아주 좋아, 흐흐흐흐."

남자는 심덕의 치마 속에 묵직한 돈다발을 들이밀며 누런 이빨을 드러냈다.

"너로 결정했다. 너 오늘 나한테 밤새 노래나 불러 줘라, 응?"

남자가 심덕의 목에 자신의 팔을 두른다. 그런데 마치 목이 꺾여 나가는 것처럼 아팠다. 남자는 마침내 그 더러운 혀를 내밀며 심덕의 목덜미도 핥기 시작했다. 숨죽이고 있던 사람들은 일제히 박수를 치며 환호성을 올렸다. 미친 듯이 박수를 치고 있는 사람들의 표정을 보던 심덕은 그만 심장이 멎는 것만 같았다. 사람들의 표정에도 악마의 그림자가 서려 있었다. 구석에 자리 잡고 앉아 있던 설란도 박수를 치며 웃었다. 도대체 설란은 이런 사람들을 어떻게 알았을까? 그리고 왜 하필 나지……?

"어때? 돈이라면 얼마든지 있어. 밤새 노래만 불러 준다면 이것보다 열 배 더 줄게. 흐흐흐, 그렇다고 설마 노래만 부르지는 않겠지?"

남자의 거친 손이 닿으면 닿을수록 무쇠처럼 단단한 둔기가 머리를 사정없이 내리치는 것만 같았다. 치욕보다는 공포가 몰려왔다. 유곽의 등불이 마구 흔들렸다. 마침내 건물 벽이 와르르 소리를 내며 무너져 내리기 시작했다. 그간 자신을 강심장이라 했던 심덕이었다. 그러나 그녀는 그만 그 자리에서 혼절하고야 말았다.

시간이 흘렀다. 이건 꿈이다, 반드시 꿈이어야 한다. 그러나 꿈이라면 그런 목소리는 들려오지 않았어야 했다. 얼음처럼 차가우면서도 장맛비처럼 끈적한 남자의 목소리가 피 냄새로 범벅이 된

시체를 조롱하듯 비열하게 울려 퍼졌다.

소름끼치는 그 목소리에 또다시 기절을 하고 마는 심덕이었다.

"이런 재수 없는 조센진 년, 게거품을 물고 있잖아. 저 입으로 뭘 하겠어? 저 더러운 입으로."

어렴풋이 설란의 목소리도 들린다.

"죄송합니다, 죄송합니다."

"저런 걸 데리고 오다니. 너는 뭐하는 년이야? 빠가야로!"

"용서하십시오, 죄송합니다……."

"다들 뭐해? 어서 둘 다 치워 버리지 않구!"

먼 곳에서부터 우진의 얼굴이 어른거렸다. 그를 돕고 싶었다. 그런데 이런 곳까지 끌려오게 될 줄은 몰랐다. 그의 순수한 사랑을 배신해 버린 느낌이었다. 낯선 남자 하나가 그녀를 번쩍 들어 요정 밖으로 내던졌다. 설란 역시 내쫓겨 우왕좌왕하고 있을 무렵, 그들이 타고 온 택시가 다가왔다.

7장
우는 꽃

깜깜한 밤. 심덕의 창에 불이 꺼져 있다. 아직 들어오지 않은 모양이다. 차라리 잘된 일인지도 모른다. 오늘은 먼발치에서나마 그녀가 돌아오는 것을 볼 수 있겠구나……. 그녀의 뒷모습만이라도 볼 수 있다면, 심장이 뛰는 소리를 다시 들을 수 있다면, 그 힘으로 어떻게든 이 삶을 지탱해 보리라.

우진은 심덕의 집 앞에서 무작정 기다렸다. 몇 시간이나 지났을까. 순간 헤드라이트 불빛에 동네가 환해지더니 택시 한 대가 심덕의 집 앞에서 정확하게 멈춰 섰다. 우진은 숨을 죽였다. 택시에서 내리는 사람은 설란이었다. 저 여자가 웬일일까? 설란이 그 가냘픈 몸으로 누군가를 거의 끌어당기다시피 하며 쩔쩔매었다.

택시 기사는 그저 정면만 보고 앉아 있었다. 그런데 설란의 손에 이끌려 택시 밖으로 끄집어 내쳐진 사람은 바로, 윤심덕이었다. 보기에 만취한 상태인 듯했다. 우진은 뛰는 가슴을 진정하고 그들에게 다가갔다.

"무슨 일입니까?"

우진을 보자, 설란은 깜짝 놀라 거의 뒤로 넘어갈듯 휘청거렸다.

"김 감독이 여긴 어떻게⋯⋯?"

설란의 질문을 무시한 채 우진은 다짜고짜 묻는다.

"이 여자, 술 마셨나요?"

설란은 기어가는 소리로 말했다.

"김 감독, 난 아무 잘못 없어요. 난 결백해요."

결백이라니? 이들에게 무슨 일이 있었던 게 분명했다. 우진은 날카로워졌다.

"도대체 무슨 일이 있었는지 어서 말해 봐요."

"제발 무섭게 이러지 마세요. 나도 당할 만큼 당하고 왔으니까⋯⋯."

설란은 사색이 되어 주춤주춤 뒷걸음질 치고 있었다.

그때, 택시기사가 빵빵, 경적을 울린다. 설란은 구세주를 만난 듯 사력을 다해 택시를 타고 쏜살같이 달아나고 말았다.

그제야 우진은 땅바닥에 쓰러진 심덕을 쓸어안았다. 심덕은 우진을 바라보며 지금 이 순간만은 부디 꿈이 아니길 바랐다. 차갑게 얼어붙은 몸으로 다시 정신을 잃고 마는 그녀를 우진은 힘껏 흔들어 깨웠다.

"정신 차려요, 심덕 씨, 정신 차려요!"

그러자 그녀가 희미하게 눈을 뜨고 나지막이 속삭였다.

"여긴 웬일이에요? 이 시간에……. 나는 괜찮아요, 어서 가세요."

우진은 소리부터 질렀다.

"어떻게 가요? 이렇게 다 죽어 가는 사람을 놔두고."

주인 여자의 떨떠름한 표정 따위는 눈에도 들어오지 않았던 우진은 심덕을 부축해 방으로 들어섰다. 심덕은 여전히 정신을 못 차렸고 우진은 서둘러 물을 먹였다. 뭔가 큰 충격을 받은 게 분명했다. 그러나 지금은 아무것도 물을 수 없었다.

천정이 빙글빙글 돌고 있다. 이대로 긴 잠에 빠지고 싶었지만 심덕은 그러지 못한다. 정신을 차려 도대체 인생의 의미가 무엇인지 알고 싶다. 그 의미를 발견하지 않으면 사는 것 자체가 황폐해질 것만 같아 심덕은 억지로 일어나 머리를 감싸 쥐었다.

"그냥 누워 있어요."

우진의 목소리가 되돌아오지 않을 메아리처럼 공허하기만 하다. 심덕의 머리에 급커브를 돌며 나뒹구는 자동차 하나가 떠올랐다. 세상 끝 낭떠러지에 굴러떨어지는 그 자동차. 그 안에 타고 있는 사람은 자신이었고, 그녀의 추락을 보며 백작과 게이샤들과 민설란이 무표정한 모습으로 박수를 쳤다. 돈맛에 영혼이 병든 사람들이었다. 그렇다. 인생이란 자신의 힘으로는 도저히 저항할 수 없는 영혼이 병든 사람들과의 끝없는 싸움이었다.

심덕은 자신도 모르게 우진의 허리를 끌어안았다. 좀 더 따뜻한 사람과 마주 보며 살고 싶었다. 유학을 온 후 지금까지 찬바람 속에 내쳐져 있던 그녀였다.

"돈과 명예 앞에서 갈등하는 당신이 좋아요. 그래요, 당신은 좋은 사람이 분명해요."

우진은 가만히 그녀의 얼굴을 어루만졌다.

"잠을 청해 봐요. 지금은 아무것도 생각하지 말아요."

심덕은 고개를 저으며 우진의 뺨에 그녀의 입술을 대었다. 이렇게, 내 곁에 있어 줄 사람이 있다는 것이 얼마나 행복한가. 사랑한다고 말하고 싶고, 그리고……, 이이에게 모든 것을 내던지고 싶었다.

가장 서럽고 가장 외로운 순간에 나타나 준 그가 너무도 고마워, 마음이 몸으로 전해지기 시작했다. 성숙해지기 위해 애쓰는 사람들끼리 손을 맞잡고 인생이 주는 고통에서 탈출해야 한다. 그것이 아무리 위험한 일이라 할지라도 기꺼이 받아들여야 한다. 사랑하는 사람을 고집부리며 떨쳐 내야 할 이유는 그 어디에도 없었다. 이 찬란한 감정들을 허비하고 싶지 않았다. 그녀는 인간을 조롱하는 삶에 오히려 침을 뱉었다. 그러고는 더욱더 뜨겁게 그의 입술에 자신을 의지했다. 아무리 이루어질 수 없는 사랑이라 해도 이 시간만큼은 내가 주인공이 되리라. 비열한 삶을 쫓아내기 위해서라도 그렇게 하리라. 절망과 싸우리라, 욕망에 몸을 맡기리라.

이미 모든 진이 다 빠져 버린 그녀였지만 남자의 얼굴을 어루만지는 손은 강했다. 우진은 그런 심덕에게 과연 무엇을 해 줘야 할지 몰라 한없이 슬프기만 했다. 이 여자를 사랑하기 위해서는 수많은 대가를 치러야 할 것이다. 그러나 그 대가는 어쩌면 자신이 아닌, 이 여자가 고스란히 치러야 할지도 모른다. 자신은 못난 사람이었다. 그러나 슬픔에는 한 여자를 더욱더 뜨겁게 사랑하도록 만드는 무엇인가가 있었다. 슬픔의 힘은 강하기도 하고 나른하기도 한, 길고 달콤한 휴식이었다.

심덕이 속삭였다.

"인생은 무의미하고, 불행하고, 덧없지만 그래도 날 사랑해 주는 한 사람만 있으면 돼요."

우진은 심덕의 머리카락을 쓸어 올리며 급기야 안경을 벗는다. 남자의 드러난 두 눈이 여자의 가슴을 찔렀다. 두 사람은 끝없이 서로의 눈을 바라보았다. 이렇게 가까이에서 그의 눈동자를 볼 수 있다는 것만으로도 사랑은 더욱 커져 갔다. 그러고는 서로의 가슴에 얼굴을 묻었다. 육체적 사랑이 훗날 얼마나 고통스러운 기억을 남기게 될 것인지 생각하기 싫었던 두 사람은, 마침내 그 험난한 모순 속으로 들어갔다. 가서는 안 될 그 길을 뛰어가기 시작했다. 영혼이 더 이상 병들기 전에 구원의 길로 가고자, 각자에게 남겨진 힘을 다해 끔찍하게 생각했던 문학과 음악을 육체에 쏟아부었다. 시가 쏟아졌고 노래가 흘렀다. 무엇이 대단하고 무엇이 보잘것없으며 무엇이 심각하고 무엇이 하찮을까. 두 사람에게 있어 사랑은 정상적이며 타당하기 이를 데 없었다.

금지된 것도 사랑으로 돌려놓으면 그만이었다.

.》》》

며칠 후 설란의 편지가 도착했다.

'내가 허튼짓을 했어. 모두에게 죄를 지었어. 나, 여기에서 더 이상 살지 못하고 멀리 떠나야 할 거 같아. 내 맘대로 김 감독을 동정한 것도 겉멋이었어. 그 생각을 하니 너무도 부끄러워 도저히 얼굴을 들고 살 수가 없어. 김 감독이 그간 보여 준 호의를 팽개치고 떠나려니 발길이 떨어지지 않아. 내가 본 김 감독은 어떤 사람보다 순수했고, 사람 냄새가 났고, 무엇보다 그 안에 용광로처럼 큰 불길이 타고 있었어. 두 사람, 나란 여자를 이곳에서 아예 만난 적이 없는 것처럼 살아가시기를……'

거기에는 우진을 향한 연정이 진하게 느껴졌다. 다시는 그를 볼수 없을 정도로 부끄러움에 몸서리쳤다. 그녀에게도 순수한 사랑은 남아 있었던 것일까. 한 사람을 고통 속에 빠뜨려 놓고는 편지 한 장 달랑 남겨 놓은 채 떠나 버린 그녀가 도무지 이해되지 않았다. 그러나 누가 누굴 원망하랴, 다 내 잘못인 것을.

그 겨울은 참으로 지루할 만큼 길었다.

이듬해 1921년, 3월.

심덕의 일을 겪고 난 우진은 민설란의 정체에 대해 깊이 알아보려 철진을 추궁했다. 사태가 너무도 심각해 철진은 아픈 다리를 이끌고 유학생들뿐 아니라 재일 조선 거주민들까지 파헤치고 다녔다.

심덕 말고도, 그간 설란으로 인해 흉흉한 일을 당한 몇몇 여학생의 이름이 거론되었다. 그리고 그런 추한 일들이 몇 년 동안이나 유학생들 사이에 비밀로 유지되었다는 것도 알게 되었다. 소문이라는 것은 파헤칠수록 흉물스러운 것. 그러나 밑바닥이 드러났을 때는 이미 머리카락 하나 남기지 않고 사라져 버린 민설란의 사악함과 마주할 뿐이었다.

설란이 없어졌다.

무작정 조선이 싫어 가난한 살림에 유학을 감행했던 설란은 학업을 그만둘 만큼 생계가 막연했다. 어찌어찌 극단에 들어가서는 주연 배우로 발탁되기를 원했고 무분별하게 빌린 돈으로는 치장에 힘을 쏟았다. 하지만 모든 일은 뜻대로 되지 않았다. 빚을 갚으려면 유난히 조선 여자를 탐하는 일본인들에게 빌붙어 그녀들을 팔아먹는 일이 가장 쉬웠다. 그러나 순결을 목숨처럼 여기는 조선 여자들이라 그 일이 힘들어지자 공포가 밀려왔다.

돈을 갚지 않으면 그 무지막지한 남자들과 그들의 주먹이 그녀를 가만두지 않을 거라는 공포 때문에, 설란은 윤심덕이라는 최고의 유학생을 등장시킴으로써 다시금 그들에게 신망을 얻고자 했다. 그녀는 사라지기 직전까지도 어마어마한 빚을 감당치 못해 몇 명의 일본 남자들과 돌아가며 살림을 했다고도 한다.

그런데 그녀는 도대체 어디로 사라졌을까.

애초 그녀를 끌어당겼던 유곽으로 팔려갔다는 말도 들렸고, 일본 장교의 첩이 되어 떠났다는 소식도 들렸다. 흔적도 없이 사라진 그녀에 대한 가장 고약한 소문은 자살을 했다는 것이었지만 잡초처럼 살아온 그녀가 죽음으로 결말을 낸다는 것은 그녀다운 일이 아니었다. 설란에 대한 뜬소문은 거침없이 퍼져 나갔다.

〟〟〟

그 일은 오랫동안 모두에게 씻을 수 없는 상처를 남겼다. 문제는 우진이 이 일로 더 큰 죄책감에 시달리기 시작했다는 것이다.

"형님, 애초 순회공연을 계획했던 것 자체가 잘못이었던 것 같아요. 더 많은 사람들이 실망하기 전에 이 공연을 우리 인생에서 완전히 지워 버립시다."

공연은 일찌감치 포기해 버린 우진이었다. 그러나 아쉬움이 남았다. 그 공연을 통해 고국의 문화예술을 향상시키고 유학생들의 이름도 알리고 싶었다. 특히 조명희와 홍해성, 홍난파 같은 인재들은 너무도 아까웠다. 순회공연이야말로 졸업 후 모든 이들의 설 자리를 보장해 주는 일이었다. 그런 우진의 마음을 어찌 알았는지, 개학 후 얼마 안 돼 단원들이 한 명 두 명 되돌아오기 시작했다. 설란에 대한 원망과 그 모든 슬픔들을 헤쳐 나가려면 힘을 모아야 한다고 외쳤다. 그들은 아무리 힘들어도 다시 시작하자며 형제를 부추겼다.

"이렇게 무너질 수는 없어요."

"고국에서는 졸업만 하면 곧바로 일자리를 제공하겠다는 이들도 있는데, 정말 아까워요."

"빚이라도 내야 합니다."

참으로 다양한 이야기들이 쏟아져 나왔다. 그런데 어디에서 빚을 낸다는 말인가, 도대체 어디에서.

그렇다. 아버지의 도움만 있다면 간단히 해결될 수 있는 일이다. 그러나 그건 오던 길로 다시 되돌아가는 일이었다. 아버지에 대한 복종은 굴종일 뿐이었다. 그리고, 아버지에게서 독립하겠다는 그의 의지에 힘을 보태기 위해 설란의 뒤까지 따라갔던 심덕의 얼굴은 또 어떻게 봐야 할까.

그때, 남자와의 동침을 관심과 흥미로 일삼기 시작한 주인 여자 때문에 심덕은 정든 자취방을 떠날 수밖에 없었다. 그녀의 입질로 벌써부터 도쿄음악학교가 술렁이고 있음은 보지 않아도 뻔했다. 또한 어디에선가는 심덕이 요정을 드나들었다는 소문도 퍼져 있겠지.

우진은 날마다 생각했다. 심덕이 자신으로 인해 발생한 치욕과 아픔을 떨쳐 내리려면 무사히 졸업해 조선에서 당당히 인정받는 것과 그녀의 뛰어난 노래 실력을 고국의 모든 국민에게 알리는 일밖에는 없었다. 소문으로 얼룩진 그녀의 앞길을 반드시 자신이 터 줘야 했다.

우진의 어깨는 무거웠다. 마침내 기숙사에 틀어박혀 몇 날 며칠 아버지에게 보낼 편지와 씨름하기 시작했다. 벌써 몇 장을 찢어 버렸는지 모른다. 그저 봉인하여 우표만 붙이면 그만일 편지 한 장. 복잡한 머릿속을 단숨에 비워 내고 싶었지만 '네 놈이 돈이라는 거대한 유혹을 피할 수 있을 것 같아?' 비웃음을 멈추지 않을 아버지의 얼굴이 떠올라 괴로웠다.

마침내 수많은 밤을 지새운 끝에 우진은 편지를 완성했다.

'아버지, 저를 용서해 주십시오. 이 공연은 저와 단원들뿐 아니라, 고국과의 약속입니다. 그리고 시름에 빠져 있는 동포들에게 희망을 주는 일입니다. 저, 반드시 아들을 낳겠습니다. 저한테 다시 한 번 기회를 주십시오. 그때 저는 제정신이 아니었습니다. 어리석었습니다. 다시는 그런 일이 없도록 하겠습니다.'

편지를 쓰고 나서도 부칠까 말까 몇 번을 망설였다. 그러나 우진은 마침내 결단을 내리고 우편국으로 향했다.

아버지에게 귀속하여 아이를 낳고, 점효를 보듬으며 김씨 가문의 장자로서 살아가는 일은 어쩌면 우진에게 가장 힘들고 어려운 일일 것이다. 이 편지로 인해 어쩌면 윤심덕이라는 여자와 다시는 만나지 못할 수도 있었다. 그녀에게 아픔과 상처만 안겨 주고 영영 헤어질지도 모른다. 그러나 그 길만이, 무능력한 자신으로 인해 그 험한 일을 당하고도 단 한마디의 원망도 하지 않는 심덕에게 속죄하는 길이라 생각했다. 편지를 부치고 돌아온 우진은 철진에게 단원들을 모두 소집하라고 일렀다. 그러고는 홀로 여행을 가기 위해 짐을 쌌다. 사랑을 절제하고 감정을 통제하기 위하여, 돈주머니를 흠모하고 부패를 숭배하기 위하여, 만일 자신 안에 영혼이란 것이 아우성치며 돌아다닌다면 그것을 깊은 바다에 내던지고 돌아오려고……

철진은 아직도 다친 다리가 완쾌되지 않아 절뚝거리며 걸었다. 그런 그가 조심스레 단원들 앞에 섰다.

"여름방학에 우리는 반드시 고국으로 갑니다. 자, 오늘부터 다시 연습을 재개합니다!"

단원들은 환호성을 올렸다. 심덕은 그 자리에 우진이 보이지 않는다는 것을 알고 절망했다. 모든 것이 원점으로 돌아간 것이 분명했다. 내가 조금만 덜 어리석었어도 이런 일은 일어나지 않았을 것을…….

그러나 뚜렷한 목표를 가지고 있는 것은 언제나 돈의 방향이었다. 그리고 그 돈을 거머쥔 자는 언제나 힘이 셌다. 그것은 불변의 진리였다.

.\\\.

얼마 후, 우진은 경성 외에 마산과 경주, 대구 중심의 남단과 경성 인근의 도시로 공연 대상지를 넓혔다. 모든 것은 아들을 낳겠다는 우진의 속죄와 결단을 받아들인 부친 김성규의 아량으로 이루어졌다.

심덕은 여행에서 돌아온 우진의 태도가 완전히 변했음을 깨달았다. 그는 더욱 냉정하고 침착했다. 불같은 시간을 함께 보냈던 남자는 오간 데 없었다.

'사랑은 부탁할 수도 애원할 수도 없는 것. 이것이 우리 사랑의 종말이라면 담담히 받아들여야겠지. 해서는 안 될 사랑이었다고 가슴에 평생 담고 갈 수밖에 없어.'

처녀의 몸으로 유부남과 정을 통했다는 것이 일생 동안 걸림돌이 되어 영영 결혼하지 못할 수도 있었다. 하지만 심덕은 그런 세간의 왜곡되고 편협된 시선으로부터 자유롭게, 자신만의 세계로 돌아가리라 마음먹었다. 허나 정작 밤이 되면 매일 자기 안의 세상과 싸우며 눈물과 사투를 벌이느라 점점 지쳐만 갔다.

1921년, 여름. 1년이나 끌었던 연습이 모두 끝났다. 방학을 맞이하여 서른 명의 단원들과 함께 40일 간의 여정을 위한 준비를 모두 마쳤다. 그런데 우진은 첫 공연을 목포에서 시작할 것이라 했다. 원래 목포는 예정에 없었던 곳이지만 자금을 내어 준 아버지에 대한 감사의 표시로 정해진 행로였다. 그러니까 그것은 아버지를 위한, 아버지만을 위한 공연이었다. 그리하여 첫 무대는 '경복궁만 한' 우진의 집이었다.

심덕은 그곳만큼은 가고 싶지 않았다. 그의 아버지를 봐야 하고, 그의 아내를 보는 일이 얼마나 고통스러울지 그 심정을 헤아려 주지 않는 우진이 원망스러웠다.

난파와 함께 모든 일정을 점검하고 있던 우진에게 심덕이 다가갔다.

"목포 공연, 저 한 사람 없다고 못 하는 건 아니지요?"

우진은 아무 말도 하지 못했다.

"이미 국내의 모든 언론이 이 공연에 큰 관심을 갖고 있다는 거 잘 알아요. 하지만 애초부터 첫 공연을 목포로 잡은 건 아니잖아요. 연극이 중심이고 노래는 그저 찬조에 불과하니, 저는 다음 행선지에서 합류하고 싶어요……."

우진의 마음이 아팠다. 보여 주지 말아야 할 것을 보여 주려 그런 계획을 잡은 것은 아니었다. 심덕의 얼굴을 똑바로 보지도 못하고 저만의 생각에 빠져 있는 우진을 보자 난파는 답답해졌다. 모두가 부푼 기대감 속에 출발을 준비하고 있건만 심덕이 나중에 합류한다니 이 무슨 말인가. 그런데 두 사람의 얼굴이 여간 심각한 것이 아니었다. 목포는 가고 싶지 않다는 심덕의 말이 무엇을 의미하는지 확실히 알 수는 없지만, 그간의 정황으로 볼 때 충분히 이해할 수도 있는 일이었다.

말 없는 우진 대신 난파가 그녀의 팔을 이끌고 밖으로 나갔다.

"심덕 씨, 왜 그래? 한기주는 어떡하고?"

"이제 기주는 무대에 자신감이 많이 붙었어. 혼자서도 잘 해낼 수 있을 거야."

등신처럼 아무데나 가서 노래를 부르고 싶지는 않았다. 그러나 난파에게 차마 속 깊은 이야기까지 할 수는 없었다.

"심덕 씨, 내 말 잘 들어야 해. 처음엔 경성에서만 공연을 하고 돌아오기로 했었잖아. 얼마 전 김 형이 부친을 설득해 도시 몇 개를 더 잡았어. 평양에도 꼭 가야겠다는 게 김 형의 계획이야. 아버지의 장례도 보지 못한 심덕 씨에게 고향 땅을 밟게 해 주겠다고……."

전혀 생각지도 못한 일이었다. 난파는 깜짝 놀라는 그녀의 손을 잡았다.

"목포에서의 공연이 성황리에 끝나기만 하면 아버지가 자신의 소원을 꼭 들어줄 거라 했어. 지금은 아버지밖에는 길이 없다는 거야. 우리가 그런 김 형의 마음을 헤아려 주자, 응?"

그녀의 눈앞에 고향 땅이 어른거렸다. 남편을 여의고, 자식들마저 모두 외지에 보내 놓은 채 홀로 집을 지키고 있을 어머니의 모습도 떠올랐다. 평생 억세게 일만 했던 어머니의 투박한 손이 한없이 그리웠다.

일본에 유학 온 지 5년이 지났지만 여비가 없어 한 번도 가 보지 못했던 그곳, 그곳에 심덕을 데려가기 위해 우진은 그토록 가기 싫어하던 고향 땅을 첫 행선지로 삼았던 것이다.

눈물이 발끝으로까지 뚝뚝 떨어졌다. 난파는 그런 그녀에게 미안했다. 그렇게도 눈물겨운 향수병을 안고 살았지만 한 번도 그 마음을 헤아려 주지 못했다. 가장 가까운 친구가 바로 자신이라 자부했으면서도. 그런 걸 보면 우진에게 윤심덕이라는 여자는 분명 우정 이상의 그 무엇, 사랑보다도 더 큰 무엇인지도 모른다.

우진의 깊은 마음을 누가 알까.

⟨⟨⟨

한 달 후, 단원들은 목포에 도착해 우진의 집으로 향했다. 그 집에 발을 들여놓던 순간 모두의 입이 떡 벌어졌다. 한 집안의 엄청난 재력을 눈으로 직접 목격하게 된 것이다. 심덕 역시 놀라웠다.

'이곳이 저이가 태어나고 자란 집이란 말인가. 이런 곳에도 근심과 걱정이 끊이지 않는 걸 보면 세상은 공평하다 해야 할지 아니라 해야 할지……'

그 어마어마한 규모에도 놀랐지만 우진을 대하는 식솔들의 태도는 마치 황태자를 대하는 듯했다. 그런 저이가 어찌 막노동을 할 생각을 했을까, 참으로 있을 수 없는 일이었다. 그래도 그의 눈물겨운 시도를 백안시해서는 안 될 것이다.

그런데 무언가 쓸쓸했다. 자신과는 전혀 다른 세계에서 살고 있는 우진과의 간극이 크기만 했다. 이미 마음속으로 수없이 작별을 고했지만 아직 아무것도 지워 버리지 못했다. 그러나 그런 것들은 간직할 가치조차 없어 보였다. 저 사람에게 가난한 여자와의 사랑은 그야말로 낡은 동정심일 뿐, 아무것도 아니었을 것이다.

'사랑에 대한 욕망은 아예 처음부터 없었던 걸로 해야 하는 것일까? 저이는 저이대로 나는 나대로 그저 각자의 욕망에 충실했다, 그렇게 생각해야 하는 것일까?'

두 사람의 처지는 달라도 너무나 달랐다. 그것이 자꾸만 눈물이 되어 흘러내렸다.

"왜 그래?"

난파가 가만히 심덕의 팔을 잡았다. 우진의 집에 들어서자마자 심덕의 표정부터 살피던 난파였다. 심덕은 흐르는 눈물을 닦지도 않은 채 희미한 미소만 지었다.

"김우진 저 사람, 이 집과 참 잘 어울리네."

"그래서 우는 거야?"

"이제부터는 딴 세상 사람과 만나는 일을 자제해야 할 것 같아."

난파는 심덕의 마음을 알고도 남음이 있었다. 얼마 전부터 술만 마시면 우진이 자신에게 되풀이했던 말들이 있었다. 미적지근한 일은 하지 말아야 한다고, 그것은 시작하지 아니함만 못하다고, 자신은 그런 일만 골라서 하는 어리석은 놈이라고……

'두 사람 사이에 이미 무슨 일이 있었던 게 분명하다. 사랑만큼 숨길 수 없는 일은 없으니까. 과연 나는 이들을 이해할 수 있을까? 하지만 내가 아니면 누가 이해해 줄 것인가. 김우진, 그의 막힌 허파를 뚫어 줄 수 있는 건 오로지 사랑밖에는 없었던 것을.'

그놈의 앞마당은 끝이 보이지 않는다. 그야말로 경복궁 앞뜰을 걷는 기분이었다. 그곳에서 생전 처음 보는 공연이 화려하게 열렸다. 기자들과 동네 유지들은 맨 앞줄에 앉아 넋이 나간 듯 단원들의 몸짓에 탄성을 올렸고, 동네 사람들은 대공연이 이 집에서 열렸다는 것만으로도 충분히 김씨 가문에 대해 경의를 표했다.

우진의 부친은 이렇게까지 성대한 무대가 펼쳐질 줄은 생각하지 못한 모양으로 벌어진 입을 다물지 못했다. 우진이 번역했다는 「찬란한 문」이 시작되자 눈길 한번 다른 데로 돌리지 않았다.

단원들 모두의 가슴에도 그간의 아픔들이 벅찬 감동으로 다가왔다. 여주인공이었던 설란의 모습도 떠올랐다. 비록 다른 여배우로 대체되었지만 설란의 빈자리가 더 크게 느껴졌다. 뺑덕어미처럼 미운 짓만 골라했던 그녀. 일본군 장교의 첩이 되어 떠났다는 소문이 역시 가장 유력했다. 예순도 넘은 은퇴한 백작의 세 번째 부인이 되었단다. 이러저러한 사연으로 만난 은퇴한 백작은 그녀의 모든 빚을 갚아 주었고 그녀는 홋카이도에서 그의 여생을 돕기로 작정했다고. 그로써 설란은 사람들이 도저히 상상할 수 없는 세계로 숨어 버렸다. 단원들은 이 순간만큼은 민설란이 했던 못된 짓까지도 용서해 주고 싶었다.

난파의 바이올린 선율에 맞춰, 심덕은 기주와 함께 〈매기의 추억〉을 부른 후 몇 곡의 소프라노 독창곡을 불렀다. 그리고 앙코르 곡으로 준비한, 돌아가신 아버지의 그 노래도 불렀다. 여전히 누구에게나 눈물겨운 노래였다.

처음, 우진의 아버지 김성규는 여기까지 심덕을 데리고 온 아들놈에게 단단히 화가 나 있었다.

'저 아이를 떼어 내기 바라는 마음에 돈을 대어 준 것이었는데 이놈이 지금껏 무슨 짓을 하고 있었던 거야?'

단원들 한 사람 한 사람에게 친절을 베풀었던 김성규였으나 심덕만큼은 불쾌하기 짝이 없었다. 그런데 모든 사람들이 윤심덕의 노래에 열렬한 박수를 치며 감탄사를 내뱉자 마음이 변하기 시작했다. 그 역시 그녀의 노래 실력에 완전히 빨려 들어가 버렸다. 그러고는 심덕에 대한 오해를 풀어 버리기라도 하듯 울고 웃으며 더 큰 박수를 보냈다.

"저 처자, 그 처자 맞지?"

김성규가 바이올린을 챙기는 난파의 곁으로 다가와 슬며시 물었다.

"네, 아버님."

"노래를 아주 잘하는군."

"조선 최초의 여성 관비 장학생이에요."

"오 그래? 과연 그럴 만하구먼. 우리 우진이와 별 관계는 아니고?"

"친구 이상은 아니에요."

"암, 그래야지."

그는 심덕의 앞으로 다가가 문득 그녀의 어깨를 토닥여 주기까지 했다.

"지난번에는 내가 심했지요? 힘든 일이 생기면 얘기해요. 내 힘껏 도우리다."

좀 더 가까이에서 볼 수 있게 된 김성규는 생각과는 사뭇 다른 모습이었다. 우진을 무자비하게 때리던 모습과도 달랐다. 아들에 대한 무한 사랑과 무한 신뢰밖에는 아무것도 없었다. 그러나 남의 아버지였기에 그리 보였을 수도 있었다. 제삼자의 눈으로는 아무것도 알 수 없는 것이 가족 간의 사연이었다.

어느덧 모든 공연이 끝났다. 아버지는 사방을 두리번거리며 며느리를 찾았다.

"얘, 아가! 어서 이리 올라오너라. 손님들에게 인사를 해야지?"

그때, 저만치에서 고운 한복을 차려 입은 점효가 천천히 걸어온다. 사람들의 시선이 일제히 그녀에게로 쏠렸다. 이곳저곳에서 환호성이 터져 나왔다. 큰 집안의 안주인답게 그녀는 우아하고 점잖았다. 심덕은 자신의 눈을 의심했다. 저렇게 고운 아내인 것을, 어찌하여 우진의 사랑에서 비켜나 있는지 이해할 수가 없었다. 아버지에 대한 반발 때문이라 했지만 그것은 말도 되지 않는 핑계일 뿐이었다. 너무 복에 겨워도 튕겨 나가는 것일까.

관객들에게 부부가 공손히 인사를 하자, 모여 있던 사람들은 황홀하기만 한 부부의 모습에 또다시 경탄을 금치 못했다.

"두 사람, 정말 잘 어울린다."

"선남선녀가 따로 없네."

온화한 미소를 띠며 인사를 마치는 부부였다. 그때, 객석을 바라보던 우진의 눈이 심덕의 눈과 마주쳤다. 개혁보다는 보수를 선택한 우진은 자신과의 협상을 고집스레 지키고자 단호한 눈빛을 하고 있다.

심덕은 시선을 돌렸다. 순간, 그녀의 가슴을 파고드는 것은 다름 아닌 분노였다.

'부자일 뿐 아니라 모든 것을 다 갖춘 사람. 저이는 객기를 부린 게 분명해. 엄살을 부린 거라구. 그런데 나는 저 사람을 내 수준으로 내려놓고 시답잖은 동정을 했던 거야. 사랑을 한답시고 그 끔찍한 유곽까지 내 발로 걸어간 거야. 나는 다 가진 사람에게 내 모든 것을 바쳤어. 내가 바친 것이 저 사람에게는 하찮은 것인 줄도 모르고.'

사랑은 삽시간에 추락하고 말았다. 먼지처럼 그 무엇도 남기지 않았다.

점효는 그 많은 손님들에게 식사를 제공하기 위해 분주했고 한 집안의 며느리로서 아내로서 최선을 다하는 모습이 그렇게도 당당할 수 없었다.

밤이 왔다. 단원들은 부잣집의 매력적인 향내를 맡으며 잠을 청했다. 그러나 심덕에게 그 밤은 잠 못 드는 밤이었다.

⁂

점효는 입었던 한복을 벗어 한곳에 얌전하게 개어 놓았다. 속곳과 버선을 벗으려는 순간, 갑자기 우진이 들어섰다. 점효는 순간 어찌할 바를 몰랐다. 속치마를 다시 입어야 할지 벗어야 할지 몰라, 남편에게 등을 보이며 돌아앉았다. 어색함이 방 안에 가득 퍼졌다.

아내의 곁에는 딸아이가 곤히 잠들어 있었다. 이곳에 도착해 처음 보는 딸아이였다. 아이가 잠들어 있는 모습을 보던 우진에게 목을 조이던 굴레들이 또다시 들어섰다.

'아가야, 너를 굴레라고 생각하는 이 아비가 참으로 미안하구나. 아비는 너를 사랑하는 일에 이토록 게으르고 무디기만 하니 어쩌면 좋으냐?'

아이의 얼굴을 만져 보려 손을 가져갔으나 이내 거두었다. 아버지의 아들로 살아가는 것이 너무 힘들어, 딸아이에게까지 철저히 절제와 단절을 부여하고 있는 자신이었다. 잔정도 많고 세상도 아름다웠던 보통의 소년이었건만 이제는 자신만의 세계를 침범당하기 싫어 모두를 내쳐 버리는, 성숙치 못한 어른이 되어 버렸다.

순간, 아이가 눈을 반짝 떴다. 그 작은 얼굴에 자리한 눈은 그리도 컸다. 우진은 깜짝 놀라 얼른 아이를 외면했다. 아비가 낯설었는지 아이가 울먹거렸다. 점효가 얼른 아이를 토닥거리자 아이는 다시 눈을 스르르 감고 잠에 빠져 들어갔다.

"당신을 꼭 닮은 것 같아요. 당신도 한번 잠이 깨면 다시 잠을 이루지 못하잖아요."

우진을 언제 그리 많이 알았고 보았다고, 그녀는 이리도 친숙한 태도를 취하는 것일까.

"이불을 깨끗하게 빨아 놓았어요. 피곤하죠?"

온종일 웃음기 없는 얼굴로 모든 행사를 치르던 남편이었다. 시아버지는 오늘 밤 네가 남편의 마음을 돌려놓아야 한다고 신신당부했다. 그때, 왜 남편을 비롯해 이 집 남자들이 시아버지의 모든 것에 필사적 반항을 하는지 이해할 수 있었다.

'오늘 밤 내가 남편의 마음을 돌려놓아야 한다는 말에 나 역시 잠시 저항심이 들지 않았던가. 남편이 방황하는 것은 나 때문이 아닌데도, 마치 내가 잘못하고 있는 것처럼 느끼게 하시니 말이야. 더구나 이이의 예술적 감수성을 보잘것없는 것으로 폄하해 버리시니, 그런 일에 목숨을 걸고 계시니……'

남편의 마음을 돌려야 할 사람은 자신이 아니라 바로 남편이어야만 한다는 것도 알게 되었다. 점효 역시 경학원 이사의 딸로 태어나 알 만한 것은 다 알고 있는 여자였다. 그랬기에 남편을 대할 때마다 육탄 공세니 뭐니 그런 것을 무기로 삼지는 않았다. 아프고 연약한 것으로 동정심을 유발했지만 그것도 통하지 않았다. 딸의 얼굴 한번 제대로 어루만지지 못할 만큼 이 집안의 모든 책임과 의무에서 벗어나고자 하는 우진과, 그런 남편의 마음을 이제는 알 만큼 알게 된 점효.

그 밤도 우진은 아내를 그저 사물로서의 느낌밖에는 갖지 않으리라 다짐한 사람처럼 굴었다. 심덕이 이 집에 머물고 있다는 생각 때문이었다.

'그저 바라보기만 해도 가슴이 뛰는 그 사람을 배신할 수는 없었다. 할 수만 있다면 지금 당장 심덕에게 달려가고만 싶다.'

아내를 곁에 두고, 다른 여자 생각으로 가슴이 아파 미칠 것만 같은 자신이 혐오스럽기까지 했다.

'이봐요, 이건 참으로 인간이 할 짓이 아니구려. 우리가 이혼을 하지 않는 한, 이런 일이 평생일 텐데 당신이나 나나 어찌하면 좋겠소? 나를 이제 그만 놓으면 안 되겠소?'

다른 여자의 체취에 흠뻑 빠져 아내 앞에서는 그 어떤 미동도 느낄 수 없는 한 남자의 절규가 밤새 이어졌다. 남자의 곁에서 점효는 흘러내리는 눈물을 닦으며 내일을 기약하고 있었지만 목포에서 두 사람에게 남은 시간은 그 밤이 전부였다.

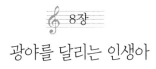

8장

광야를 달리는 인생아

갖은 우여곡절 끝에 성사되었던 '동우회 순회공연'에서 윤심덕은 가장 큰 박수갈채를 받았다. 더욱이 그녀에게서 조선 가곡에 대한 새로운 전환점이 엿보였기에 관객들의 뇌리에 깊이 박혔다. 언론은 최초의 여성 관비 유학생이 일본 전역을 뒤흔드는 최고의 성악도로 성장했다며 그녀에게 칭찬 일색의 기사들로 보답했다.

그 후 4년의 유학 생활을 마치고 1923년에 귀국한 심덕은 모두가 손꼽아 기다리던 조선의 별이 되어 YMCA에서의 데뷔 무대를 성황리에 끝냈다.

윤심덕의 첫 무대를 아픈 눈으로 지켜보았던 우진은 한동안 종로 YMCA 근처를 떠나지 못했다. 아직은 한 학기가 남아 있으니 일본으로 되돌아가야 하는데도 그럴 수 없었다. 난파의 〈봉선화〉를 그토록 애타게 부르던 심덕의 목소리가 귓가에서 떠나지 않았다. 그녀의 목소리가 들리지 않을 때까지, 그 얼굴이 완전히 지워질 때까지 그곳에서 한 발자국도 벗어나지 못했다.

'그러나 내가 경성에 왔다는 것을 아무도 알아서는 안 된다. 안 그래도 순회공연 당시 심덕과의 관계를 의심하던 단원들의 쑥덕거림으로 몇몇 기자들이 실눈을 뜨고 지켜보고 있지 않았던가. 그런 내가 행여 그녀의 공연을 보러 현해탄까지 건너왔다는 것을 알게 된다면 이제 막 첫발을 내디딘 심덕에게 치명타가 될 수도 있다.'

하지만 그녀가 숨 쉬고 있는 이곳에서 자신도 함께 호흡하고 싶었다. 조금만 더 심덕의 체취를 맡고 가리라.

때로 그는 심덕이 살고 있다는 서대문 주변을 걸어 보기도 했다. 종로를 벗어나자마자 논과 밭이 이어지던 그곳이 바로 서대문이었다. 주소도 알지 못하는 그녀의 동네였으나 길가에 피어난 꽃들에는 온통 윤심덕의 향기가 배어 있었다.

어느 날부터인가는 행여 심덕에 관한 기사를 볼 수 있을까 하여 신문사 자료실을 기웃거렸다. 예상대로 그녀에 대한 기사는 차고도 넘쳤다. 덜떨어진 행동인 줄 알면서도 온종일 그녀의 얼굴을 마주하는 것처럼 기사들을 읽고 또 읽었다. 관객들이 보여 준 그 엄청난 파장을 대변이라도 하듯 언론사마다 윤심덕에 대한 칭찬을 아끼지 않았다.

그렇다. 수선은 이 나라의 음악을 비약적으로 발전시키고 말 것이다. 그녀의 풍부한 성량과 감수성이야말로 그러고도 남음이 있다⋯⋯.

우진은 서둘러 난파에 관련된 기사들도 찾아보았다. 그날 윤심덕이 부른 〈봉선화〉의 작곡자 홍난파 역시 어디엔가 기사화되어 있을 것이다. 하지만 어디에도 난파의 기사는 보이지 않았다. 아직 그의 〈봉선화〉를 알아주는 이가 없다는 것이 안타깝기만 했다. 그런데 차를 마시고 있던 몇몇 기자가 난파에 대해 잡담을 하기 시작했다.

"홍난파의 〈봉선화〉 말이야. 난 윤심덕 무대에서 사람들이 왜 그 노래에 눈물을 흘리는지 이해가 안 가더라구."

"나도 그래. 김형준 씨가 쓴 시가 없었다면 그 노래는 그저 조선의 흔해 빠진 만가 '아리랑' 같은 거였어. 서양 가곡이라고 내놓긴 했는데 그게 무슨⋯⋯."

"유학파라 다를 줄 알았는데 아직 멀었어."

그것은 가슴을 후벼 팔 만큼 처절한 이야기였다. 청중들이 〈봉선화〉에 대단한 의미를 부여하고 있었지만 음악적으로 엄밀히 말할 때, 이 곡은 작시를 높이 평가할 뿐 크게 주목할 수 없는 곡이라는 뜻이었다.

펜을 잔인하게 놀리게 될 저런 사람들이 이 나라 음악의 미래를 가로막을지도 모른다. 그 칼에 뛰어난 작곡가 하나가 난도질 당하게 될 것이다. 게다가 우리의 '아리랑'을 감히 조선의 흔해 빠진 만가라 하며 상여가 나갈 때 부르는 것이라 폄하하고 있다. 정말 나쁜 사람들이었다.

'가사도 중요하지만 곡이 우선되어야 한다는 걸 왜 모르는 거지? 그렇지 않으면 어떻게 인간의 가슴에 파고든다고. 외국 곡의 경우만 봐도 그렇지 않은가. 꼬부랑말의 가사를 우리가 어떻게 알아들어? 곡이 심금을 울리기 때문이 아니던가. 〈봉선화〉는 최고의 음상으로 표현돼 있다. 아, 어찌 이럴 수가 있단 말인가?'

우진은 조선이 아무리 음악의 불모지라지만 해도 너무한다 여겼다. 이곳의 공기를 더는 마시고 싶지 않았다.

경성에서 머문 지 보름이 지난 어느 날 우진은 곧바로 짐을 쌌다. 진취성이라고는 터럭만치도 찾아볼 수 없이 옹졸하기만 한 경성의 지식인들에게 증오심이 느껴졌다. 우진은 떠나면서 난파에게 단 한 줄이라도 격려의 편지를 보내고 싶었다. 펜을 들자 저도 모르게 가슴이 뜨거워졌다.

'난파, 자네의 음악은 동포들의 가슴을 듬뿍 적셔 주었어. 그 아름다운 선율을 앞으로도 절대 잊지 못할 거야. 윤심덕의 무대에 관객으로 왔다 가네. 허나 내가 여기까지 왔다고 나무라지는 마시게. 한 번만이라도 그대들의 얼굴을 다시 보고 싶었기 때문

이야. 수선과 자네는 힘없이 부유하는 이 나라의 보배라는 것만 가슴 깊이 간직해 주시게나…….'

∭

1923년 가을, 동대문 끝자락에 자리 잡은 경성사범부속학교. 서대문에 살던 심덕은 이곳까지 매일 전차를 타고 다녔다.[13]

"윤 선생, 복장을 조금 자제해 주실 수 없나요? 이 학교 교사들이 입고 다니는 옷을 보지 못했습니까? 조선 여교사들은 한복으로 통일합니다."

일본인 여교장이 날카롭게 심덕의 복장을 단속했다. 교장의 표정은 늘 부담스러운 것이었다.

"네? 학교 규정이 원래 그런가요?"

"그런 건 아닙니다만, 조선인에게는 한복이 어울린다 그겁니다. 도대체 옷이 그게 뭡니까?"

도쿄음악학교 사범과를 졸업한 심덕은 의무적으로 교직 생활을 이수하게 되어 있었다. 당시 관비 유학생은 사범과밖에는 선택할 수 없었는데 이는 오페라의 여주인공으로 성장하고 싶었던 심덕에게는 커다란 걸림돌이었다.

"유별나게 하고 다니지 말라는 겁니다. 학교는 무대가 아니니까요."

"조선인 여교사는 저 혼자예요. 한복이라 하셨는데, 어떤 걸로 누구랑 맞춰 입으라는 것인지요?"

기준이 있어야 옷도 서로 맞춰 입는 게 아닌가.

귀국 후 경성사범부속학교에서 여학생 전담 교사로 발이 묶인 후부터는 하루하루가 힘에 부쳤다. 경성으로 이사한 가족들의 생계가 달린 몸으로 더욱 무대에 힘을 기울여야 했지만 두 가지 일을 병행한다는 게 여간 힘든 일이 아니었다. 그런데 교사 집단은 보통 사람들보다 한층 더 심하게 심덕의 목을 조였다. 언제 어디서나 최고의 공연을 선사하는 무대의 여왕 윤심덕에게 칭찬은 커녕 교사로서의 덕목만 늘어놓았다. 심덕은 그것이 끔찍하게 싫었다. 물론 전액 등록금과 함께 더할 나위 없는 혜택을 부여받은 관비 유학생이었기에 그 어떤 까다로운 조건도 기꺼이 받아들여야 했다. 그러나 무엇보다 힘든 건 제국주의의 일방적 사고방식에 순응했던 보통의 교사들과 똑같은 색깔을 유지하라는 명령이었다.

심덕이 입는 옷은 매일 달랐다. 검정과 흰색의 옷이 주를 이루었던 시대에 심덕은 늘 색깔이 선명한 화려한 옷을 선택해 입고 다녔다. 어쩔 때는 무대의상을 떠올리게 할 만큼 파격적이기도 했다. 가끔은 챙이 넓은 모자를 쓰고 출근을 했고 갖은 액세서리로 시선을 끌었다.

사실, 일본인 여교사들은 사감 선생 같은 표정과 옷차림으로 아이들의 숨을 막히게 했다. 그러나 심덕은 볼거리가 제한되어 있는 학생들에게 신여성의 옷차림을 보여 주는 것도 교육상 중요한 것이라 생각했다. 심덕은 조선 여자가 잘만 꾸미면 얼마든지 멋있고 아름다울 수 있다는 것도 보여 주고 싶었다. 그러나 그녀의 생각은 언제나 절도와 규범만을 강조하는, 일본인 교장의 꽉 막힌 회색의 벽에 부딪혔다.

"선생이란 모름지기 학생들의 모범이 되어야 합니다. 그런 옷으로 무슨 모범이 되겠어요?"

"교장 선생님, 음악시간에는 조금 자유스러워져도 괜찮지 않을까요?"

"지금이 어떤 때인데, 제국의 미래 앞에서 그따위 쓸데없는 허영에 빠져 있습니까?"

"교장 선생님……."

"조선인이면서 왜 한복을 입기 꺼려 하시는지 모르겠네요. 유학파라 그런가요? 그렇다면 양장은 허용합니다. 대신 단색을 입으시지요. 이 학교에서는 총천연색을 금합니다. 아니, 사치를 금합니다."

"제 옷은 제가 직접 만들어 입고 있어요. 이건 절대 사치가 아니에요."

"그래도 그런 옷은 안 돼요."

늘 그런 식이었다. 학생들 앞에서 크게 웃어도 지적, 학생들과 어울려 담소를 해도 지적, 심지어는 저녁 공연을 위해 조금 일찍 퇴근을 해도 싸늘하기만 한 수십 개의 눈동자가 등 뒤로 느껴졌다. 아무도 심덕을 고운 눈으로 보지 않았다.

'나는 도대체 왜 이럴까? 일본에서도 그렇게 따돌림을 당하더니, 왜 고국에서까지 이런 대접을 받아야 하는 걸까? 내가 예술가라는 걸 절대로 봐줄 수 없다는 건가?'

심덕은 일본에서 당했던 설움을 내 나라에 와서까지 느껴야 하는 현실이 서글펐다. 더구나 유난히 자신에게만 쏟아지는 뾰족한 눈길만은 도무지 참을 수가 없었다.

∭

그러나 아이들은 달랐다. 일본 학생과 조선 학생의 비율은 4 대 1로 일본인들이 훨씬 많았지만 일본 아이나 조선 아이나 할 것 없이 윤심덕의 얼굴을 보는 것만으로도 매일 떠들썩했다.

학교 생활에 별 재미를 못 붙이던 아이들은 최고의 성악가 윤심덕에게 마음을 빼앗겼다. 그녀의 신선한 외모와 발랄한 성격은 자신들의 미래이기도 했다. 여학생들은 점점 음악시간만을 기다렸다. 그랬으니 다른 교사들의 심기가 얼마나 불편했을까.

"얘들아, 노래 가사가 계속 바뀌는데 왜 이렇게 너희들은 표정이 없니? 자유롭게 표정도 바꾸고 몸도 흔들어 봐."

"저희는 가만히 서서 부르는 게 가장 좋다 배웠는데요?"

노래한다는 걸 상상조차 하기 힘들었던 시대, 특히 여학생들에게 얼굴 표정도 바꾸고 몸도 흔들어 보라는 말은 마치 여성이기를 거부하라는 말처럼 들렸다.

"노래를 못 불러도 좋아. 감정을 풍부하게 살려야지. 그래야, 유교와 도덕에서도 자유로워지는 거야. 여성이 자유로워야 세상이 자유로워져."

생전 처음 들어보는 이야기였다. 여성의 자유는 세상이 문란해지는 지름길이라 배웠다. 일본이고 조선이고 남자들은 모두 날아갈 듯 자유로웠지만 남자라는 이유로 비난을 받은 적은 한 번도 없었다. 이런 때에 윤심덕의 발언은 여학생들의 가슴을 뜨겁게 했다. 그녀의 이야기를 들으면 어쩐지 세상을 앞서가는 것만 같았다.

"선생님은 노래를 부를 때, 가장 중요한 것이 감정이라 생각하시는 거예요?"

"그렇다니까."

"그럼, 감정은 어떻게 잡아야 하는데요?"

"그건, 일테면 첫사랑의 마음을 갖는 거지. 자, 다들 첫사랑을 떠올려 봐요."

여기저기에서 킥킥, 웃음소리가 들렸다. 사춘기 아이들은 '첫사랑'이라는 단어만 들어도 소변을 지릴 정도로 황홀해했다. 다른 선생님들에게서는 절대 엿볼 수 없는 윤심덕만의 개방적이고 호탕한 면면이 학생들을 더욱 사로잡았다.

"선생님! 우리들 중에 지금 실제로 첫사랑의 열병을 앓고 있는 아이가 있답니다."

"뭐라구? 정말이야? 누구니, 누구야?"

"저기, 김막례요."

"어머, 축하한다 얘. 지금 노래 한 곡 부르면 딱 좋겠다. 막례야, 그 오라버니에게 바치는 마음으로 노래 한번 불러 볼래?"

그럴 때마다 교실은 웃음소리로 떠나갈 듯했다. 또래의 눈높이에 맞춰 대화를 하고, 그럼으로써 음악적 표현을 보다 쉽게 이끌어 내려는 교수법은 언제나 아이들을 즐겁게 했다.

사실, 윤심덕이라는 유명한 성악가를 교사로 영입하고부터 학교의 위상이 눈에 띄게 달라졌다. 게다가 최근 총독부 학무국 심사에서 뛰어난 점수를 받았다는 이 학교는 곧 여자사범학교로 승격될 기회를 눈앞에 두고 있었다.

심덕은 그저, 의무적인 3년의 교사 생활 동안만이라도 학생들에게 변화의 바람을 주고 싶었다. 그러나 교장과의 관계는 날이 갈수록 힘들었다.

"내 옷이 그렇게도 눈에 거슬리나? 젊은 음악가로서, 아이들의 굳게 닫힌 마음을 조금씩 풀어 주고 열어 주려는 것도 죄가 되나? 좀 더 적극적이고 활발하게 아이들의 감수성을 이끌어 내면 안 되나? 사무적이고 의무적으로 교사 짓을 하는 이가 한 명 늘어나면 백 명의 아이들에게 죄를 짓는 일이라는 것을 그렇게도 모르시나?"

그 늦은 가을에, 종로 피맛골에서 난파와 만난 심덕은 터져 나오는 불만을 감출 수가 없었다. 아내를 간병하느라 두문불출하던 난파였다.

"수선, 그렇게 힘들면 학교를 그만두는 게 낫지 않을까?"

"내쫓기기 전에는 안 돼. 이건 의무니까."

"의무를 저버리면 어떻게 되는데?"

"유학 기간의 등록금을 모두 토해 내야겠지."

"거 참, 이러지도 못하고 저러지도 못하는 일일세."

의무 기간은 3년이라 했다. 그 3년은 심덕에게 무척 중요한 시간이었다. 전적으로 노래에만 심취한다면 큰 성과를 얻을 수 있을 것이다. 나이를 조금만 먹어도 퇴물 취급을 하는 세상이기에 이 시간은 무엇보다 중요했다.

낮에는 교사로, 밤과 주말에는 성악가로, 빼곡한 일정에 따라 움직이다 보니 처음과는 달리 공연은 어느새 절반으로 뚝 떨어졌다. 게다가 무대에서까지 교사로서의 덕목과 훈계가 떠올라 모든 게 저절로 위축돼 갔다. 제 기량을 발휘할 수 없다 생각하니 가슴은 매일 답답하게 조여 왔다.

어깨가 축 쳐져 있는 심덕을 바라보며 난파는 안타깝기만 했다. 첫 공연 이후, 대단한 음악적 평가를 내리던 신문과 잡지 들은 점차 그녀의 음악성보다는 가십성 기사로 독자의 이목을 끌기 시작했다. 심덕의 인기를 실감하는 일이기도 했지만 어처구니없는 것도 많았다. 어떤 기사는 윤심덕을 완전히 매도하기 위해 작정한 것처럼 보이기도 했다.

들기에 유명한 성악가 윤심덕 씨이기에 마침 기회가 있어서 들어갔다. 음량은 충분하나 소프라노 음이 아니요, 알토 음이었다. 다른 날 독창한 것도 그러한지 모르지만 이날 창작곡으로 부른 〈봉선화〉는 음악이기보다는 창가였다. 없는 표정을 일부러 쥐어짜고 있음은 비열해 보이기까지 했다. 그리고 호의로 보면 활발하다고 할지 모르지만 너무 껍적대는 것 같았다. 좀 더 자연한 태도를 갖도록 수양하는 것이 어떠할는지…….[14]

이 평론은 윤심덕과 함께 유학했던 여류 화가 나혜석이 쓴 것이었다. 첫 무대를 보고 난 직후 7월에 한 잡지에 실린 것인데, 기

자들은 그것까지 들춰내 최신판 신문 지면을 채워 나갔다. 껍적
댄다는 등의 자극적인 용어가 가득한 내용이니 더욱 구미가 당
겼을 것이다.

그날, 관객들과 웃고 울었던 윤심덕의 첫 무대를 모두들 잊지
못하건만 이런 내용을 차용해 우롱하는 기사들은 참을 수 없을
만큼 원망스러운 것이었다. 음악이기보다는 '만가'였다며 수군거
렸던 〈봉선화〉도 마찬가지였다. 그것은 난파의 의지까지 꺾어 버
린 일이었다.

그녀가 무대 위의 프리마돈나로서 떳떳하게 살 길은 영영 없는
것일까. 무대가 줄어들고 있다니 그것도 안타까운 일이었다. 그런
수선에게 용기가 될 만한 일은 과연 무엇인지 난파는 생각하고
또 생각해 보았다. 슬프게도 우진에 대한 이야기를 들려주는 것
외에는 아무것도 없었다.

"사실은 수산이 경성에 왔었어."

심덕의 눈이 커지기 시작했다.

"수선의 첫 데뷔 무대를 제 눈으로 직접 보고 싶었나 봐. 공연
이 끝나기도 전에 그냥 가 버렸어. 나도 뒷모습만 봤으니까. 미안
해, 이제야 얘기를 하게 됐네."

난파의 이야기를 듣자 점점 더 커져 가던 동공이었다. 심덕은
연거푸 술을 따랐다. 그 얼굴이 점점 창백해졌다. 난파는 우진의
편지에 대해서도 더 자세히 이야기해 주고 싶었다. 그러나 심덕은

그만 자리를 박차고 일어났다.

"그 사람 얘기는 왜 꺼내고 그래? 이젠 얼굴도 다 잊었는데. 난 이 나라가 가장 주목하는 성악가야. 그런 말 함부로 하지 않았으면 좋겠어."

그녀는 뒤도 안 돌아보고 나가 버렸다. 난파가 서둘러 뒤따라 나갔지만 그녀의 모습은 감쪽같이 사라지고 없었다. 난파는 심덕을 찾기 위해 이곳저곳을 뒤지며 다녔다. 가끔씩 친구들과 함께 모이곤 하던 종각 앞의 맥줏집들을 훑기도 했다. 경성에서 서양 노래를 듣고 댄스를 할 수 있던 곳은 다 찾아보았지만 어느 곳에서도 심덕을 찾을 수 없었다.

'하기야 그녀가 혼자서 이런 곳에 왜 와? 겉으로는 그렇게 강하게 쏘아붙였지만 어디 숨어서 쪼그리고 앉아 울고 있겠지…….아, 내가 좀 더 신중할 것을. 수산에 대한 이야기는 절대 하지 말았어야 하는데, 결국 평지풍파를 일으키고 말았어.'

쌀쌀하기만 한 11월의 밤이었다.

٫٫٫

김우진만큼 내면에 정을 담고, 그 정을 남에게 나누어 주려 애쓰는 사람도 없었기에 기꺼이 그의 가정을 지켜 주겠노라 다짐했던 날들이었다. 그래서 자신을 억제했고, 때로는 끓어오르는 열정까지 틀어막으며 그를 놓아 버리겠다는 스스로의 약속을 지켜 냈다.

시간이 흘렀다. 기억 속에 남아 있는 먼지 하나까지 다 털어 냈다 생각했지만 또다시 그의 이름 석 자를 듣게 되자 절제가 안 되었다. 그가 심덕의 첫 공연을 남몰래 지켜보고 갔다는 난파의 이야기는 충격적이었다. 자신에게 화가 났다.

아, 그 사랑을 현해탄에 모두 빠뜨려 버리고 왔다 생각했는데, 그러지 못했던 거야, 이 바보 같은 내가.

심덕은 울면서 종로의 밤길을 걷고 또 걸었다. 집으로 가면서 몇 번이나 쉬었다. 찬바람이 눈물로 얼룩진 그녀의 얼굴을 더욱 세차게 때렸다.

며칠 후, 연희전문에 다니던 막내 기성이 풀이 죽은 목소리로 조그맣게 말했다.

"누님, 이걸 어째요? 도쿄음악대학에서 입학허가서가 왔어요."

"정말? 우리 기성이 장하다, 정말 장해. 근데 얼굴에 웬 수심이 그리 가득해?"

"돈이 부족하잖아요. 괜찮아요, 누님. 여기에서도 할 일이 많아요."

그렇게도 꿈꾸던 유학이었다. 그것은 기성이 흘린 피와 땀의 결실이었다. 그런데 하필 가장 힘들 때 입학허가서를 받게 되다니. 당장 여비를 마련할 능력조차 없이 빠듯하게 살고 있는 그들이었다.

결국 제 방으로 들어가 고민에 빠져 버리는 기성이었다.

'이 아이의 꿈이 이렇게 좌절돼 버리는 걸까? 이럴 때, 난 어떻게 해야 할까.'

심덕은 울고 있는 동생 곁으로 갔다. 그리고 아이의 어깨를 잡아 주었다.

"왜 그래? 이렇게 좋은 날에. 반드시 길이 있을 거야."

기성은 애써 명랑한 척했다.

"괜찮다니까요. 내년도 있고 후년도 있어요."

"조금만 더 기다려 봐. 내가 꼭 차질 없게 해 줄 테니까, 응?"

그때, 기성의 책상 위에 놓인 입학허가서가 심덕의 눈에 들어왔다. 심덕은 관비 유학생이 되어 기쁨에 들뜨던 그날이 떠올랐다. 기쁨이 차고 넘쳐 눈이 퉁퉁 붓도록 울고 또 울지 않았던가.

'우리 기성이, 착한 기성이. 가정 형편상 힘에 부치는 일인 줄 알면서도, 이 조선에서 성장하는 건 힘든 일이었기에 유학을 가지 않으면 안 되었던 나처럼, 너에게도 유학은 절실하기만 한 일 아니더냐. 없는 살림에 제힘으로 연희전문까지 다녔는데…….'

기쁘면서도 안타깝기 짝이 없는 일이었다.

다음 날, 솜처럼 무거운 몸을 이끌고 출근하는데 누군가 휴게실에서 심덕을 기다리고 있었다.

"누구신지……?"

"저는 동아부인상회 총무 조순애라고 합니다."

"네. 그러신데요?"

"윤심덕 씨의 귀국 공연을 동아부인상회가 주관했지 않습니까? 사실, 그날 관객들의 뜨거운 호응을 보고 몹시 놀랐어요. 조선 여성임에도 어디에 내놓아도 빠지지 않는 세련된 모습으로 저희들 앞에 나타나 주었으니 얼마나 자랑스러웠는지요."

그때 그녀는 결심 하나를 굳혔다 한다.

"저희는 전국적으로 인맥이 넓다는 것이 큰 장점이지요. 윤심덕 씨의 후원자가 되어 도울 길이 없는지 그 방법을 모색하고 싶어 이렇게 왔습니다."

"후원이라구요? 그럼 동아부인상회가 주축이 되는 건가요?"

"아닙니다. 우리 회원들이 주로 어머니들이라 집안일 때문에 시간 내기가 좀 그렇거든요. 저를 주축으로 '윤심덕 후원회'를 만들려고 합니다. 후견인들도 꽤 있어요. 어때요? 서로 상생할 수 있는 일인 것 같은데."

30대 중반으로 보이는 조순애는 젊은 사람답게 상당히 구체적인 계획을 제시했다.

"먼저, 천 원의 기본급을 선불로 드리겠습니다. 공연과 라디오방송 출연 등 저희가 모든 일정을 잡아 드리면 그에 따른 수입을 반씩 나누는 것입니다. 물론 윤심덕 씨 개인이 잡은 일정은 모두 윤심덕 씨 몫이구요."[15]

선불로 천 원이나 준다는 말에 솔깃하긴 했지만 이런 호의에는 늘 어둠이 뒤따른다는 걸 잘 알고 있다.

"왜요? 조건이 마음에 안 드시나요?"

이럴 때일수록 정신을 똑바로 차려야 한다. 과거 민설란에게 겪었던 일을 한시도 잊지 못하던 그녀였다.

"저희는 지금까지 윤심덕 씨 같은 성악가를 한 번도 보지 못했습니다. 이처럼 열정을 다해 온몸으로 노래하는 사람이라면 기꺼이 투자할 수 있겠다 싶었지요."

좀 더 깊이 고민하여 결정할 일이었다. 다른 사람들과 함께 일한다는 건 생각해 본 적이 없었기 때문이다.

"지금 당장 이렇다 저렇다 대답을 못하겠군요. 생각할 여유를 주세요."

"얼마든지요. 하지만 후원회가 있다면 돈 걱정 없이 노래에만 열중할 수 있을 겁니다."

무엇보다 조순애는 깍듯했고 계획성이 있었다. 그러나 심덕은 세상 물정을 모르는 사람이었다. 당장 기성의 유학비가 급하다 해도 남들과는 섣불리 관계를 맺고 싶지 않았다.

여자를 보낸 후, 심덕은 후원자의 보호하에 일어날 여러 가지 변수를 꼼꼼히 헤아려 보았다. 아무리 생각해 봐도, 혼자 전전긍긍하는 것보다 누군가의 도움을 받는 것도 나쁘지 않겠다 싶었다. 적어도 현재보다 더 나빠질 것 같지는 않았다.

의논할 사람이라고는 식구들밖에는 없었다. 심덕의 처지를 누구보다 잘 알고 있는 사람들이었다. 듣고만 있던 기성이 심각하게 말했다.

"가족 말고 다른 사람이 후견인이 된다는 게, 영 가슴에 와 닿지를 않네요."

"가족이 무슨 힘이 있어? 당장 나만 해도 그래. 너에게 힘이 되어야 하는데, 이렇게 무능하잖니."

"누님이 왜 무능해요? 제발 그런 말은 하지 말아요. 나 때문에 조급해하지도 말고."

의논 상대로는 아직 어린 기성이었다. 그래도 고마웠다. 선불을 받는다면 제 유학비가 해결될지도 모르는데 누이를 배려하는 마음이 더 컸다.

그때, 기성이 한참을 망설이며 다시 말을 꺼냈다.

"사실은 성덕 누님도 미국 노스웨스턴 대학에서 입학허가서를 받았어요. 제 유학이 더 시급하다면서 아무한테도 말하지 말라고 하기에……."

성덕이 놀라 기성의 팔꿈치를 꼬집었다.

"정말이야? 그 기쁜 일을 왜 나한테 얘기 안 했어?"

"아니에요, 언니. 저는 괜찮아요. 기성이 먼저 해결해 줘도 늦지 않아요."

"나 없는 사이에 그간 너희들이 얼마나 노력했는지 안 봐도 알

거 같구나. 고생했다, 정말 고생했어."

좋은 일은 한꺼번에 온다 했다. 그러나 힘든 일도 한꺼번에 몰아친다. 더구나 성덕은 일본도 아니고 미국이었다. 하지만 이 아이들의 교육을 담당하겠다고 부모님과 자신에게 철석같이 약속했으니 그건 심덕이 반드시 감당할 몫이었다.

숙명과도 같은 음악인의 길을 평생 가고자 한다면 반드시 유학을 다녀와야 했다. 그러나 그들은 하필 이 험난한 시대에 음악에 눈을 뜬 남매였다.

겨울로 접어들면서 공연은 더욱더 형편없이 줄어들었다. 수업에 지장이 있을까 하여 주말에만 공연을 잡고는 했지만 처음과는 달리 그것도 점점 시들해졌다.

9장

무엇을 찾으려 하느냐

요령 없는 학교의 흑백 논리로 공연도 수업도 마음대로 되지 않아 심난해하는 딸을 보며 어머니는 한숨부터 나왔다. 특히 동생들의 유학비 때문에 고민이 많은 딸이었지만 자신이 할 수 있는 일은 아무것도 없었다. 다만 평생을 곧고 굳센 마음 하나로 버텨 온 평양 여자의 기질을 한껏 내세웠다.

"이것저것 골치 아프게 생각하지 말고 한번 마음먹은 일이면 누가 뭐래도 뜻을 관철시키며 살라. 사람으로 태어나 주관을 갖지 못하면 안 되는 거이야. 이 에미가 이 말에 흔들리고 저 말에 흔들렸다면 너희들을 어떻게 키웠갔니? 교장이고 뭐고 그 말도 안 되는 소리래 한 귀로 듣고 한 귀로 흘리라."

언제 어디서든 흔들리지 않는 마음. 그것은 언제나 어머니가 자식들에게 강조하던 이야기였다. 그래도 어머니 때문에 여기까지 왔음을 상기했다.

어머니는 아직은 성성한 몸으로 심덕에게 정성을 쏟으리라 결심했다. 그래서 시작한 것이 출퇴근용으로 입을 옷을 열심히 짓는 일이었다.

"심덕이 너는 달라야 해. 세상을 이끌어 가야 할 신여성한테 구시대로 돌아가라는 거이 말이나 되는 소리야?"

어머니는 둘째 딸의 성공이, 가난으로 허덕이는 큰딸과 제 동생들의 성공이라 믿었다. 그리하여 그녀는 이전보다 더 화려하고 파격적인 옷들과 장신구를 직접 만들어 주었다. 사실, 심덕의 바느질 솜씨는 어머니의 솜씨를 그대로 빼닮은 것이었다.

"이 리본을 좀 보라. 아주 멋지지 않니?"

"어머나, 정말 예뻐요."

"뾰족구두에는 이걸 높게 덧대어 신어 보라. 겨울에 눈 속에서 굴러도 까딱없을 기야."

화려하고 두툼한 천 위로 드문드문 수를 놓아 하이힐에 잇대어 놓으니 그야말로 부츠가 따로 없었다. 특히 겨울에 종아리를 감싸는 것으로는 어떤 것도 독특하고 멋들어진 그 구두를 따라잡지 못했다.

어머니의 바느질 솜씨에 심덕의 유행 감각이 더해져, 장안에서는 볼 수 없는 옷과 장신구들이 탄생하기 시작했다.

"오늘은 이 옷을 입고 나가라."

"어머니, 이건 해도 너무한 건 아닌지 모르겠네요……."

"네가 누구니? 너는 예술 하는 사람이야. 이왕 욕을 먹을 거면 아주 세게 나가라. 입이 딱 벌어져 아예 찍소리도 못할 정도로 밀이야."

"호호호, 맞아요. 가만히 있으면 바보인 줄 안다니까요?"

그렇게 해서 탄생한 것이 바로 그 유명한 윤심덕식 패션이었다. 어머니는 눈썰미가 있어 고급스러운 것이라면 그냥 지나치는 법이 없었다. 평양에 있는 병원에 근무할 당시 서양 여의사들이 입고 다니던 것을 기억해 내고는 그대로 재봉틀 위에서 재현했다. 그녀가 생활력이 강하다 함은 바로 그런 면을 두고 하는 말이었다.

어머니가 움직이니 심덕도 용기가 났다. 점점 더 과감해지는 심덕의 모습은 꽃다운 아이들의 마음을 움직였다. 여학생들은 윤심덕 선생이 주는 신선한 충격에 더욱더 사로잡혀 갔다. 무언가 알 수 없는 기운이 흐름을 타고 아이들을 부추겼다.

이윽고 경성 최고학부의 여학생들은 시대를 주도해 나가는 멋쟁이들로 부상했고 그녀들을 따라하는 일은 곧 유행이 되어 갔다. 유행이란 눈 깜짝할 새에 번지는 것임을 실감케 할 정도였다.

그런데 그중에서도 여학생들의 시선을 사로잡은 것은 머리띠였다. 아이들은 짧은 머리 긴 머리 할 것 없이, 그 어떤 머리 모양에도 어울리는 머리띠에 열광했다. 그것은 심덕이 생각해도 별난 일이었다. 그렇게도 단순한 것에 아이들이 마음을 빼앗기다니.

비록 별것 아닌 작은 변화였으나 아이들은 겨울 속에서도 화사하게 피어날 수 있다는 걸 터득해 갔다. 교장 선생을 비롯해 여러 교사들이 머리띠 단속에 적극 나섰지만 이미 거세게 퍼지는 유행의 물결을 잠재울 수는 없었다. 춥기만 한 겨울날에 일파만파 퍼져 나가는 윤심덕의 패션은 늘 세간의 관심사였다. 뾰족구두에 단발머리와 양장에 양산에, 서양식의 장갑과 지갑, 모자는 우중충한 식민지를 환하게 피어나게 했다.

'그래, 무언가에 목이 말라 있는 사회에서 아름다운 옷과 장신구는 또 하나의 예술이다. 예술은 곧 문화이니 나는 결국 그들에게 문화의 물 한 모금을 주고 있는 거야.'

그녀는 다시금 극장가의 조명을 받기에 이르렀다. 기적이 일어난 것이다.

"그거 보라. 중간이 되려고 유학까지 갔다 온 게 아니지 않니? 나는 윤심덕이다, 어디 덤빌 테면 덤벼라, 이리 강하게 마음먹어야 하는 거이야."

어머니의 저 강한 자신감은 어디에서 오는 것일까. 그 시대에 자식들에게 과감하게 음악을 공부시키고 있는 선구자 중의 선구자가 바로 어머니였다. 과연 그녀는 남달랐다.

그 후, 드물기만 하던 공연 일정은 조금씩 활기를 되찾았다.

"교장 선생님, 정말 죄송합니다. 이번 주는 수요일에 공연이 잡혀서요. 그날은 수업도 없으니 조퇴를 할 수 있게 해 주세요."

여성들의 유행을 선도하기 시작한 심덕을 막을 길은 없었다. 그것은 조그마한 주먹으로는 도저히 틀어막지 못할 큰 물살이었다. 윤심덕이라는 교사로 인해 학교는 다시금 큰 주목을 받기 시작했고 예년에 비해 학생 수는 대폭 늘어났다. 하지만 교장을 비롯한 교사들의 시선은 언제나 두고 보자는 듯 서슬이 퍼렇기만 했다. 그러라지, 심덕은 이를 악물었다.

⋙

윤심덕에 열광하는 아이들 틈에는 난파가 끔찍이도 아끼던 조카 옥임이도 있었다. 아이는 이제 열네 살이 되었다. 종로 홍파동에 위치한 작은 양옥집에는 4남 1녀를 둔 홍석후와 그 아내 김은배가 살았다. 그러나 아직도 보통학교에 다니고 있는 아이를 보며 홍석후는 늘 걱정이 많았다. 또래 아이들은 모두 여학교에 진학했지만 아이가 우울증 같은 증세를 보이고 있었기에 그 걱정은 더해만 갔다.

하지만 옥임의 걱정은 학교 따위가 아니었다. 어차피 말을 못해 아이들한테 손가락질이나 받고 있는데 그깟 게 무슨 대수랴. 아이의 걱정은 그토록 하고 싶은 음악에 대한 이야기는 감히 꺼내지 못하고 있다는 데에 있었다.

보통학교 입학을 앞둔 일곱 살 즈음으로 거슬러 올라간다. 하루는 옥임이 한밤중에 화장실을 다녀오다가 부모의 은밀한 대화를 엿듣게 되었다.

"얼마 전 난파가 그러는데 옥임이한테 천재적인 음악성이 보인다 하더라고."

"네? 그게 무슨 말이에요?"

"피아노를 그렇게 잘 친다 하네."

"그래서요?"

"여자도 배워야 하고 개성을 살려 줄 일이 있으면 그렇게 해 주는 게 부모의 도리 아니겠소?"

아내 김 씨는 조선의 평범한 아낙네였다. 아들놈들의 교육만으로 걱정이 태산이거늘 느닷없는 딸아이의 음악 교육이라니 기가 막혔다.

"당신은 휴일도 없이 병원에 매달려 있고, 월급은 다 형제들한테 들어가는데 무슨 수로 옥임이까지 신경을 써요?"

아버지는 아무 말도 하지 않았다.

"당신은 바쁘다 바쁘다 하면서도 그 많은 술친구들한테는 시간을 잘도 내 주더군요. 나 혼자 버둥대는 꼴이 안타깝지도 않습디까? 여자들이 줄줄 따른다는 소문도 장안에 파다해요. 내가 모를 줄 알았어요?"

그간 억눌려 있던 불만이 터져 나오면서 옥임에 대한 이야기는 아버지에 대한 소문으로 바뀌고 있었다.

"아니, 오늘따라 왜 이렇게 목소리가 커요? 다 헛소문이오. 나를 시기하고 질투하는 사람들이 얼마나 많은데."

처음에는 그들의 이야기가 무슨 말인지 몰랐다. 그런데 다리가 후들거렸다. 아버지한테 여자가?

"어쨌든 딸한테까지 쓸 돈은 없어요. 만일 그 일로 고집을 피우면, 이 집에서 나가 버릴 거예요."

"그럼 나랑 헤어지기라도 하겠단 말이오?"

"음악이요? 시동생 뒷바라지도 힘들어 죽겠는데 딸년까지? 한 번만 더 이런 얘기해 봐요. 이혼하자는 뜻인 줄 알 테니."

그 시절 도저히 있을 수 없는 '이혼 얘기'에 아이는 그날 밤, 벼랑 끝으로 떨어지는 꿈을 꾸었다. 길가에 내던져지는 것보다 더 큰 충격이었다. 그건 사소한 부부싸움이 아니라 한 아이의 인생이 걸린 싸움이었다.

모든 것에 오감이 열려 있던 옥임은 뭐 하나 그냥 지나치는 법이 없는 민감한 아이였다. 다음 날 잠에서 깨어났을 때, 아이는 이미 말문이 막혀 있었다. 말도 안 하고, 행동까지 굼뜬 옥임을 보며 부모는 아직은 얼뜨기 어린애라 생각했다.

결국 보통학교 입학은 이듬해로 미뤄졌다.

비록 없는 집에서 자랐지만 고운 자태에 손끝이 야무지고 예의 바르던 김 씨는 누구나 탐내는 규수였다. 금파 역시 선을 보자마자 마음이 동해 빨리 혼인하고 싶어 안달이 났다. 그렇게 결혼한 두 사람이었다. 어린 옥임의 눈에도 어머니는 언제나 마룻바닥을 윤이 나게 닦는 사람이었다. 솥단지를, 주전자를, 아버지의 구두를, 매일 닦고 또 닦았다. 한시도 쉬지 않고 아이들을 먹이고 입히고 씻겼고, 틈만 나면 뜨개질을 했다. 홍석후가 아내 하나는 잘 얻었다고 칭찬이 자자했다.

그런데 문제는 안과의였던 금파가 1921년부터 2년 동안 미국의 캔사스와 뉴욕으로 건너가 새로 이비인후과 전공 연수를 받는 사이, 확 줄어든 월급에 김 씨 혼자 발을 동동 구르며 살아왔다는 데에 있었다. 애들 학비도 그렇거니와 보듬어야 할 형제자매들은 물론, 난파의 병든 아내까지 보살펴야 했으니 맏며느리로서의 중압감은 그 가냘픈 여자를 매일 짓눌렀다.

그런데 올해 미국에서 돌아온 남편은 그런 아내를 보듬어 줄 틈이 없었다. 이비인후과로 직종을 바꾸자 눈코 뜰 새 없이 바빴을 뿐 아니라 사람 좋아하는 그에게는 술친구가 늘 대기 중이었고, 술이 있는 곳에 여자가 없을 리 없으니 그야말로 하루 스물네 시간이 모자랄 판이었다. 특히 그의 주변에는 많이 배우고 잘난 여성들이 차고 넘쳤다.

게다가 음악에 대해서만은 특별히 관심이 많고 박식해서 완벽한 '음악가 가족'의 탄생을 꿈꾸었는데, 그때마다 음악에는 까막눈인 아내를 은근히 무시하기도 했다.

"서양에는 부부 중 한 사람이 반드시 악기를 다룰 줄 안대요."

"음악이 있으면 부부싸움도 없어질 거야. 음악만큼 사람을 화합시키는 건 없어. 음악은 역시 위대해."

한번은 남편이 난파와 함께 서양인의 고급스런 습성에 대해 이야기하는 걸 듣게 되었다. 김 씨는 이 집안에서 신처럼 떠받드는 음악은 제 살아온 처지를 구분 짓는 유일한 것이라 생각하며 마침내 설움이 북받쳤다. 바깥으로만 도는 남편. 그런 남편이 '음악가 가족'의 탄생을 꿈꾸자 설움은 음악에 대한 반발심으로 터져 나왔다. 남편이 누구를 만나 술을 마시든 개의치 않는다, 그것이 조선 여자의 미덕이라면 그렇게 하리라. 그러나 음악에 대해서만큼은 참을 수 없었다. 그거 하나로 자신의 자존심을 무너뜨린다 생각하니 매일 눈물이 났다. 마침내 김 씨는 이 집안에서 음악을 내쳐 버리는 것으로 그 모든 괴로움을 상쇄해 나갔다.

그런데 큰아들 놈이 제 아비가 사다 준 바이올린을 만지작거리다가 그만 음악에 눈떠 음대에 가겠다 했을 때, 김 씨의 노여움은 고조에 다다랐다. '대단할 것도 없는 그깟 음악 따위'가 무엇이라고 남편, 시동생, 자식이 한통속이 되어 가는 거냐.

김 씨는 매를 들어 다 큰 아이의 종아리를 내리치며 울었다.

"이놈아, 어디 홍씨 집안 아니랄까 봐 이러는 거야? 아버지의 꿈을 이루겠다고? 다시는 내 앞에서 음악의 음 자도 꺼내지 마!"

설상가상으로 작은아들 놈도 바이올리니스트를 꿈꿨다. 날이 갈수록 부부의 갈등은 심해졌고 집안은 살얼음판으로 바뀌었다. 결국 두 오라비는 어머니의 뜻대로 의대에 진학하기로 약속했다. 만일 오라비들이 음악을 택했다면 어머니는 기어코 집을 나가고야 말았을 것이다.[16]

옥임은 두 오라비가 겪은 일을 보면서 피아노를 포기해 버렸다. 어린 마음에, 그것만이 어머니를 붙들어 놓는 일이라고 생각했던 것이다. 게다가 옥임은 딸이었다. 남동생의 뒷바라지를 하고 어머니의 살림을 돕는 것이 이 집에서 주어진 자신의 몫이었다.

그러나 아이는 음악 외의 다른 세상사는 안중에도 없었다. 끌림이라는 건 참으로 무서웠다. 한 해 두 해가 지나면서 피아노를 환상 속에만 가두어 놓았던 옥임은 그 환상을 신기루처럼 붙들고 가슴으로만 연주했다. 그런데 그건 할 짓이 못 되었다. 학교고 뭐고 다 싫었다. 입술을 깨물면 깨물수록 아이는 더욱 말을 잃어갔다.

§§§

이 집에서 그래도 옥임의 마음에 드는 건 낡은 장식장에 빼곡히 진열되어 있는 이름 모를 술병들이다.

아버지에게 선물로 들어온 술병을 손톱으로 튕겨 보는 것은 옥임의 유일한 낙이었다. 술병에서는 모두 다른 소리가 났다. 퉁퉁, 둔탁한 소리를 내는 것도 있고 통통, 맑은 소리를 내는 것도 있었다. 도미솔, 도파라, 시레솔……. 아이는 술병에서 나는 음률을 친구 삼아 지내는 일이 무엇보다 즐거웠다.

할 일이 많아 종종걸음을 치던 김 씨는 한숨을 쉬며 학교도 쉬엄쉬엄 다니는 옥임에게 살림의 많은 부분을 맡겼다.

"콩나물 다듬고 깨끗이 씻어 놔. 밭에서 파도 뽑아 오고, 빨리빨리 움직여."

옥임은 콩나물을 다듬으면서도 콩나물 대가리를 악보에 옮기는 상상에만 심취했다. 그때 김 씨는 아이가 음악에 소질이 있다는 말이 늘 가슴 한쪽에 남아 있었다. 계집애를 전문학교까지 보낼 생각은 전혀 없었지만 만일 그렇게 된다면 음악가보다는 의사로 키우는 게 낫다고 생각했다.

"옥임아, 이 조선에는 여의사가 거의 없단다. 내가 좀 배우기만 했어도 이렇게 살지는 않았을 텐데. 네가 의사가 되어 이 엄마의 한을 풀어 줘."

김 씨는 친정 부모님만 생각하면 가슴이 아팠다.

"엄만 네 외할아버지가 저렇게 아프신데도 그런 건 관심도 없이 바이올린을 사들이는 일에 척척 돈을 쓰는 아버지가 너무 원망스러워. 이제 피아노까지 사고 싶어 하는데 턱도 없는 소리지."

그렇게 피아노는 영영 가질 수 없는 것이 되어 버렸다. 그러나 의사가 되는 것만큼은 싫었다. 아픈 사람들이 질러 대는 비명보다는 피아노가 들려주는 아름다운 소리가 얼마나 좋은데 저러는지……. 그러나 딸이라서 어머니에게 매달릴 수 없었다. 비록 부숴 버리고 말았지만 두 오라비에게는 바이올린을 허용했던 김 씨였다.

외투를 입고 나갈 채비를 마쳤다.

"너, 어디 가? 또 삼촌한테 가려구?"

온종일 어머니와 함께하는 일은 힘들었다.

"별 성과도 없이 허송세월만 보내는 사람들이 바로 음악을 한다는 것들이야. 공연히 요란하기만 하지."

김 씨에게는 돈을 빨아들이는 사람이었는지 모르나 옥임에게 삼촌은 하나의 출구였다.

'삼촌, 언제나 다정한 사람. 아장아장 걷던 내게 피아노라는 것을 알게 해 주고, 내 작은 손을 건반 위에 올려 준 사람, 그렇게도 예쁜 노래를 무궁무진 만들어 주던 음악의 마술사, 음악의 향연이 펼쳐지고 있는 저 하늘나라에 닿을 때까지 더 크게, 더 아름답게 건반을 두드리라 격려해 주던 천상의 지휘자……'

삼촌의 집은 무엇 하나 음악적이지 않은 것이 없었다. 가슴으로 울려 퍼지는 선율을 마음껏 펴낼 수 있도록 곳곳에 오선지가 널려 있었다.

"으이구, 일본에서 삼촌만 오면 정신을 못 차리니, 원."

엄마, 제발 삼촌한테만큼은 뭐라 하지 마세요.

"젊은이가 뭐 할 짓이 없어서 음악을 한다그래? 처자식도 먹여 살리지 못하면서."

삼촌을 그렇게 평가하고 있다. 삼촌은 아무렇게나 취급되어야 할 사람이 아닌데……. 엄마, 삼촌한테 그러지 마시라고요!

김 씨는 새까맣게 변하는 옥임의 낯빛을 보며 자신의 감정을 억누르기 시작한다. 그 뒤에는 반드시 눈물이 뒤따랐다.

"내가 왜 이렇게 너한테 이러쿵저러쿵 잔소리를 하는 줄 알어? 네 말 좀 듣고 싶어서그래. 네 목소리를 듣고 싶다구!"

어머니가 울 때마다 더 말이 막히는 옥임이었다. 드디어 방문을 열었다.

"저녁때가 다 돼 가는데 어딜 가려구?"

뛸 듯이 계단을 내려와 바람처럼 대문을 닫았다. 가지 말라 하여 더 가고 싶은 곳, 그곳은 한동네에 있는 삼촌의 집이었다. 집에서 뛰쳐나와 그집으로 뛰어가며 급한 마음에 몇 번이나 무릎이 꺾였는지 모른다.

수많은 학생들이 삼촌의 집 앞에 모여 파란 대문을 보고 있다. 만가니 가요니, 아무리 떠들어도 〈봉선화〉에 혼을 뺏긴 아이들이었다. 어른들이 '귀찮은 파리 떼'라 부르며 눈을 흘기던 그 아이들이었다.

아이들은 옥임을 부잣집 고명딸이라며 부러워했다. 그런 아이들 틈에 끼는 것이 싫어 힘없이 몸을 돌렸다. 그리고 온종일 거리를 헤매며 어떻게 살아야 할까를 생각했다.

딸로 태어났다. 그것도 남자들만 우글우글한 집에서. 그 집에서 자신이 할 수 있는 일이라고는 어머니한테 살림을 배우고 동생을 돌보는 일뿐이다.

〽

그즈음, 심덕은 하고 싶지 않은 일도 해야만 한다는 사실 앞에 놓이게 되었다. 총독부의 파티에 자주 부름을 받게 된 것이다. 총독부가 유학을 보내 주었으니 그 초대에 응하는 것은 어쩌면 당연했다. 이런 저런 행사에 많이도 불려 다녔다.

그런데 어찌 된 일인지 그날은 총독부가 아닌, 총독부 뒷골목으로 안내되었다. 공식적인 모임이기보다는 사적인 모임인 듯하였다. 모(某) 씨가 국장으로 승진했단다. 다행히 요정이나 술집은 아니고 커다란 회관이었다. 그러나 안심은 금물이어서 회관은 그 어떤 파티장보다 요란하고 화려했다.

"윤심덕 양! 환영합니다. 윤 양 덕분에 이 자리가 눈이 부실 정도로 환해졌습니다. 여러분, 어때요? 제 말이 맞지 않습니까?"

이런 사적인 파티는 처음이었다. 그런데 계속 이어지는 사회자의 말에 점점 만정이 떨어져 나갔다.

"윤 양이야말로 제국과 조선이 서로 협력하여 빚어 낸 최고의 합작품입니다. 만일 우리 총독부가 윤심덕 양을 키우는 일에 값진 국고를 쓰지 않았다면 오늘날의 아름다운 내선일체는 있을 수가 없었겠지요. 거룩하신 천황 폐하 만세! 대일본 제국 만세!"

심덕의 차례가 오기 전까지 쭉 가부키 공연이 이어졌다. 그 공연에 모두 혼이 빠졌음을 보여 주듯 여기저기에서 혼탁한 탄성이 울려 퍼진다. 마침내 공연이 끝나는가 싶었다. 심덕이 무대 위로 나설 준비를 하는데, 오늘의 이 자리가 참으로 천박한 모임이라는 게 드러나고 있다. 가부키의 남자 배우 중 몇몇이 무대로 내려가 손님들의 무릎에 앉았다. 그들은 일일이 술을 따르며 마치 여자들처럼 엉덩이를 흔들어 댔다. 거기까지는 좋았다. 몇몇 남자들이 그들의 얼굴을 끌어당기며 입술에 키스를 하는 제스처를 취했다.

"오호호! 더 깊이, 더 오래!"

"가슴도 만져라!"

남자에게 가슴이 어디 있다고 그것을 만지라는 것인가. 남자를 남자로 대하지 않기로 작정한 사람들처럼, 아니 남자건 여자건 무대 위의 배우들은 마구 만져도 되는 것처럼, 몇 사람이 거의 광적인 행동을 유도했다. 심덕은 덜컥 겁이 났다. 학비까지 내주며 내선일치의 최대 결과물이라며 칭송해마지 않던 나도, 저들의 눈에는 한낱 보잘것없는 노리개에 불과한 건 아닐까?

"여러분, 다음 순서는 윤심덕 양입니다. 윤 양은 도쿄음대를 우수한 성적으로 졸업했을 뿐 아니라 졸업 축하 공연 당시 헨릭 입센의 「인형의 집」에서 '노라'역을 맡게 되면서 당당히 주역으로 발탁되기도 했습니다. 그런 윤 양의 천재적인 노래를 들을 수 있는 여러분은 행운아라 할 수 있습니다. 자, 윤심덕 양이 여러분의 가슴을 더욱 뜨겁게 해 드릴 것입니다."

억지 환호성이 들렸다. 여전히 배우들은 사람들의 무릎을 타고 앉아 그들의 장난을 온몸으로 받아들이고 있었다. 남자가 남자의 아랫도리에 손을 대는 일이 언제부터 저리 예사롭게 행해졌던 것일까. 그런 모습은 난생처음이었다. 갈 데까지 가 버린, 곪을 대로 곪은 이들의 세계는 바로 이런 것이었다.

그러나 가슴에 오래 담아 두고 싶지 않았다. 심덕은 모든 것을 떨쳐 버리고 무대 위로 올랐다. 심덕은 그날, 오로지 한 곡만 부르기로 결심한다. 그것은 〈봉선화〉였다. 남자건 여자건, 만지고 희롱하고 그 더러운 입술을 함부로 부벼 대는 일은 이 노래와 함께 멈추고 말 것이다. 하지만 그것은 착각이었다. 남자 배우를 옆에 끼고 술을 마시던 사람들은 그녀의 노래에 맞춰 더욱 이상한 동작을 연출했다. 저음에는 천천히 움직였고 고음으로 정점을 향해 갈 때는 빨리 움직인다. 여기저기에서 킬킬킬, 웃음이 터져 나왔다. 사람들은 마치 윤심덕을 비웃기라도 하듯, 이 땅의 고독한 민중인 봉선화를 또 한 번 짓밟기라도 하듯, 이해할 수 없는 행위를 이어 나갔다.

심덕은 마이크를 꺼 버렸다. 그러고는 말없이 무대에서 내려와 들어왔던 길을 향해 되돌아섰다. 이런 분위기에서는 노래할 수 없었다. 그것도 〈봉선화〉를 유린하다니…….

갑작스런 심덕의 행동에 사람들의 동작도 일제히 멈췄다. 심덕이 출입문을 열자, 이어 몇몇 사람들의 목소리가 들렸다.

"저거 뭐야? 조센진 주제에."

심덕은 이 자리에 난파와 같이 오지 않았던 것이 그렇게도 다행일 수 없었다. 적어도 난파는 자신의 곡이 북풍한설에 형체도 없이 사라져 가는 모습을 목격하지 않아도 되었다.

훗날, 그 총독부 파티라는 것의 정체를 알게 된 심덕은 몹시 분노할 수밖에 없었다. 그날의 가부키 배우들은 남녀로 구성되어 있었으며, 그들은 배우를 위장한 기생과 남창들이었고 너나 할 것 없이 '2차'를 예약했다 했다. 어쩌면 심덕과도 그 밤을 함께 보내자 할 수도 있었다.

그 후, 그렇게 노래를 중단하고 뛰쳐나간 심덕은 여론과 언론을 쥐고 흔들어 대던 그들에게, 소위 나라의 중심인물이라 불리던 인간들에게, 오만방자한 관비 장학생으로, 조센진 주제에 파티를 엉망으로 만든 인물로, 낙인찍히기에 이르렀다.

\\\\\\

하루에도 몇 번씩 진저리를 쳤다. 그날의 광경이 머릿속에서 떠나지 않았지만 윤심덕답게 살아야 한다고 마음을 다잡았다. 모든 것을 잊자, 굳건해지자, 확고해지자, 살아내자!

1924년 5월 25일, 연희전문학교 자선음악회가 기획되고 있었다. 난파의 스승인 바이올리니스트 김영환(金永煥)을 비롯해, 유학파인 윤심덕, 홍난파, 채동선, 한기주 등의 출연으로 몇 달 전부터 수많은 사람들의 관심을 한 몸에 받았다.

연주회가 있던 날. 아침 일찍 잠에서 깨어나면서부터 느닷없이 심덕의 머릿속에 와락 들어서는 얼굴이 있었다. 혹시 오늘, 그가 오지 않을까……? 그 얼굴은 바로 김우진이었다.

'졸업하고 집에 가 있다면 분명 올 수도 있다. 내 데뷔 무대에도 왔다 하지 않았던가? 하지만 오지 않는다면? 아, 왜 내가 이런 기대를 하는 거지? 오지 않으면 이 마음을 어쩌려고.'

그날따라 유난히 옷차림과 머리 손질에 힘이 들어갔다. 혹, 작년 평양 숭실학교 공연에도 오지 않았을까, 그곳까지 오기에는 너무 힘들었겠지? 말도 안 되는 희망이었다. 쓸데없는 잡념이라 생각하며 머리를 흔들었지만 자꾸만 떠오르는 사람이었다.

"자, 오늘은 우리 조선인들의 음악적 자존심을 마음껏 펼쳐 봅시다. 우리들의 대선배인 김영환 선생을 기꺼이 모셨으니 그분의 명성에 흠집을 내서는 안 될 것입니다."

선생의 강력한 천거로 난파는 그날 총연습 책임자이자 지휘자로 임명됐다. 아침부터 분주히 강당을 오가면서 출연자들을 독려하던 난파의 손을 채동선이 슬며시 이끌었다.

"형님, 점심은 먹고 해야 할 거 아닙니까? 딴 사람들은 도시락을 먹겠다 하는데, 전 너무 긴장해서 그걸 먹으면 체할 거 같아요. 가볍게 국수 한 그릇 사 주세요, 네?"

난파는 심덕과 동선을 데리고 신촌역 근처로 걸어갔다. 5월의 햇살이 눈부셨다. 신촌역은 1920년, 조선에서 가장 먼저 만들어진 역으로 이화여전과 연희전문학교의 중심부였다. 역사 앞 등나무 벤치에는 젊은이들이 삼삼오오 앉아 봄과 청춘을 만끽하고 있었다.

일행은 국숫집으로 들어갔다. 심덕은 자리에 앉으며 이야기를 꺼냈다.

"난파, 오늘은 특히 젊은 사람들이 많을 거 같아. 연희전문에서 하는 거라서 더 그렇겠지?"

"수선이 창작곡 위주로 부르겠다 선언한 이상 젊은이들의 관심은 배가 될 거야."

동선도 끼어들었다.

"자꾸 불러 줘야 우리 같은 젊은 작곡가들의 설 자리가 마련되는 것 아니겠어요?"

유학까지 갔다 와서 빈털터리로 살고 있는 이들이었다. 특히 채동선은 전남 보성군 벌교읍 출신으로 경기고보에 입학한 후, 1918년 홍난파에게 바이올린을 배우면서 작곡을 시작한 친구였다. 일본에서는 와세다 대학 영문과에 입학하여 우진의 후배로서 그와도 친분이 깊었다.[17]

그날은 오로지 홍난파와 채동선을 비롯해 박태준, 현제명 등 젊은 작곡가들의 주옥같은 창작곡만을 소개하기로 되어 있었다. 물론 이 뜻이 관철될 때까지 어려움이 없지는 않았다. 극장주는 마뜩잖은 눈치였으나 무엇보다 흥행이 보장되는 윤심덕의 제안이었기에 받아들일 수밖에 없었다.

"근데…… 다들 수산 형님 소식 못 들었지요?"

국수를 기다리다가 어느덧 김우진에게로 화제를 돌리는 동선이었다. 심덕은 난데없이 그의 이름이 나오자 가슴이 철렁했다. 아침부터 머릿속에서 떠나지 않았던 사람이었다.

"글쎄, 오늘 공연에 대해 편지를 보내긴 했는데, 영 답장이 없네?"

난파가 여전히 우진과 연락을 하고 산다 생각하니 심덕의 마음이 휑하기 뚫려 갔다. 모두들 자유롭게 소식을 주고받거늘 자신만 그러지 못했다.

"답장이 없을 만도 하죠. 지금 그 집에 경사가 났어요. 얼마 전 형님이 아들을 낳았대요. 목포에 사는 우리 작은아버지가 와서 그러대요. 목포 바닥이 발칵 뒤집어졌다나 뭐라나."

심덕의 가슴이 다시 쿵하고 내려앉았다. 난파는 창문만 뚫어지게 보았다. 눈치 없는 동선은 계속 제 말만 했다.

"하이고, 그 영감님, 손자 타령 오지게 하더니. 잘될 집은 뭘 해도 잘된다니까."

그것은 절망이었다. 끝이라 단호하게 외치곤 했지만 가슴을 붙잡고 놓지 않는 것, 문득문득 발뒤꿈치까지 잡아당겨 옴짝달싹 못하게 만드는 것, 그건 미처 방어할 새도 없이 파고드는 끈질긴 사랑의 역습이었다.

국수가 나왔다. 젓가락을 쥔 심덕의 손이 파들파들 떨렸다. 공연을 앞두고 한 젓가락도 입으로 넘기지 못하는 그녀를 보자 난파는 머릿속이 하얘졌다. 난파는 어쨌든 심덕을 안정시켜야 했다. 그래서 아무도 듣지 않을 이야기를 저 혼자 하기 시작했다.

"아버지가 싫어서 그곳에서는 하루도 못 사는 사람이 수산이야. 저번 편지에는 아버지가 회사를 차렸는데 사장 자리에 앉으라 매일 강요하고 있다고 했어. 문학밖에 모르는 사람이 어떻게 사장 노릇을 하느냐고, 산속으로 들어갈까 어쩔까 생각 중이라고……."

끝내 심덕은 날선 한마디를 하고 말았다.

"이젠 산속으로 들어가는 일은 없겠지. 아들이 생겼으니까. 그렇게도 원하던 아들을 낳았으니까……."

10장

술이 기다리는 바다

심덕은 이날, 흔들리고 또 흔들렸다. 홍난파의 〈봉선화〉는 공연 때마다 그녀가 빠뜨리지 않고 부르는 곡이었다. 늘 부르는 곡이었기에 그 노래는 그런대로 만족할 만했다 치자. 다른 곡은 어떻게 불렀는지 도무지 정신을 차릴 수 없었다. 한기주만이 그런 심덕을 부축하며 무대를 들락거렸다. 김우진의 그림자가 언뜻언뜻 헛것으로 보였다. 아들을 안고 있는 우진 내외가 눈앞에 어른거리기도 했다. 그러나 우진은 그 어느 곳에도 없었다.

아무것도 모르는 관객들은 흐느끼는 양 위태롭기만 한 심덕의 노래에 큰 박수를 보냈다. 그녀는 윤심덕이었기 때문이다. 심덕의 노래가 흔들렸다고 해서 관객들의 감동까지 빼앗아 버린 것은 아니었다. 그러나 심덕은 이전처럼 완벽하게 공연을 하지 못하고 있음을 알았다. 좀 더 잘 부르고 싶었지만 그럴 수 없었다. 오래전에 낳은 딸아이는 그렇다 치고, 아버지가 그렇게도 원하던 아들까지 낳은 우진은 한 가닥 남은 감정의 끈마저 끊어 버리고 훨훨 날아가 버렸다.

'아들을 낳았다는 말에 이토록 충격을 받다니. 앞으로도 몇 명의 아이를 더 낳을 텐데, 그럴 때마다 이렇게 마음을 잡지 못하면…… 도대체 어쩌려고.'

성황리에 끝난 무대였다. 하지만 관객들의 성원과 갈채에도 불구하고 그날 공연에 대한 기자들의 평가는 혹독하기만 했다.

너희의 양심에 고발한다. 연조 높고 유명한 김영환 씨를 필두로 윤심덕 씨, 홍영후 씨, 새침한 한기주 씨. 그대들이 감격 없이 악기를 울리고, 나오지 않는 목소리를 잡아 짜낼 때, 듣고 있는 우리들의 이마에서는 식은땀이, 차디찬 땀이 구슬같이 엉키고 있었다. 하여, 다시 한번 너희의 양심을 고발하지 않을 수 없다.[18)]

김기진은 이날 공연을 이렇듯 무참하게 비판하고 나섰다. 그는 일본 릿쿄 대학 영문과를 중퇴하고 1924년부터 《매일신보》 기자로 활동하던 청년 문학가였다.[19)] 주목할 점은 그가 2년 전, 사회주의 운동을 펼친 '카프(KAPF)', 즉 프롤레타리아 문예 운동 조직의 일원이었다는 것이다. 그는 언제나 식민지하에서 신음하는 민중의 고통을 대변하고자 애썼다. 특히 이런 공연을 일관되게 비판하기도 했다. 돈깨나 있는 부르주아 음악가들이 가난으로 피멍이 든 민족의 아픔보다는 자신들의 부귀영화를 위해 살아간다고 생각했다.

배고픈 민중들을 위로하려는 그의 시각을 누구도 나무랄 수는 없었다. 심덕 스스로도 그날 공연은 확실한 실패라 자인했다. 다만 가슴 아픈 것은 실눈을 뜨고 공연을 지켜봤던 김기진이, 함께 공연했던 친구들까지 한 몫으로 몰아치고 매도했다는 점이었다. 미안했다. 자신 때문에 난파와 기주, 그리고 채동선과 그 외의 작곡자들에게까지도 고개를 들 수 없는 일이 벌어졌다. 안 그래도 설 땅이 없었던 그들이 한 번에 뭉개져 버리고 말았다.

그즈음, 그녀의 옷차림에 대한 비판도 슬그머니 지면을 차지하기 시작했다. 이를테면 이런 것들이었다. '윤심덕 씨처럼 새로운 옷과 하이힐을 착용하는 여자가 많아지고 있는데 정말 한심스럽다. 키워 준 부모는 생각지 않은 채 안과 밖에서 다른 행동을 하는 여자들, 하이힐 한 켤레의 가격은 쌀 한 섬 값인데 통탄하지 않을 수가 없다, 어쩌구저쩌구…….'

지나친 훈계였다. 남자들이 주 독자였던 신문 잡지에는 신여성들의 차림새를 한심해하는 이런 기사가 한두 개씩 꼭 끼어들었다. 미풍양속을 어지럽힌다는 둥, 단발은 여성이 남성화되는 징

조라는 둥, 짧은 치마를 통한 노출은 제정신이 아닌 것으로 봐야 한다는 둥…….

어쩌면 언론만큼 남성 위주의 정신세계를 가진 집단도 없을 것이다. 백 년 전에나 있을 법한 관습의 잣대로, 글을 휘갈기는 데에는 점점 심덕의 속도 터져 나갔다. 겉으로만 화려할 뿐인 예술가들의 가난한 속사정을 아무도 알 리 없었다. 언론뿐 아니라 서민들도 마찬가지였다. 값비싼 악기도 눈에 거슬리고 반짝이는 무대복도 싫었을 것이다. 아직은 현실과 예술을 구분할 수 있는 변별력을 가지지 못했기에 모두들 아이를 나무라는 교사처럼 굴었다.

〜〜〜

고국으로 돌아오기만 하면 모든 것이 탄탄대로일 줄만 알았던 심덕이었다. 하지만 자신의 의지와는 달리, 연희음악회가 그렇게 비판을 받고 나니 절로 맥이 풀렸다. 그러던 중, 조순애가 다시금 심덕을 찾아왔다.

"세상의 평판에 신경 쓰지 마세요. 그것도 다 윤심덕 씨가 특별해서 그런 거니까요. 특별한 사람이 흔치 않은 시대잖아요."

그날은 어쩐지 그녀가 반갑기까지 했다. 선불 천 원, 그것은 아직도 변함이 없는 조건일까. 그 돈이면 우선 동생들의 앞가림은 해 줄 수 있을 것을. 그런 희망 하나만으로도 더 이상 마음 졸이지 않을 텐데······.

심덕의 마음을 읽었는지 조순애는 거침없이 말을 이어 갔다.

"선불은 물론, 레코드 취입까지 구상하고 있어요. 일본에서는 요즘 레코드 취입으로 목돈을 벌어들이고 있다 해요. 조선도 곧 달라질 거예요."

그 말은 맞는 말이었다. 1920년, 심덕은 학교에 다니면서 일본 레코드사의 권유로 몇몇 서양 가곡을 취입한 적이 있었다. 그러나 거세게 불어오는 엔카의 바람에 밀려 소문도 없이 잊혀졌다. 그 일에 대한 아쉬움이 아직도 가슴에 남아 있었다. 그랬기에 조순애의 제의에 더욱 솔깃해졌다.

"윤심덕을 후원하겠다는 사람들이 점점 늘고 있어요. 저를 믿고 그들을 믿어 주시기만 하면 됩니다."

여전히 모든 것이 두렵기만 한 심덕이었다. 자신을 후원하겠다는 사람들은 도대체 누굴까. 이를테면 하나의 회사를 만드는 일이 아닌가.

"제가 어떻게 하면 될까요?"

"저번에 말씀드렸죠? 공연을 잡는 일은 모두 저희에게 맡겨 주세요. 하나하나, 차근차근, 치밀하게 계획을 세울 테니 윤심덕 씨는 학교를 잘 설득해 공연에 차질만 없도록 하시면 됩니다."

아무래도 그렇게 하는 편이 나을 듯싶었다. 경성부터 지방까지 혼자서 공연 계획을 짜는 일은 너무도 힘에 부쳤다. 심덕은 결심을 굳혔다.

"그렇게 합시다. 저는 그저 따라만 가겠습니다."

조순애는 활짝 웃으며 심덕의 손을 꼭 잡았다.

"분명히 잘될 겁니다. 저와 함께 조선의 문화예술을 활짝 꽃피
워 봐요."

잘되었으면 좋으리라 염원했다. 그러나 서로 전혀 다른 일을 하
던 사람들이 만나 화합하려면 끊임없는 인내가 필요할 거라고도
생각했다.

조순애의 추진력은 놀라웠다. 말이 나온 지 며칠도 안 되어 곧
장 종각 옆 건물 2층에 사무실을 내고 '조선의 꽃-윤심덕 후원
회'라는 현판을 걸었다. 그날, 홍난파와 한기주, 채동선 등이 기꺼
이 달려와 기쁨을 나눴다.

"후견인들이 오로지 윤심덕 씨만을 위해 만들어 준 곳입니다.
이 일을 주도하면서 저는 결코 게을리 하지 않을 것입니다. 오로
지 윤심덕 씨만을 생각할 거예요."

심덕의 마음가짐도 남달랐다. 그녀의 말대로 게으름이란 있을
수 없는 일이었다. 조순애는 윤심덕의 공연에 꼭 필요한 작곡자
와 연주자, 그리고 찬조 출연자들이 머물 수 있도록 커다란 응접
실까지 마련해 주었다. 그들이야말로 심덕이 가진 최고의 자산이
었기 때문이었다.

치밀하게 계획되어 가는 일에 모두들 조금씩 안심하기 시작했다.

"우리의 미래까지도 달라질 거 같아."

심덕이 오직 노래에만 열중할 수 있게 되었다는 것만으로도 모두들 시름 하나는 덜었다 여겼다. 성공적인 공연을 위해 음악인들은 거의 매일 모여 더 좋은 음악과 공연 레퍼토리를 짜는 데 열의를 보이기 시작했다.

"우리의 젊은 작곡가들이 자리를 잡으려면 더 좋은 창작곡들을 많이 만들어야 해요. 지금은 비록 생소하다 여기지만 우직하게 견디다 보면 언젠가는 조선의 마음을 담은 우리 가곡들을 사랑할 날이 올 겁니다. 우리가 다져야 합니다. 후배들에게 일본이나 미국으로 유학을 가는 것보다 조선의 선배들에게 더 많은 걸 배울 수 있다는 희망을 줘야 해요."

심덕은 작곡자들에게 더 큰 용기를 주기 위해, 한창 물이 오른 젊은이들의 창작곡을 열심히 불렀다.

※

'경복궁만 한 집'의 장남일 뿐만 아니라 어느새 두 아이의 아비가 되어 버린 우진이었다. 그러나 그 삶은 누추한 거적때기에 불과했다. 그는 아버지의 소모품이며 부스러기일 뿐 더 이상 아무엇도 아니었다. 그런 그에게 유일한 낙이 있다면 친구들이 보내주는 편지였다. 그 편지에는 어김없이 함께 유학했던 친구들의 풍문과 신문 기사가 동봉되어 있었다. 그중에서도 윤심덕의 기사는 언제나 우진의 마음을 뒤흔들었다.

 윤심덕! 이 이름은 한창 때의 임배세 양을 내리누르고 조선의 악단을 독차지한 기세로 휘젓는, 실로 여왕의 위세를 떨칠 이름이다. 그가 일단 학업을 마치고 돌아오자 그를 맞아들이는 환영은 날개를 펼치며 그를 원하지 않는 곳이 없게 되었다.
 금일 경성, 내일 평양으로 분주한 몸이 되어 도처마다 인기를 누릴 전망이다. 복중 서염에 지방 순회 연주까지 빼곡하게 짜인 것을 보면 실로 경하할 만한 일이다. 이렇게 하늘을 찌를 듯한 기세로 일약 악단의 여왕으로 떠받친 윤 씨는 출생이 평양이며……[20]

임배세는 이화여전을 졸업하고 1920년에 미국으로 유학을 떠났다. 그녀 역시 대단한 인기를 누렸다. 그런데 윤심덕은 그녀와 확연히 다른 음색을 가지고 있다. 이제는 가만히 서서 꾀꼬리 같은 목소리로 노래 부르는 일은 따분하게 여겨질 때가 온 것이다. 이 기사에는 윤심덕의 발성은 흉식 발성으로 조선에서는 처음 듣는 새로운 목소리라는 극찬의 말까지 덧붙여져 있었다.
 그런데 1년이 지난 어느 때부터인가 친구들이 보내 준 윤심덕의 기사는 조금씩 색깔을 달리했다. 온통 그녀의 취미나 성격 등 사생활을 들추는 것밖에는 없었다. 하기야 그녀만큼 폭발적인 인기를 누리는 여자가 어디 있을까. 그녀의 일거수일투족에 관심을 가지는 것은 어쩌면 당연한 일이었다.

그런데 이제는 그녀의 노래에 대한 비판 기사가 하나둘 튀어나오기 시작했다. 특히 김기진의 신경질 섞인 평판에는 가슴이 내려앉을 정도였다. 우진은 기사에 숨겨져 있는 의중을 파헤쳐 보았다. 정숙하고 희생적이며 유교적인 여인상을 추앙하고 있던 시대에, 윤심덕은 그런 통념들을 뛰어넘어 자신의 소신을 굽히지 않으려 애쓰는 여자였다. 노래 하나에도 자신의 모든 감정을 담고 온몸으로 불렀다. 그녀는 얌전한 조선 여자가 아니라 창공을 차고 오르는 음악가였다. 그럼에도 조선 여자들과 똑같이 조신하게 살기를 강요하는 일에 펜을 놀리고 있었다. 정작 기자로서 사명을 다해야 할 일은 제쳐 두고, 사람들의 호기심이나 자극하는 일에 앞장서 온갖 잡스러운 평가를 내리고 있었다.

김기진은 우진의 가까운 친척 동생이었다. 원래부터 독설이 심한 녀석은 아니었으나 자신의 사상으로 예술가들의 겉모습만 바라보는 것이 분명했다. 모든 것이 안타깝기만 했다. 이렇듯 윤심덕에 대한 관심만으로 하루하루를 보내고 있던 우진이었다.

1923년 가을에 졸업해 목포로 돌아온 우진은 다시금 아버지라는 존재로 숨이 막혀 왔다. 목포에 있다가는 문학이고 뭐고 다 포기해야 할 형편이었다. 아버지가 영농 보급체인 상성합명회사(祥星合名會社)를 갑자기 설립하고 우진을 사장으로 앉혀 버린 것이다. 아들이 영농에는 아무런 뜻이 없다는 것을 알면서도, 어디론가 튈 기회만 보고 있는 자식 놈을 붙잡기 위해 내린 특단의 조치였다.

'너는 이제 두 아이의 아버지다. 돈도 안 되는 원고지만 붙잡고 앉아 있을 수는 없다는 것을 명심해라. 남자는 튼실하게 뿌리를 내리고 살아야 해. 나도 너희들 때문에 이렇게 촌구석에 박혀 살고 있지 않느냐?'

그 무렵, 조명희와 홍해성 등 함께 유학했던 동료들은 고국으로 돌아와 불모지의 문학계를 위해 활발한 활동을 전개했다. 일본에 저항하는 시를 쓰고 희곡을 쓰며 그들의 사상을 가감 없이 펼쳤다. 비록 일본인들의 총칼 앞에 언제 감옥살이를 할지 모르는 상황이었지만 그들은 자신들의 소신을 절대 굽히는 법이 없었다. 올곧게 살아가는 이들이었다. 그들만큼은 안 되더라도 기왕 조선으로 돌아왔으니 그들의 발뒤꿈치라도 따라가고 싶었다. 그러나 우진의 문학은 그저 책상 서랍 안에서 잠자고 있을 뿐이다.

연희음악회가 개최되고 몇 개월이나 지났을까. 난파에게 편지가 왔다.

김 형, ……김 형이 아들을 낳았다는 얘기가 사실이오? 축하해야 마땅하지만 하필 연희전문학교 공연이 있던 날, 그 소문이 수선의 귀에 들어갔소. 노래하는 태도에 문제가 있다 하여 언론의 질타를 받았던 것도 그 때문이오. 하지만 수선은 언제나 자신의 노래에 최선을 다하는 사람이고, 언론이 내리는 비판은 일시적인 것이라 생각하고 있소. 윤심덕이라는 사람은 우리 음악가들의 미래에 없어서는 안 될 인물이기에 그녀가 조금이라도 상처를 받을까 그것이 염려될 뿐이오.

되도록이면 윤심덕의 소식만은 전하지 않았던 그였다. 그런데 놀랍게도 그 편지에는 심덕의 사연이 담겨 있었다. 우진은 행간에 그려지는 심덕의 마음을 들여다보았고, 그녀의 아픔을 읽듯 편지지가 다 닳도록 읽고 또 읽었다.

'노래하는 태도에 문제가 있다 하여 언론의 질타를 받았던 것도 그 때문이오.'

그 부분에서 '나오지 않는 목소리를 잡아 짜낸다'는 김기진의 기사가 겹쳐졌다. 그녀가 무대에서 울고 있었다. 난파의 편지 한 장은 우진을 마구 흔들어 놓았다. 그 후로 얼마나 많은 날을 회사 근처에는 얼씬도 하지 않고 방문을 꼭꼭 잠근 채 술만 마셨는지 모른다.

아직도 이 사랑은 끝난 것이 아니기에.

1924년 8월.

며칠 동안이나 우진은 줄곧 누군가를 초조하게 기다렸다. '후원회 발족 기념 윤심덕 공연'이 목포에서도 열리게 되었던 것이다. 심덕을 한 번만이라도 만날 수 있다면 죽어 가던 신경세포가 되살아날 것만 같았다.

'그 노래를 듣게 된다면 다시 그날로 되돌아갈 수 있으련만. 한 번만, 단 한 번만 그녀를 만날 수만 있다면 얼마간은 숨 쉬며 살 수도 있으련만.'

이번 목포 공연에 대한 우진의 가슴을 더욱 설레게 한 건 난파의 편지였다.

김 형, 수선에게 후견인들이 생겼소. 좋은 일이지요. 그런데 이번엔 목포가 우리를 불렀소. 멀기는 해도 목구멍이 포도청인 우리들 입장에서 보면 다행스런 일이라 할 수 있는데, 허허, 두 사람에게는 또 어떤 불상사가 생길지……. 하지만 이제 김 형은 두 아이의 아버지가 되었으니 마음을 어떻게 다스려야 할지 잘 알 것으로 생각되오. 대개의 여자는, '남자를 사랑하는' 것에서 시작하여 '연애를 사랑하는' 것으로 끝난다 하오. 또한 여자는 자기를 웃긴 남자 이외에는 거의 생각해 내지 않는다고도 합디다. 지금까지 수선을 웃겨 보지 못했으니 김 형은 이제 수선의 사랑에서 제외되었을 것이오. 그저 그리운 이들과 뭉쳐 즐거운 시간을 보낼 수 있게 되길 바랄 뿐.

농담처럼 써 내려간 편지였지만 거기엔 친구에 대한 그리움과 우려가 내포되어 있었다. 역시 재주꾼이야, 유려한 글솜씨까지. 그 기나긴 방황 속에서도 이런 유쾌함을 잃지 않는 난파가 존경스럽기만 했다. 어찌됐건 다 같이 한번 뭉쳐 보자 했으니 지금은 그것만으로도 충분했다.

날씨에 따라 움직이는 게 뱃길 사정이다 보니 도착 날짜는 늘 정확하지 않았다. 우진은 그들이 언제 도착할지 몰라, 오거리 앞 다방에서 피가 마르는 기다림을 이어 갔다. 그들이 좀 더 일찍 와서 연습에 임할 거라는 소문이 파다하게 퍼지기도 했다. 누구보다 자신이 가장 먼저 반겨 주고 싶었는데 오늘이니 내일이니 말만 무성하여 매일같이 그 자리를 지켰다.

이 오거리는 목포의 사통팔달로 극장과 여관, 상점이 밀집해 있었다. 더욱이 2층 오거리다방은 떠나는 사람과 돌아오는 사람을 모두 한눈에 볼 수 있는 최적의 장소였다. 그랬기에 한순간도 한눈을 팔 수 없었다. 그날 우진은 커피를 손에 들고 잠시 책에 몰두했다. 순간 갑자기 다방 안이 술렁였다. 문득 고개를 든 우진 앞에 홍난파와 채동선의 얼굴이 보였다. 그 뒤로 대여섯 명의 공연단원이 속속 들어서면서 좁은 다방 안을 꽉 메웠다. 우진은 잠시 현실감을 잊은 채 그들을 바라보았다. 그런 그와 난파의 눈이 딱 마주쳤다.

"어? 김 형!"

난파가 반가움에 비명까지 지르고 있을 무렵, 윤심덕이 특유의 꼿꼿한 자세로 다방 문을 열었다. 목포에서는 보기 힘든 도시풍의 아름답고 우아한 모습에 황홀한 빛까지 감돌았다. 그 눈이 우진의 눈과도 마주쳤을 때에는 둘 다 돌덩이처럼 굳어 버렸다.

"이런, 여기서 만날 줄이야."

난파가 달려와 악수했다. 이곳에서 오거리를 뚫어지게 바라보고 있었을 우진의 기다림이 아련히 느껴졌다.

"자리가 없으니 누님은 수산 형님 앞에 앉으면 되겠네."

동선의 말에 우진이 일어났다.

"이리로 앉아요."

순회 공연 이후 처음으로 만난 두 사람이었다. 난파가 이날의 공연 일정을 알려주었다는 사실을 까마득하게 몰랐던 심덕은 붉게 상기된 얼굴로 입을 열었다.

"오랜만이네요."

담배부터 찾는 우진이었다.

"공연하러 왔어요."

"아, 예."

그의 말투를 참으로 오랜만에 듣고 있다. 아, 예……. 그 소리가 메아리처럼 퍼져 나간다. 담배를 물고 코를 만지작거리는 우진을 보자 묵은 그리움이 명치끝에 매달렸다. 목포에 도착하면서부터 끝없이 펼쳐진 바다를 보며 이곳에서 있었던 과거의 그날들이 그녀를 눈물짓게 했다.

우진 앞에 놓인 물을 마셨다. 그 가슴에 두려우면서도 애틋하고 낯설면서도 낯설지 않은 연민이 서서히 들어섰다. 그리고 우진의 눈에는 자신이 마시던 물을 마시고 있는 그녀가 보석처럼 아름다웠다. 그녀의 손길이 닿은 물 잔에서 그윽한 체취가 느껴졌다. 멀리서도 늘 팽팽하게 잡아당기던 그녀의 향기였다. 그는 그 입술이 닿은 물잔을 한없이 바라보았다.

"형님, 공연 끝나고 그 집에서 며칠 있다 가도 되는 겁니까?"

동선이 큰 소리로 묻자 정신이 돌아온 듯 우진이 팔짱을 풀었다.

"그럼 우리 집 놔두고 다른 곳에서 지내려 했어?"

심덕은 네 살이나 어린 동선을 타이르듯 말했다.

"절대로 그런 일은 없어. 폐 끼치지 말고 조용히 떠나자."

동선은 고집을 피웠다.

"왜요? 경복궁만 한 집이라 소문이 자자하던데. 하룻밤만이라도 머물다 갑시다. 저는 특히 형수님이 보고 싶어요. 그렇게도 조용하고 우아하신 분이라면서요?"

난파도 동선의 말을 가로막았다.

"심덕 씨 말대로 조용히 있다 가자?"

"아니, 뭐 그런 말이 다 있어요? 우리들 우정이 그것밖에 안 된다는 겁니까, 예? 언제부터 우리가 이렇게 무미건조해졌어요? 만나기만 하면 술 마시고 밤새 뒹굴던 때가 엊그젠데."

사람들의 표정이 각기 달라져 갔다.

"그래, 동선의 말대로 해. 우리 집에서 지내자."

아내와 함께 사는 집, 무엇을 보여 주겠다고. 그녀를 집으로 또 한 번 끌어들이는 일만큼은 하지 말아야 했지만 허무하게 보내고 싶지 않은 마음이 이렇게도 크니…….

집으로는 데려가지 못할지언정 이들 모두와 함께 저녁도 먹고 이야기도 하면서, 마음대로 펄펄 날아다니는 그들의 세상에 동참하고 싶었다. 그렇다면 자유라는 것이 무엇인지 조금은 알게 될 것만 같았다.

⁂

낯익은 얼굴들을 보니 마치 모두 함께 기차 여행을 하는 느낌이었다. 또 그것은, 기차 여행을 위해 싸 가지고 온 김밥과 찐 계란에서 풍겨 오는 큼큼한 냄새와도 같았다. 그 냄새, 그 설렘……. 더없이 포근하고 더없이 뭉클했다.

모두가 시끌벅적 식당으로 가는 길에 더운 바람 한 줄기가 획,

지나갔다. 그것은 그간의 외로움을 한꺼번에 몰아내는 시원한 바람이었다. 우진은 살 것만 같았다. 술이 한두 잔 들어가자 평생 함께 음악의 길에 동행하자며 우정을 나누는 사람들 틈에서 우진은 잃었던 감각이 새롭게 돋아나고 있음을 느꼈다. 나는 아직 깨어 있다, 나는 아직 살아 있어!

아무리 마셔도 취하지 않았다. 자신만 도태될 것만 같았던 강박감도 서서히 사라져 갔다. 그들은 심덕의 노래를 중심으로 언제고 동지로 살아갈 사람들처럼 보였다.

"무조건 누님이 잘되어야 해요. 그래야 우리가 다 잘되는 겁니다. 하지만 난 걱정이 이만저만이 아니에요. 부모님 성화로 영문학을 전공하고 있는데 언제 곡을 쓰겠어요? 그나마 난파 형님이 도와줘서 몇 곡을 쓰긴 했지만 마음에 안 들어 죽겠어요. 그래서 늘 허기가 져요."

난파는 동선과 잔을 부딪치며 다독였다.

"채동선, 이번 공연은 너와 심덕 씨가 주인공이야. 그만큼 네가 작곡한 노래들이 인정받고 있다는 뜻이지. 음악을 전공하지도 않은 네가 얼마나 피나는 노력을 했는지 우린 다 알고 있어."

심덕도 거들었다.

"음악의 길은 멀고도 멀어. 지름길이라도 있다면 당장 그곳으로 가고 싶겠지. 그렇지만 그런 건 없어. 세월과의 싸움이야. 모차르트를 봐. 살을 깎는 아픔과 피를 토하는 고통이 있었던 만큼

빨리 대곡을 만들어야 한다는 조급함도 있었지. 모차르트가 조울증 환자였다는 것만 봐도 알 수 있잖아. 너무 천재여도 안 되는 거야."

"나중엔 광인이 되어 죽었지요."

"그러니까 조금씩, 차근차근 가자. 멀리 보고 오래 가자. 그게 이 누나를 위한 길이고 음악을 사랑하는 모든 사람들을 위한 길이야. 자, 우리 채동선을 위해 건배!"

"건배!"

말과 술과, 서로를 위한 마음으로 이미 그 자리에 음악은 차고 넘쳤다. 겨우 스물넷밖에 안 된 동선이지만 그의 음악 사랑은 이미 심덕과 난파의 뒤를 바짝 따랐다.

그런 모습들을 그저 바라만 보고 있는 우진이었다. 흐뭇하기도 하고 한편으로는 부럽기까지 했다. 누님이 잘되어야 우리가 잘될 거라는 동선의 말에 자신도 동참하고 싶었다.

'저 여자 곁에 있을 수만 있다면, 성악가로 성장하고 있는 모습을 가까이에서 볼 수 있다면, 살아서도 죽어서도 자유로운 날갯짓을 할 수 있을 텐데……'

너나 할 것 없이 술이 올랐다. 그때, 심덕이 술이 올라 붉어진 눈으로 입을 열었다.

"조선의 여자로 태어난 게 한스러워. 저 무서운 가부장제 때문에 여자는 아무리 배워도 소용이 없어. 나보고 기가 세다느니 어쨌다느니 앞으로도 얼마나 말이 많을지 안 봐도 훤해. 그런 생각이 들 때마다 무대에 서는 것도 두려워져. 그래서 혼자 있을 때면 가끔 이렇게 중얼거린다? '광막한 광야를 달리는 인생아, 너의 가는 곳 그 어디냐. 이래도 한평생 저래도 한평생 돈도 명예도 사랑도 다 싫다……' 이 말이 한숨처럼 입에 붙어 버렸어."

김기진의 논평으로 상처를 받은 그녀였다. 심덕은 술의 힘을 빌려 크게 외쳤다.

"자, 이런 내용으로 누가 가사 한번 써 주라. 이런 노래가 나와야 아, 그렇구나, 정말 이 세상은 사람을 살고 싶지 않게 만드는구나, 내가 먼저 정신 차려야겠다, 뭐 이런 각성이라도 할 거 아니야."

아무래도 심덕이 술을 과하게 마신 것 같았다. 그러던 중 그녀가 갑자기 옆으로 푹 쓰러졌다. 그 모습에 놀란 난파와 동선이 재빨리 일어나 심덕을 부축하기 시작했다.

"누님, 정신 차려요. 누님이 쓰러지면 우리도 다 쓰러진다니까!"

난파와 동선이 심덕을 흔들어 깨웠지만 소용이 없었다. 순간, 고개만 숙이고 있던 우진이 일어나 말했다.

"여기는 제가 정리하고 나갈 테니 다들 먼저 쉬시지요. 심덕 씨 술 좀 깨면 곧장 데리고 가겠습니다. 그 여관은 저도 잘 아는 곳이에요."

"아닙니다, 형님. 저희들이 하겠습니다."

심덕의 옷을 놓지 않는 동선을 난파가 슬며시 잡아끌었다. 동선 역시 여간 취한 것이 아니었다. 난파 손에 이끌려 나간 그는 단원들까지 일일이 챙길 기세였다.

※

'당신은 이제 스물여덟, 나도 스물여덟……. 돈도, 명예도, 사랑도 다 싫다고 할 나이는 아니오. 그런데, 왜 그런 생각을 하고 있어요? 이제 막 꿈이 시작되는데, 삶이 시작되는데, 꿈과 삶만으로도 막막할 틈이 없을 텐데, 왜 낙엽 떨어지는 가을날처럼 그런 생각을 하는 거요?'

식당에 딸린 방에 심덕을 눕힌 우진은 한참 동안 그녀를 바라보았다.

'당신 말이 옳을 수도 있어요. 당신 말처럼 개인이 무시당하는 이 시대에는 좌표가 없어요. 국가는 개인을 천대하고, 가정은 모호하기 짝이 없는 가문의 위상을 위해 자녀와 어머니, 심지어는 그 가정의 디딤돌인 가장까지도 외로움에 지쳐 가는 거요. 그래요, 당신 말이 백번 옳아요.'

한 남자가 문턱에 앉아 넋을 놓고 한 여자의 자는 모습을 보고 있다. 여주인이 그런 남자를 물끄러미 쳐다보았다.

"저 사람, 문 닫을 시간까지만 좀 재워 주세요. 죄송합니다."

"아이고 아니여요, 이 목포에서 수십 년 살면서 이런 멋쟁이를 구경하는 건 처음이요잉. 젊은 남자가 젊은 여자를 보고 있는 게 무슨 흉이랍디여? 오늘 내 눈이 아주 호강해 부렀어요."

재미있게 무르익던 술판이 갑자기 끝나 버리자 고요가 찾아든 식당이었다. 주인도 공허한 듯 자꾸 너스레를 떨었다.

밖으로 나온 우진은 생각했다. 날이 갈수록 희미해지는 어린 날의 소신들, 그것은 이제 회복될 기미조차 보이지 않는다고. 그건 사랑하는 사람을 지켜 주지 못하는 데에서 시작되었다고.

그때, 우진의 곁으로 난파가 천천히 걸어왔다.

"나도 한 개비 줘."

난파에게 담뱃불을 붙여 주며 그 얼굴을 힘없이 바라보았다.

"난파, 왜 나는 이것밖에는 안 되는 사람으로 태어났는지 모르겠다. 이혼이 천하의 몹쓸 짓은 아닌 것을, 사람이기를 포기하는 한이 있더라도 과감하게 이혼하는 사람들도 조금씩 늘어 나는데 그걸 왜 나는 못하는 거지? 이런 세상이 싫다면서 난 왜 용기를 못 내는 거지?"

이제는 버둥거리며 살고 싶지 않았다. 사랑하는 사람과 자연스럽게 서로를 의지하면서 평화롭게 살고 싶었다. 난파는 그런 우진의 어깨를 팔로 감쌌다.

사랑 없는 결혼이었다. 뒤늦게 만난 첫사랑을, 그 애틋한 사랑을 한 번도 그리워하지 않은 것처럼 살아야 한다는 건 사람이 할 짓이 못 되었다.

"내가 괜히 연락한 거 같아."

"그런 소리하지 마. 여기에 사는 나를 어떻게 속여?"

"하지만 김 형, 수선에게 이혼을 하겠다 어쩌겠다, 그런 말은 하지 않을 거지? 만일 이혼을 하지 못하면 어떡해? 앞날이 창창한 수선만 더 힘들어져."

"나란 놈 때문에 그녀의 앞길이 막막해진다? 허허, 허허허헛……."

"김 형, 조금만 견뎌 봐. 견디면 견디는 대로 살 길이 열리지 않겠어?"

우진은 하늘을 쳐다보며 담배 연기를 내뿜었다. 연기는 입술을 떠나자마자 곧바로 아무것도 아닌 형체로 변해 버리고 있다. 바람과 함께 흩어져 가는 담배 연기는 자신의 어설픈 마음과 똑같았다. 그것은 결국 마음뿐 실천에는 멀기만 한, 영락없는 제 모습이었다.

얼마 후. 낯선 식당 안에서 혼자 자고 있다는 것을 알게 된 심덕은 깜짝 놀라 일어났다. 무슨 일이 벌어졌던 것일까? 까마득했다. 아무것도 생각나지 않았다. 다만 언뜻언뜻 생각나는 것이 있다면 축 늘어진 어깨로 고개를 숙이고 있던 우진의 모습이었다. 주변을 둘러보았지만 아무도 없었다.

"멋쟁이 아가씨, 술 좀 깨셨어라?"

주인 여자의 목소리가 저만치에서 들려왔다. 그 소리가 파도 소리처럼 아득하기만 했다. 몇 년 동안의 외로움을 보상받기라도 하듯, 아니 먼먼 미래에 닥칠 외로움까지도 미리 다 보상받겠다는 듯, 횡설수설하던 자신의 술주정도 뇌리에 스쳤다.

심덕은 자리에서 일어나 밖으로 나갔다. 김우진이 난파와 함께 저만치 서 있었다. 우진의 뒷모습에 소박한 순수함이 묻어났다. 그가 가진 순수함은 혹독한 현실 때문에 늘 그렇게 안타까움으로 물결쳤다. 그러나 심덕은 그들을 등진 채로 반대편 골목으로 천천히 걸어갔다. 사랑으로 눈물짓는 일은 없어야 했다. 다시는 흔들리고 싶지 않았다. 비록 흔들린다 해도 사철나무처럼 제자리에 꼿꼿이 서 있고 싶었다.

목포 공연에서 윤심덕은 채동선이 작곡한 여러 곡의 노래를 불렀다. 그중에서도 동선의 곡 〈고향〉은 관객들의 열렬한 환호를 받았다.[21]

고향에 고향에 돌아와도
그리던 고향은 아니더뇨
산꿩이 알을 품고
뻐꾸기 제철에 울건만
마음은 제 고향 지니지 않고

머언 항구로 떠도는 구름

오늘도 뫼 끝에 홀로 오르니

한 점 꽃이 인정스러이 웃고

어린 시절에 불던 풀피리 소리 아니 나고

메마른 입술이 쓰디쓰다

고향에 고향에 돌아와도

그리던 하늘만이 높푸르구나

— 정지용 시, 채동선 곡, 〈고향〉

　고향에 돌아와도 그 옛날의 고향은 오간 데 없고 어린 시절에
불던 풀피리 소리마저 사라졌다는 노랫말은 나라를 잃고 헤매는
국민들의 공허함을 담고 있었다. 동시에, 그리워해서는 안 될 그
녀의 사랑과도 같았다.

🎼 11장
뜨거운 눈물을 감추고

총독부는 그 후로도 파티가 있을 때마다 무수히 그녀에게 초청장을 보내왔다. 그러나 심덕은 이를 몇 차례나 거절했다. 이제 다시는 그런 사람들 앞에 서고 싶지 않았다. 윤심덕이 후원회가 생기고 난 후부터는 더욱 건방져져 총독부의 말에 콧방귀도 끼지 않는다는 저들의 불쾌함은 언론을 사주하고 흔들어 댔다. 어쨌든 총독부의 말을 고분고분하게 들어줘야 할 언론들이었다. 언제부터인가, 윤심덕의 옷차림을 비난하더니 남자 이야기도 어김없이 등장하기 시작했다.

조선 성악계의 첫손가락에 꼽히는 윤심덕 씨, 그녀의 외모에 홀려서 그가 출연하는 음악회마다 침을 줄줄 흘리고 따라다니는, 철없는 청년 신사들이 많아지고 있습니다. 이제는 그 수를 헤아릴 수조차 없을 정도입니다.[22]

집 앞에까지 찾아와 인기인의 얼굴을 보려는 사람들은 언제나 존재한다. 여자에게는 남자가, 남자에게는 여자가 꼬이는 건 당연한 일이었다. 학생들뿐 아니라 어른들까지도 유난을 떨었으니까.

이런 기사가 나기 훨씬 전부터 함경남도 출신의 재력가 김홍기(金鴻基)라는 사람과 약혼까지 했다는 소문도 널리 퍼졌다. 사실, 과하다 할 정도로 윤심덕에 관심을 보였던 그는 매파를 통해 어머니와 간신히 선이 닿을 수 있었다. 그런 그가 셋집에서 힘겹게 살고 있던 가족들에게 당장이라도 집 한 채를 선물하겠다고 바람까지 넣는 바람에 어머니는 흔들렸다. 어머니는 혼기를 놓친 딸이 이런 부잣집 남자와 결혼하면 돈고생에서 벗어날 수 있으리라 생각했다. 그랬기에 결혼 생각이 없다는 심덕을 매일 윽박질렀다.

"결혼을 안 한다니? 그게 에미한테 할 소리니? 이 에미가 처녀 귀신 뒷바라지나 하며 평생 살면 속이 시원하갔어? 너 혼자 발버둥치는 게 안쓰러워 이러는 거 아니야?"

귀가 따갑도록 다그치는 어머니였기에, 심덕의 마음도 조금씩 술렁였다. 우진이 아들을 낳았다는 것에 그렇게도 큰 상처를 받왔다. 그 모든 기억과 아픔에서 벗어나기 위해서는 저도 보란 듯이 남편을 얻어 새 삶을 설계해 보고도 싶었다. 결혼……. 어쩌면 그것은 심덕이 지금 당장 선택해야 할 모든 것일 수도 있었다.

"그렇게 반찬을 잘하신다면서요?"

첫 선을 보게 된 남자가 던진 첫마디는 반찬이었다. 물론 심덕은 반찬도 잘했고 바느질도 잘했다. 하지만 그의 질문은 성악가로 살고 있는 자신에게 던져야 할 종류의 것은 아니었다. 반찬을 잘하면 살림도 잘해야 하고, 손님상에 제사상에 목숨을 바쳐야 할 날이 올 것이다. 노래는 물론 모든 꿈을 다 내던져야 할 것이다. 만날 때마다 김홍기는 함경도에 가서 살아야 아버지의 재산을 물려받게 될 것이라고도 했다. 그의 한마디 한마디에는 그가 어떻게 살아왔는지 충분히 알 수 있는 것들로 가득했다. 무언가 부잣집 특유의 버릇들이 잔뜩 묻어 있었는데 속은 쓰렸지만 어떻게 하든 적응해 보려 애쓰는 심덕이었다.

결혼을 하는 것만이 동생들을 유학 보낼 수 있는 길이고, 이 지독한 가난에서 벗어나는 일이었다. 심덕이 점점 자신에게 끌리고 있다 여겼는지 김홍기는 그녀의 주변에서 한 발자국도 떠나지 않으려 했고, 마침내 함경남도에 살고 있는 그의 아버지까지 모셔와 어머니와 대면케 했다.

"그래도 우리 집안에는 이런 번듯한 며느리가 들어와야 사업도 번창하지 않겠습니까, 아버지?"

"유명한 성악가라고 들었소만 노래는 일단 그만두는 게 어떤지? 내, 사시사철 비단옷을 입혀 줄 것이오. 우리 집 드넓은 마당을 온종일 우아하게 산책하는 일만큼은 보장할 테니 말이오. 그게 사람들 앞에서 온갖 교태를 부리며 노래하는 것보다 훨씬 낫지 않겠소?"

"아버지, 그래도 윤심덕 씨는 조선 최고의 성악가예요. 무슨 말씀을 그렇게……"

"노래는 무슨? 밥이 나오나 떡이 나오나! 여자는 그저 남편 잘섬기고 며느리 노릇 잘하면 그만이지."

그때, 김홍기는 제 아버지의 비위를 맞추려는 듯 비굴한 얼굴로 연신 고개를 끄덕였다. 심덕의 눈은 점점 커져만 갔다. 그녀 앞에서는 평생 노래를 할 수 있도록 뒷바라지하겠노라 약속까지 했던 사람이었다. 그런데 아버지와 한자리에 앉게 되자 제 속을 환히 드러내고 있었다. 조선 천지 아무 데에나 널려 있는 이런 부류의 가정에서 살게 되리라는 생각은 꿈에도 하지 않았다. 어머니의 얼굴도 붉어졌다. 어머니는 끝내 참지 못하고 날카롭게 쏘아붙였다.

"기렇다면 참한 함경도 색시를 찾아보시면 안 되겠습네까? 내딸은 윤심덕이야요. 이 애는 노래 없이는 못 사는 사람이라구요. 함경도에서든 어디서든 노래를 불러야 한다 이 말이오."

일본 유학 당시 그렇게도 많은 남자들이 사랑을 구걸했지만 노래 외에 다른 것에는 마음을 주지 않았다. 잠시 본연의 모습을 잃었던 것이 부끄럽기만 했다. 이럴 때는 어떻게 해야 하나.

'더 시간을 끌면 안 된다.'

둘 중 누구라도 상처를 입지 않으려면 지금 당장 결단이 필요하다는 생각밖에는 없었다. 심덕은 그만 자리에서 일어나고야 말았다.

"죄송합니다. 이 일은 없던 일로 하시죠. 저는 바빠서 가 보겠어요. 참, 어머니. 어머니가 시작했으니 어머니가 끝내세요."

심덕은 뒤도 안 돌아보고 자리를 떴다.

"내가 벌써 단칼에 끝내 버리지 않았네? 그걸로 모자라네?"

어머니도 벌떡 일어나 심덕의 뒤를 따라나섰다. 김홍기의 부친은 어안이 벙벙하여 꼼짝도 못하고 앉았다가 곧 혀를 내둘렀다. 그 후에도 김홍기는 미련을 버리지 못해 심덕의 주변을 맴돌며 '아버지는 아버지고, 우리가 함께 유학을 가면 된다'고 수없이 매달렸다. 세계적인 성악가가 꿈이었던 그녀였지만, 그와 함께해야 할 미래가 눈앞에서 끝없이 어른거렸다.

아버지의 눈 밖에 나면 안 되는 조선의 남자, 그리고 그 남자의 아내……. 그것은 김우진의 삶이었다. 그건 영원히 벗어날 수 없는 굴레였다. 그러나 김홍기가 김우진이 가지고 있던 '생각'만큼은 조금만이라도 닮았더라면 좋았을 것을. 그러나 그는 유학을 가자면서도 눈앞에 어른거리는 아버지의 재산이 한없이 아쉬운 눈치였다. 어느 날부터인가 김홍기는 자취를 감추었다. 한없이 넓은 팔을 벌리고 그를 기다리는 아버지의 품으로 슬며시 돌아가고 말았던 것이다.

사랑 없는 결혼을 꿈꾸었다는 것에, 돈에 미래를 내던지려 했다는 것에, 끝없는 자책감이 밀려왔다. 그렇게 흐지부지 끝나 버린 일이었다. 그러나 어느새 김홍기는 심덕의 약혼자가 되어 소문의 벽을 타고 넘었다. 심덕의 남자 관계를 바라보던 주변 사람들의 수상한 눈빛은 그로부터 한참 동안이나 계속되었다.

그러나 이제는 돈 때문에 그런 공허한 일 따위에 시간을 허비하지 않아도 되었다. 후원회가 생겼기 때문이다. 선불 천 원을 약속해 준 조순애가 있으니 그것으로 안심이 되었다. 심덕의 마음은 점차 제자리를 찾아가고 있었다.

〽〽

후원회가 문을 연 지 어느새 수개월. 그런데 최근 들어 심덕은 후원회의 성격이 점차 변질되어 가는 듯한 느낌을 받았다. 조순애라는 여자는 마치 기업을 운영하듯 후원회를 움직여 가려 했다. 그 모습이 참으로 낯설었다.

"심덕 씨, 오해하지 말고 들어요. 음, 그러니까……, 공연 레퍼토리를 다른 것으로 바꾸면 어떨까요?"

조순애의 말인즉슨, 대부분의 일본 극장주들이 조선 가곡 일색인 윤심덕의 공연을 꺼리기 시작했다는 것이었다.

"무슨 말씀이세요? 관객들이 얼마나 좋아하는지 보고도 모르세요?"

"물론 모르지 않아요. 하지만 이젠 일본 관객이 점점 늘고 있어요. 흥행에 성공을 하려면 관객들이 원하는 노래를 불러야 합니다."

조순애는 냉정했다. 사업가에게서 흔히 볼 수 있는 그렇고 그런 표정도 지었다.

"이제부터는 사람들이 따라 부르기 쉬운 곡으로 합시다."

"조 사장님, 저나 사장님이나 조선인입니다. 극장주들이 지나친 간섭을 하고 있다는 생각은 안 드세요? 이젠 엔카까지 부르게 생겼네요."

"지금 조선은 유행가의 물결이 거세어지고 있어요. 성악으로 살아남으려면 어떻게든 버텨야 해요. 특히 후견인들을 위해서라도 심덕 씨가 한발 양보해야 해요."

후견인들을 위해서. 그 한마디로 모든 것을 정리하고 있는 조순애였다. 너무도 차갑기만 한 그녀에게 정나미가 떨어졌다.

심덕과 함께하던 동료들도 느닷없는 레퍼토리 타령에 놀랐지만 더욱 놀라운 것은 조순애가 좇는 돈벌이의 향방이었다. 심덕은 겁이 났다. 이러다가는 언제 어떻게 싸구려 가수로 전락할지 모를 일이었다. 그 두려움은, 언젠가는 자신의 음악을 전적으로 조순애라는 이의 손에 넘겨주고 말 거라는 데까지 이어졌다.

심덕이 극심한 거부감을 드러내자 조순애는 엔카는 제외하고 미국 민요와 창가만 부르는 걸로 결정하자 했다.

"데뷔 때 불렀던 〈매기의 추억〉이 점점 널리 퍼지고 있잖아요? 윤심덕 씨가 부르면 다른 미국 민요들도 단번에 화제가 될 거에요. 곧 취입 날짜를 잡으려는데 이런저런 노래 가리지 말고 한 번씩은 불러 봐야 하지 않겠어요?"

조순애는 점점 단호해졌다. 사실, 〈매기의 추억〉은 심덕 자신이 좋아서 부른 노래였다. 그러나 그 노래는 어느 정도 음폭이 넓어 성악으로도 꽤 괜찮은 곡이었지만 〈캔터기 옛집〉이나 〈홍하의 골짜기〉, 〈클레멘타인〉 등도 부르고 창가도 부르자 한다.

"조선 음악이 점점 진보하고 있어요. 그런데 구시대의 유물인 창가도? 정말 말이 안 되는 소리만 하시는군요."

조순애가 원하는 노래들은 성악을 전공한 그녀로서는 도무지 부를 맛이 안 나는 저음 일색이었다.

"심덕 씨, 일보 전진을 위해 일보 후퇴하는 거예요."

전진이니 후퇴니 하는 말은 이런 데에서 쓰는 것이 아니다. 지금 후퇴하면 조선의 음악은 영원히 한 걸음도 나아가지 못할 것이다.

"저는 오페라의 아리아를 부르며 공부한 사람입니다. 하지만 행여 관객들이 그런 노래를 부담스러워할까, 지금까지 조선 가곡을 불러 왔어요. 조선의 음악적 발전은 왜 생각하지 않는지 답답하네요."

그런 식의 다툼이 연일 계속되었다. 앞으로도 계속 서로 간의 의견 차이로 골치가 아파질 것이 염려되었던 조순애는 심덕을 제압하려는 듯 굳은 표정으로 일관했다.

"어쨌든 제 의견을 따르지 않겠다면 공연이고 뭐고 다 그만둡시다."

조순애는 그 말을 남기고 사무실을 박차고 나가 며칠 동안 나타나지 않았다.

맨 처음, 윤심덕이라는 조선 성악가를 백안시하며 먼발치에서 팔짱만 낀 채 바라보고 있던 일본인들. 하지만 그녀에 대한 대중의 관심이 폭발적으로 내달리자 윤심덕의 공연 유치에 열을 올리며 곡까지 선정하고 나섰다. 한편, 그들은 혹 창작곡이 조선인들에게 또 다른 민족적 감수성을 불러일으킬까 두려워하기도 했다. 그도 그럴 것이 홍난파의 〈봉선화〉나 채동선의 〈고향〉을 들을 때마다 사람들은 가슴 밑바닥에 쌓여 있던 슬픔을 쏟아 내며 눈물바다를 이루었던 것이다.

그렇게 조순애가 찬바람을 일으키며 사무실을 빠져 나갈 때마다 공연이 줄줄이 취소되고, 사무실은 침통한 분위기로 변해 갔다. 이러다가는 동생들의 유학비는커녕 입에 풀칠도 못할 것만 같았다. 앞으로 동생들의 시대는 조금 더 좋아질 것이고, 내가 가르치는 학생들의 시대는 더더욱 좋아지리라 생각하는 심덕이었지만, 지금 당장이 문제였다.

"후견인들과의 대립으로 공연하지 못하는 사태가 벌어지면 안 되지. 우리만 없어지면 수선은 저들이 원하는 노래를 얼마든지 부를 거 아니야?"

심덕과 함께했던 음악 동지들은 조순애와의 다툼에 불안감을 느꼈는지 하나둘 떠날 준비를 하고 있었다. 창가와 미국 민요를 연주하고 노래하기 위해 유학까지 다녀온 그들이 아니질 않는가. 그랬기에 붙잡을 수도 없었다. 곧 한기주가 떠났고 채동선도 떠났다.

난파 역시 떠날 채비를 마쳤다. 회복될 기미를 보이지 않는 아내 김상운(金祥雲)을 요양원에 보내게 되었다. 차일피일 공부를 미루고 있는 난파를 일본으로 보내기 위한 홍석후의 조치였다.

⟪⟫

아내를 작은 시골요양원에 두고 돌아오는 길이었다. 기차 안에서 슬픔에 잠긴 난파의 손을 홍석후가 잡았다.

"영후야, 이제부터 너를 위해서 살아야 해. 내가 오죽했으면 네 집사람을 그곳으로 보냈을까. 넌 음악가야. 음악가로서의 본분을 잊지 마."

조선의 대작곡가가 될 수도 있는 그가 최근에는 소설 쓰기에
더 열을 올리고 있으니 그것도 큰 걱정이었다. 「처녀혼」, 「향일초」,
「폭풍우 지난 뒤」 등 여러 소설을 발표하고 음악이라고는 그저
바이올린 연주자로서만 활동하는 것이 전부였다. 병든 아내 곁을
지키며 두문불출 글쓰기에 몰두했을 아우의 애잔한 모습이 떠
올라 강압적으로라도 본연의 모습으로 되돌려 놓고 싶었다.

　"도쿄음대로 다시 돌아갈 수는 있는 거냐?"

　"형님, 내후년에 개교하는 도쿄고등음악학원에 악기 공부를
선택할 수 있는 선과(選科)가 생긴다니 그때 그곳에서 가서 공부
하겠어요. 바이올린을 켜야만 음감이 떠오르니 말이에요. 그동안
은 아내가 안정될 때까지 요양원에 좀 더 자주 가 보는 게 도리일
거 같은데……."

　"안 돼."

　홍석후는 단호했다.

　"후년까지 또 그렇게 허송세월을 보낸다고? 난 기다릴 수 없다.
일단 일본으로 떠나는 게 우선이야. 거기서 누굴 스승으로 모시
든 돈이 얼마가 들든, 어떻게 해서라도 쉬지 말고 실력을 쌓아."

　난파가 바이올린의 천재라고는 하지만 그건 평범한 사람들의
생각일 뿐, 매일 실력을 닦고 또 닦아도 모자라는 게 음악이었다.
그리고 이 캄캄한 조선을 떠나는 길만이 하나라도 더 배우는 길
이었다. 홍석후는 마침 좋은 생각이 났다는 듯 무릎을 쳤다.

"그래, 내년에 당장 여기에서 독주회를 열자. 내가 다 알아서 할 테니까. 조선이 너를 알아줘야 유학 후에 돌아와도 네 입지가 생기는 거야."

제 음악에 정열을 쏟을 시간에 다른 곳만 기웃거리는 동생을 부추기려면 독주회라도 열 수밖에 없었다. 바이올린에 대해 무지한 시대라고는 하나 지금 당장 동생의 마음에 희망을 심어 주고 싶었다.

"되도록이면 빨리 떠나. 제수씨는 내가 자주 찾아볼 거야. 넌 그곳에서 네 미래만 생각하도록 해."

형님에게 신세를 지며 살아온 지난날들이 주마등처럼 스쳐 지나갔다. 자신의 학비에 생활비까지 모두 형님이 감당했다. 또다시 그 일이 반복되려 하자 마음이 무거웠다. 그래서 기를 쓰고 조선에서 자리를 잡으려 애썼던 것인데 음악가로서의 현실은 암담했다.

"나란 놈은 왜 이렇게 형님한테 짐만 되는 걸까요?"

난파는 더 이상 말을 잇지 못하고 차창 밖만 내다보고 있다.

"쓸데없는 생각하지 말고 이제부터 집사람 시간표에 맞춰 살던 날들은 다 잊어버려. 네 시간표는 내가 짤 거야."

그때 아버지와 삼촌을 따라나선 옥임은 건너편 좌석에 앉아 있었다. 마침내 삼촌이 일본으로 떠나게 될 순간이 오고야 말았다는 것을 알게 되자 아이는 가슴을 부여잡았다.

'드디어, 드디어……. 아, 삼촌마저 없으면 어찌 살아야 할까. 삼촌 집에 가야만 피아노를 칠 수 있는데, 이제 난 어떻게 해야

해…….'

아이는 삼촌이 떠나가는 것을 제 눈으로 직시해야 한다는 현실이 너무도 암담했다.

아내를 시골에 보내 놓고 난파는 한참 동안 마음을 못 잡았다. 딸아이를 보여 주러 요양원에 몇 번씩 들렀지만 아내는 더 이상 남편도 딸도 잘 알아보지 못했다.

1924년 가을. 일본에 가서 할 일이 태산 같았던 난파는 딸아이를 누나 손에 다시 맡기고 마침내 형님 댁으로 갔다. 웬일인지 고요만이 내려앉은 집이었다. 큰조카들까지 삼촌을 배웅하기 위해 모였지만 모두들 아무 말이 없었다.

"형님, 저 오늘 가요."

홍석후는 난파를 부둥켜안았다. 길고 긴 침묵이 흘렀다. 집안 분위기가 보통 때와는 확연히 달랐다. 난파가 집안을 두리번거렸다.

"옥임이는요?"

난파가 옥임을 찾자 분위기는 더욱 어두워졌다. 여기저기에서 조카들의 한숨 소리가 새어 나왔다.

"애한테 무슨 일 있어요?"

순간, 저만치 앉아 막내의 양말을 신기고 있던 형수가 식구들의 긴 침묵이 부담스러웠는지 말을 꺼냈다.

"며칠 전부터 제 방에서 꿈쩍도 안 해요. 아, 저애가 왜 저러는지 정말……."

형수의 이야기를 듣고 있던 큰조카들의 얼굴이 더욱 어두워졌다. 도대체 이 집에 내려앉은 이 불안정한 기류는 무엇일까. 옥임이가 무슨 일을 저지르기라도 했단 말인가? 이제 떠나면 한참 동안 이 집에 드나들지 못할 것이다. 지금 이 순간만큼은 가족들에게 옥임을 간절히 부탁하고 싶었다. 오히려 가까이에 있는 가족들이 옥임의 문제를 제대로 파악하지 못할 수도 있었다.

"형님, 그리고 형수님. 옥임이는 아직도 자신만의 세계에 빠져 있는 아이예요. 그러니까 아이가 하는 말에 귀를 기울여 주시고, 아이가 무엇을 원하는지, 무엇을 하고 싶어 하는지 한 번만 더 생각해 주셨으면 해요. 부탁합니다."

형수의 얼굴이 상기되었다. 동생 일이라면 빈 독에 물 붓기를 하고 있는 남편도 못마땅했고, 옥임에 대해 가장 잘 알고 있는 사람처럼 저런 말을 하고 있는 시동생도 못마땅했다. 형님은 그런 아내를 의식하며 난처한 표정을 지었다.

"그래, 내가 좀 더 가정적이고 세심한 애비가 될게. 너는 아무 걱정하지 말고 가기나 해."

그때였다. 언제 나왔는지 옥임이 복도 끝에서 오열하고 있었다.

"삼촌, 가지 마세요……."

모두가 아이 쪽으로 고개를 돌렸다. 그런데 옥임의 기이한 모양새에 모두들 놀라지 않을 수 없었다. 잠옷 바람에 빨간 모자를 쓰고 알록달록 화장까지 하고 있었다. 제일 크게 놀란 사람은 홍석후였다.

"옥임아!"

저 정도일 줄은 몰랐다. 매일 늦게 귀가해 아이가 어떻게 크고 있는지 자세히 살피지 않았던 자신이었다. 아내가 아이에 대해 무슨 말을 하려고 다가와도 곁을 내주지 않았으니.

난파가 아이에게 달려가려 일어나자, 형님은 그를 만류했다.

"영후야, 그만 됐다. 너는 어서 가기나 하라니까, 어서!"

난파에게 무엇 하나라도 마음이 쓰이게 해서는 안 될 듯했다. 더구나 정서적으로 삼촌에게 매달려 있는 옥임을 떼어 놓아야 할 순간은 바로 지금이었다.

"여기 일은 다 잊고 떠나, 빨리!"

난파의 발길이 떨어지지 않았다.

"형님, 그럼 이걸 저 애한테 주고 싶어요. 그건 괜찮겠죠?"

형님의 눈에 알 수 없는 눈물이 맺혔다. 황당한 모습에, 추워 보이기까지 하는 아이에게 다가가 난파는 제 목에 걸려 있던 목도리를 걸어 주었다.

"삼촌이 내년에 꼭 올 거야. 아버지가 삼촌 독주회 열어 준다는 말 너도 들었지?"

그러나 내년까지 어떻게 기다린단 말인가. 옥임은 그저 삼촌을 끌어안고 한없이 울기만 했다. 그런 아이의 귀에 대고 난파가 조그맣게 속삭인다.

"피아노 치고 싶으면 윤심덕 아줌마 사무실에 가서 쳐. 거기 알지? 삼촌이랑 몇 번 갔었잖아?"

진한 화장 때문에 눈동자도 제대로 보이지 않았던 아이가 눈을 치켜떴다. 그러나 난파가 발길을 돌리자 아이는 그만 쓰러져 통곡하기 시작했다. 형수도 이내 눈물을 쏟으며 주저앉았고 형님이 뛰어가 아이를 부둥켜안았다.

옥임이, 그 아이는 이제 조금씩 자신감이 생겼다. 일본에서 돌아온 삼촌이 몇 해 동안이나 이웃에 살면서 보살펴 주었고, 수많은 음악 공연을 함께 보며 아름다운 선율과의 대화도 나누게 해 주었다. 이제는 얼마든지 변할 수 있었는데 이렇게 이별을 선언한 삼촌…….

홍석후는 음악이 없는 집에서는 한시도 머물기 싫다 했고, 그런 남편에게 저항하듯 김 씨는 고집을 꺾지 않았다. 조금씩만 양보하면 얼마든지 화목하게 살 수도 있었다. 그러나 한번 뒤틀어진 심사들은 그 길을 놓쳐 버렸다.

삼촌이 황망히 일본으로 가 버린 그날, 쓰러져 잠이 들었던 옥임은 온종일 한 번도 깨지 않았다. 잠에서 깨면 그 절망스런 시간들을 어찌 맞이해야 할지 몰라 또다시 진하게 화장을 하고 꿈속으로 파고들었다. 그런 날이 며칠이나 지속되었다. 홍석후는 사태가 심각해졌음을 그제야 겨우 깨달았다. 자고 있는 옥임에게 다가와 한숨을 쉬었다.

"언제부터 이런 거야, 응? 옥임아, 일어나 봐. 아버지하고 얘기 좀 하자."

학교에 가지 못한 지도 벌써 며칠째. 김 씨는 끝없이 자기만 하는 옥임의 모습에 마침내 기겁을 하고 말았다.

밤에는 어김없이 일어나 집안을 배회하는 옥임이었다. 마치 몽유병 환자처럼 부엌에 가서 음식을 실컷 먹고 아버지의 술병들을 손가락으로 튕겨 보는 일로 밤을 샜다. 그러고는 새벽녘에 제 방으로 들어가 다시 모자를 쓰고 화려한 옷으로 갈아입었다. 그런 모습으로 또 깊은 잠에 빠져들었다.

밤낮이 바뀌어 버린 아이였다. 한번 잠이 들면 아무리 흔들어 깨워도 영영 깨어날 줄 몰랐다. 꿈속에서도 아이는 홀로 추위에 떨었다.

'아, 추위……내게는 매일이 겨울이야. 삼촌이 떠난 후부터 더욱 추워지고 있다. 삼촌이 목도리를 내 목에 걸어 주었지. 그런데 목도리는 따뜻하지 않아. 나는 그 목도리를 쓰레기통에 던져 버릴 테야.'

쓰레기통에 버린 목도리를 다시 꺼내 두르는 일이 반복적으로 이어졌다. 부부는 이제 딸아이가 병원에 갈 때가 되었다고 생각했다. 두 아들까지 불러 의논을 하기 시작했다.

"아무래도 본격적인 치료가 필요할 거 같다."

"아버지, 저희들도 그렇게 생각해요."

불안한 마음에 김 씨도 나섰다.

"맨 처음 말을 하지 못했을 때 손을 썼어야 했는데, 괜찮아지려니, 곧 나으려니 생각했던 내가 잘못이에요. 뭐 하나 부족한 게 없는 애라는 생각만 했어요. 다 내 잘못이야, 난 어미도 아니야."

그러면서 옥임을 끌어안는 김 씨였다. 순간, 옥임이 흠칫 놀라 눈을 떴다. 그러더니 어머니의 손이 제 몸에 닿는 것을 느끼고는 황급히 방구석으로 제 몸을 구겨 넣었다. 이어 목이 터져나갈 듯 소리를 지르며 사지를 비틀었다. 오라비들은 혼비백산하여 어머니를 떼어 냈지만 여전히 덜덜 떨고 있는 옥임을 보자 목이 메었다.

음악을 하고 싶었던 큰아이들은 옥임의 속사정을 충분히 알고 있었지만 부모에게 말하지 못했다. 그 이야기를 하면 두 사람의 갈등이 더욱 깊어질 것만 같았기에. 때문에, 집안에 흥미를 느끼지 못하는 아버지를 볼 때마다 화가 났고 밤늦게까지 아버지를 기다리며 뜨개질을 하고 있는 어머니가 안쓰러웠다. 그런데 급기야 옥임이 어머니를 외면하며 극으로 치닫기에 이른 것이다.

시간이 얼마나 흘렀을까. 다시금 깊은 잠에 빠져든 옥임의 귀에 삼촌의 바이올린 소리가 들려왔다. 어디에선가 멀리, 〈봉선화〉 노래 한 줄기가 윤심덕의 목소리를 타고 흘렀다. 옥임은 문득 잠에서 깨어났다. 삼촌을 대신해 줄 사람은 그녀밖에는 없었다.

"옥임이가 깼어요!"

김 씨가 소리쳤다. 아이는 몽롱한 눈으로 자리에서 일어나 장롱에서 주섬주섬 옷을 꺼내기 시작했다. 마음에 드는 옷이 없는지 결국 주저앉아 흐느꼈다.

"왜 그래, 옥임아! 정신 좀 차려 봐."

홍석후가 아이를 세차게 껴안았다.

"집이 싫어요."

옥임이 하고 싶었던 말은 바로 이것이었을까. 애를 붙잡고 마침내 울음이 터진 아비였다.

𝄃𝄃𝄃

'윤심덕 후원회'가 있는 골목은 늘 아이들로 북적댔다. 여학생 남학생 할 것 없이 윤심덕의 얼굴 한번 보겠다고 언제나 북새통을 이뤘다. 그래도 그 아이들이 있어 외로움이 덜했기에 심덕은 온종일 창밖만 바라보았다.

옥임이 그 많은 아이들을 뚫고 심덕의 사무실에 들어선 건 그날 오후였다. 아침부터 스산한 초겨울 날씨에 비까지 내렸다. 마치 자다가 깬 듯 헝클어진 머리에 두터운 코트만 엉성하게 껴입은 아이. 그 아이가 창백한 얼굴로 계단을 올랐다.

"아니, 이게 누구냐? 옥임이 아니야?"

아이는 마치 오지 못할 데에 온 것처럼 고개를 들지 못했다. 심덕은 얼른 다가가 그 손을 잡아 주었다. 아이의 손이 마구 떨렸다.

"손이 왜 이렇게 차? 어서 난로 옆으로 가자."

"......"

여전히 말이 없는 아이는 갈피를 잡지 못하는 눈동자를 벽에만 두었다. 한 동네에서 의지했던 삼촌이 갑자기 시야에서 사라졌으니, 그 마음이 오죽했을까. 심덕은 아이의 헝클어진 머리를 곱게 쓰다듬어 주었다.

"나 보고 싶어서 왔어?"

"......"

조금씩 긴장이 풀리는지 옥임이 수줍게 미소를 지었다.

"배 안 고파? 먹을 것 좀 줄까?"

아이는 고개를 저었다.

"그럼, 차 마실래?"

"......"

옥임은 저만치 놓여 있는 피아노만 뚫어지게 바라보았다. 아, 이제는 삼촌한테 가지도 못하니 얼마나 피아노가 치고 싶었을까.

"치고 싶으면 쳐. 마음껏 쳐."

말이 떨어지기 무섭게 쏜살같이 피아노 앞에 앉는 아이였다. 그런데도 한동안 무엇을 쳐야 할지 몰라 가만히 앉아 있기만 했다.

"네가 작곡한 동요도 있다면서? 그렇게 잘 만들었다 하던데, 이 아줌마한테 들려줄 테야?"

"…… 부끄러워요."

아이가 웬일로 말을 하고 있다. 심덕은 제 귀를 의심했다. 옥임은 한참을 망설이다가 이내 건반을 두드리며 조그맣게 노래까지 불렀다.

언제언제 아버지 엄마 보시고, 콩칠팔 새삼륙 한다시던 말

나는나는 그 말을 모르긴 해도, 자꾸자꾸 우스워 죽을 뻔했지요[23]

아이가 쓴 시에 난파가 동요를 만들어 주었다더니 저 노래였나? 재미도 있고 독특한 가사가 심덕의 마음을 사로잡았다. 거기에 처음 듣는 아이의 목소리는 맑고 청아하기까지 했다. 저런 아이인 것을…….

옥임의 노래 사랑과 피아노 사랑은 끝이 없었다. 삼촌이 작곡했다는 동요란 동요는 다 부를 기세였다. 그 노래는 모두 고향의 냇물과 고향의 담벼락, 고향의 달님을 그리워하는 것들이었다. 심덕은 자신도 모르게 눈물이 났다. 일본에 있었을 때의, 그 힘들고 외로웠던 시절이 생각났다. 어머니가 그토록 보고 싶었던 그날들이.

얼마나 지났을까. 어느새 옥임이 심덕의 곁에 바짝 다가와 앉았다. 울고 있는 그녀를 바라보며 아이도 울먹였다. 심덕은 얼른 눈물을 닦았다.

"노래가 너무 좋아서 말이야."

그 순간, 고개를 푹 숙이던 아이가 소리 죽여 흐느끼기 시작한다.

"왜 그래, 무슨 일이야? 아줌마한테 다 얘기해, 응? "

심덕은 아이가 마치 제 딸인 양 가만히 머리카락을 매만졌다. 그러자 아이가 입을 열었다.

"삼촌은 언제 오실까요?"

"내년에 오신댔잖아."

"오실 거 같지 않아요……."

"왜 그렇게 생각해?"

심덕에게 조금은 마음을 여는 듯했지만 옥임은 이내 입술을 깨물었다.

"나도 삼촌이 없으면 노래 부를 맛이 안 나."

눈물을 훔치다가 아이는 다시 몸을 돌려 피아노에 손을 얹었다. 한참 동안 건반을 노려보더니 마침내 손가락을 거칠게 움직이기 시작했다. 무언가 화풀이를 하듯 피아노를 두들겨 댔다. 심덕은 놀라 아이의 표정을 보았다. 그 얼굴은 이미 세상과 분리돼 있는 듯했고, 자신의 내면조차 까마득하게 잊은 듯했다. 넋이 나간 듯, 광기인 듯, 형언할 수 없는 차가움이 아이의 표정에 하나둘 박혀 갔다.

옥임의 피아노 소리가 점점 커진다. 심덕은 눈을 질끈 감았다. 아, 이게 뭘까? 난해하기 짝이 없는 세상에 채찍을 가하듯 음이 요란해지다가 이내 숨을 죽이며 서서히 스러져 간다. 그러나 절대 불협화음은 아니었다. 튀어 오르다가 숨 가쁘게 곤두박질치기를 반복하는, 저 낯설고 기이한 음의 부딪힘이 무한대로 펼쳐졌다.

한 위대한 천재가 내면의 폭동을 감당하지 못해 피아노를 칼과 총으로 변화시키는 듯했다. 그때, 아이가 갑자기 멈췄다.

"왜?"

옥임은 건반에서 손을 떼었다. 심덕은 정신을 차리고 아이를 보았다.

"누가 작곡한 거야? 멋있다."

옥임이 벌떡 일어난다. 그러더니 황급히 사무실을 나갔다. 심덕이 얼른 뒤따라 나섰다. 홍석후가 아이를 기다리고 있었다. 그는 서둘러 딸아이를 등에 업고는 골목을 서성이는 학생들을 비집고 총총걸음으로 사라져 버렸다.

언젠가, 어스름한 저녁 무렵에 아버지가 자신을 업어 주었던 일이 생각났다. 어머니란 존재는 늘 자식을 업어 키우는 존재였지만 아버지가 아이를 업는 일은 흔한 일이 아니었다. 그때는 자식이 가장 위급할 때였다.

부녀의 그림자 뒤로 삶의 애잔함이 길게 내려앉았다.

12장

잃어버린 목소리

제정신이 아닌 듯 보이던 옥임이 마음에 걸려 한동안 일이 손에 잡히지 않았지만, 공연 일정이 다시금 하나둘 잡히면서 눈코 뜰 새 없이 바빠졌다. 심덕은 목전에 놓인 현실 때문에 모든 걸 뒷전으로 밀어냈다.

사업가로 변신한 조순애의 고집은 참으로 셌다. 당장의 현실 때문에 심덕의 주장이 한풀 꺾였음을 알게 되자 득달같이 사무실 분위기부터 쇄신했다. 연주자와 찬조 출연 가수를 대폭 물갈이하고 향후 1년 동안의 공연 계획을 한꺼번에 잡아 나갔다. 심덕은 성악가로서 대성하겠다는 꿈을 이제는 접으리라 생각한다. 음악을 그저 노동이라 여기며 살기로 마음먹는다.

'난 지금 너무도 가난하다.'

밤마다 잠을 이룰 수 없었다. 그러나 심덕은 어쨌든 먹고살리라 마음먹었다. 조선인이 조선의 노래를 부르지 못한다는 것만큼 서글픈 일은 없었지만 일단 결심을 굳힌 이상 관객들을 즐겁게 하는 일에만 몰두하기로 했다.

심덕은 비록 미국 민요일지언정 정성을 다해 불렀다.

넓고 넓은 바닷가에 오막살이집 한 채

고기 잡는 아버지와 철모르는 딸 있네

내 사랑아 내 사랑아 나의 사랑 클레멘타인……

성악가로서는 단조롭기 그지없는 음이었다. '하얀 구름 너울 쓰고 진주 이슬 신으셨네……', 이렇게 아름다운 우리말을 극치로 표현하고 있는 우리 노래들이 애타게 심덕을 기다리고 있었지만 모두 가슴에만 품기로 했다. 조순애는 그렇게도 철석같이 약속했던 천 원도 계속 미루고 있었다. 심덕의 공연 거부로 적자를 보았다는 것이다. 이젠 더 이상 싸울 힘도 없었다. 꼴도 보기 싫은 사람이었다.

'이렇게도 서로 뜻이 맞지 않는 저이와 내가 꼭 일을 해야 하나?'

그녀의 말도 안 되는 소신에 동조하고 싶지 않았지만 선불만 생각하면 자신이 없어지는 심덕이었다. 그런데 그녀를 괴롭히는 건 또 있었다. 그건 관객들의 싸늘한 반응이었다.

'아니, 윤심덕, 저 여자 왜 저래?'

'노래가 저게 뭐야, 우리가 저런 노래나 들으려고 비싼 돈 내고 극장을 찾은 건 아니잖아?'

아무리 좋은 노래도 세 번 이상 들으면 귀가 싫어한다 했던가. 매양 다양한 곡들을 선사하며 관객들의 기대를 저버리지 않았던 윤심덕이 이젠 어떤 무대에 오르든 똑같은 노래를 앵무새처럼 반복하고 있으니 한탄이 절로 나올 수밖에.

이런 관객들의 반응을 언론이 놓칠 리 없었다. 외모에나 신경을 쓰고, 노래는 허섭스레기처럼 여기는 윤심덕이라 크게 나무랐다. 관객을 우롱한다며 화가 머리끝까지 났다는 걸 보여 주는 기사들이 장안을 어지럽혔다. 레퍼토리라고는 온통 창가나 유행 잡가, 미국 민요, 그렇지 않으면 예수교 찬송가 부스러기라는 날이 선 비판이 심덕에게 날아들어 꽂혔다.

윤심덕은 차츰 '조선의 꽃'에서 '조선의 잡초'가 되어 갔다. 매일 연습하지 않아도 될 노래는 듣고 싶지 않다고, 관비 유학생이었던 과거의 자존심을 되돌아보라고, 있는 대로 짜증을 내며 다그쳤다. 그것은 전쟁이었다.

돈으로 인한 피비린내 나는 전쟁은 심덕의 공연에서 썩은 냄새가 되어 진동했다.

그날의 명성을 되찾기 위해서는 윤심덕다운 노래를 부르는 것밖에는 없었다. 그러나 현실이라는 귀신이 눈을 부라렸다. 하지만 선불에 대한 자신의 약속이 지켜지지 않은 데에 일말의 미안함은 있었는지, 조순애는 가끔씩 불편한 친절을 베풀기도 했다.

"심덕 씨, 그 천 원이 어디 가는 거 아니잖아요? 조금만 참아 봅시다. 레코드 취입을 하면 큰돈을 벌 거 같아요. 그것만 잘되면 떵떵거리며 먹고살 수 있어요."

일단 취입비로 레코드 회사에서 오백 원을 받아 낼 수 있다, 많이만 팔린다면 제작비를 제외하고도 큰 수익금이 들어온단다. 조금은 희망이 보였다. 그러나 당장 내년 학기에 입학해야 하는 기성의 유학비가 무엇보다 급했다. 천 원만 있으면 성덕에게도 유학의 기회가 생기겠지만 당장은 기성이 문제였다. 도쿄음대는 지원자가 많아 이번 기회를 놓치면 몇 년을 더 기다려야 할 것이다. 특히 조선인에게 주는 기회는 야박하기만 했으니. 이런 심덕의 마음을 누구보다 정확히 꿰고 있던 조순애였다.

"심덕 씨, 사실 후견인들에 대한 이야기는 하지 않으려 했는데, 딱 한 사람만 소개할게요."

이건 또 무슨 말인가. 누구를 소개한다고.

"며칠 전, 을지로 일대 3만 평을 소유한 사람을 후견인으로 모셨어요."

"그런데요?"

"백만장자라구요!"

그의 이름은 이용문이었다.

"음악학교 설립이 그이의 꿈이라더군요. 학교가 설립되면 심덕 씨를 교장으로 모시려고 생각하고 있대요. 교육에 관심이 많은 사람이에요."

심덕은 그가 아무리 백만장자라 해도 눈 하나 깜짝하지 않았다.

"그래서, 저더러 그 사람을 만나라는 겁니까?"

후견인들을 사적으로 만나는 일만큼은 절대로 있어서는 안 된 다. 윤심덕에 대해서만은 색안경을 끼고 보는 세상이었으니 그런 거물을 사적으로 만난다면 세상이 부서질 듯 있는 말 없는 말 다 붙여 가며 난리를 쳐 댈 것이다.

"심덕 씨를 꼭 한번 보고 싶어 해요. 후견인이 무엇인지 확실히 보여 주고 싶다는 겁니다. 어쩌면 그 자리에서 당장 천 원을 내놓 을 수도 있어요."

"제발 저 좀 가만 놔둘 수 없나요?"

"아무리 후견인들이 많으면 뭐합니까? 큰돈을 내놓지 않고 있 는데. 사무실 운영하기에도 벅차요."

"이젠 선불을 다른 사람한테 타내려는 건가요?"

"심덕 씨, 생각해 보세요. 제가 주선한 공연 일정에 맞춰 주었다면 이런 일이 벌어지지는 않았을 것 아닙니까? 공연이 몇 개나 취소된 줄 알아요?"

갑자기 정신이 번쩍 들었다. 이 여자의 심리가 궁금해졌다. 그녀는 동아부인상회의 간부로 일하면서 치밀한 기획력을 인정받은 사람이라 했다. 결혼도 안 하고 일에만 빠져 있던 그녀 때문에 동아부인상회는 전국을 돌며 수많은 행사를 치를 수 있었다. 하지만 그뿐이었다. 함께 일하면서 더 깊이 알고 싶었지만 음악에 대한 의견 차이로 정이 떨어진 사람이었다.

"저는 이용문인지 백만장자인지 한 사람만을 위한 음악가가 아니에요. 이미 싸구려로 추락한 몸, 공연이나 많이 잡으시지요. 노래는 원하는 대로 얼마든지 해 드릴 테니까요."

심덕은 끓어오르는 감정을 애써 억눌렀다. 조순애는 그녀를 보며 생각했다. 모든 것을 참으며 고개를 숙여 온 사람이 바로 윤심덕이었다. 그것만으로도 충분한 소득이었다. 그러나 조순애는 더 큰 것을 꿈꿨다.

"동생들 유학비, 그거 충분히 내놓을 사람이에요. 발등의 불을 먼저 꺼야 할 거 아니에요? 그래야 후견인도 더 끌어모을 수 있을 거 아닙니까?"

심덕은 깜짝 놀랐다. 아, 유학비……. 그것만 해결되어도 큰 짐은 덜 것이다. 갑자기 한 줄기 빛이 왔다가 갔다. 그렇다면 당장이라도 기성이를 일본으로 보낼 수도 있을 텐데.

"후견인이 할 일이 뭐겠어요? 가수의 마음을 편하게 해 주는 일이 우선 아닙니까? 그럼 자연히 돈은 달라붙게 되는 거예요. 이럴 때 백만장자 덕 좀 보자구요."

심덕이 알아본 바로, 이용문이라는 자는 유명한 호색한이라 했다. 그러나 유학비에 대한 유혹이 심덕의 머리를 계속 어지럽혔다.

᠈᠈᠈

겨울방학이 되자마자 조순애와 함께 찾아간 곳이 바로, 동대문 낙산 밑 이용문의 별장이었다. 역시 으리으리한 저택이었다. 이용문은 큰 키에 건장한 체격을 가진 사람이었다. 사십은 넘었을까, 아니면 오십쯤 됐을까? 돈 있는 사람이라 그런지 나이도 가늠하기 어려웠지만 그런 건 눈에 들어오지도 않았다.

"윤심덕 씨를 이렇게 직접 보게 되다니 이거 얼마나 대단한 영광인지요. 가문의 영광입니다, 가문의 영광이에요."

그런 말도 들리지 않았다. 그저 돈으로 자신을 탐하는 사람이 아니었으면 하는 바람뿐이었다. 과거 다이토 구 유곽의 백작 놈이 생각나 자꾸 움츠러들었다.

"자, 이렇게 만난 것도 인연인데 술이나 한잔 하면서 천천히 얘기합시다. 내가 음악학교를 설립할 건데 윤심덕 씨를 교장으로 모시려구요. 그렇게만 되면 그놈의 학교 다 때려치우고 젊은이들을 마음껏 양성해 보세요."

조순애에게 못이 박히도록 들어온 음악학교. 그는 만나자마자 음악학교에 대한 이야기부터 꺼냈다. 그의 이야기는 여덟 시, 아홉 시, 열 시까지 이어졌다. 주로 자신의 사업과 재산, 집안에 대한 이야기로 그 아까운 시간을 흘려보냈고, 마지막엔 음악학교에 대한 원대한 구상이 다시 펼쳐졌다. 통금이 다 되도록 본론에는 닿지도 못하고 있었다.

워낙 술에 약한 조순애는 몇 잔의 술로 곯아떨어져 버렸고, 그밤에 이용문과 단둘이 마주 앉아 있자니 술맛이 그렇게도 썼다.

"안 되겠어요. 저는 이만 일어나야겠습니다. 내일 출근도 해야 하는데 밤이 늦었네요. 어서 택시 좀 불러 주세요."

그 말이 떨어지자 무섭게 자고 있던 조순애가 팔을 휘두르며 심덕의 치마를 붙잡고 늘어졌다.

"윤심덕 씨……. 엊그제 방학했다면서 무슨 출근을 한다 그래요?"

"그럼 여기서 자고 가야 한다는 겁니까? 방학이지만 선생들이 집에서 편히 쉬는 꼴을 못 보는 교장 때문에 안 된다니까요."

심덕은 얼른 그녀를 일으켜 세웠다.

"얘기나 빨리 끝내고 주무세요."

동생의 유학비를 마련해 달라는 이야기를 차마 제 입으로 말할 수는 없었다.

"내가 너무 취했네. 이렇게 취한 채로 얘기하면 사장님께 누가 될까 봐……."

그러면서 픽 고꾸라졌다. 이용문은 두 사람이 무슨 이야기를 하는 건지 몰라 눈을 동그랗게 떴다.

"무슨 말씀이에요? 제게 무슨 할 얘기라도 있습니까?"

심덕이 더 놀랐다. 그렇다면 그는 우리가 왜 여기에 왔는지 모른단 말이냐? 조순애가 만남의 목적도 알리지 않고 무작정 왔단 말이냐? 그렇게 누웠다 앉았다를 반복하며 횡설수설하는 조순애 때문에 결국 열한 시 통금을 넘겨 버렸다. 심덕은 안 되겠다 싶어 단도직입적으로 오늘의 본론을 이야기했다.

"실은 제 동생이 2월에 일본 유학을 가게 돼 있거든요. 그 돈을 혹 꿔 주실 수 있으신가요?"

그러나 다시 일어난 조순애는 버럭 소리부터 질렀다.

"꿔 달라는 게 아니라 후원금이라니까, 후원금……."

아직도 술이 깨지 않았는지 욕심 많은 조순애는 그 돈을 '후원금'으로 못 박았다.

"아닙니다, 레코드가 팔리는 대로 갚아 드리겠어요. 꼭 약속합니다, 꼭입니다!"

심덕의 목소리는 거의 고성에 가까웠다. 두 사람의 의견이 갈리자 이용문은 크게 웃었다.

"허허허, 뭘 그런 거 갖고 싸우십니까? 드립니다, 다 드립니다.

뭐 드리면 어떻고 후원금이면 어떻습니까. 우리 사이에 따질 일이 뭐 있습니까? 그런데 그게 얼마죠?"

"육백 원입니다."

조순애가 머리카락을 쥐어뜯으며 다시 일어났다.

"천 원이야, 천 원!"

이제 조순애가 하는 말은 귓전으로 흘려 버렸다. 선불이니 뭐니 그런 건 필요도 없었다. 유학비에 대한 시름이 끝나 가고 있다 생각하니 긴장이 서서히 풀렸다. 시계가 열두 시를 알렸다.

"할 수 없네요. 여기서 자고 내일 학교로 곧장 출근해야 할까 봐요. 학교에 꼭 가 봐야 하거든요."

이층으로 올라가 잠을 청한 심덕은 낯선 곳에서 낯선 이들과 밤을 새려니 잠이 오지 않았다. 그자가 정말 돈을 내어 줄까, 마음이 변하면 어쩌지? 갑자기 그런 생각이 들면서 한심한 생각까지 들었다.

창피한 일이었다. 아무리 돈을 기웃거렸지만 그 돈은 어디에도 없었다. 그 돈은 부잣집 남자의 손에만 들어 있었으니 그 돈을 얻기 위해 자존심도 다 내버리고 여기까지 오고야 말았다. 이러려고 그토록 피눈물 나게 공부했던가, 이러려고……. 그러다 어느새 깜빡 잠이 들었다.

다음 날, 창문으로 어렴풋이 들어오는 아침 햇살에 화들짝 깨어 부랴부랴 아래층으로 내려갔다. 심덕은 조순애가 보이지 않는다는 것을 알고는 가슴부터 철렁했다. 소파에는 이용문이 대신 누워 있었다. 이렇게 남과 여, 두 사람만 남겨 두고 도대체 그녀는 어디로 사라졌을까.

이용문은 눈을 비비며 흐트러진 머리카락부터 쓸어 넘겼다.

"아, 윤심덕 씨. 조 사장은 바쁜 일정이 있다고 해 뜨자마자 가셨어요."

서둘러 그 집을 빠져나가려 했지만 이용문은 자꾸 소파에 앉으라 했다.

"아 참, 천정 무너지겠어요. 그렇게 서 있지만 말고 이리 와 앉아 얘기 좀 합시다."

행여 무슨 불미스런 일이라도 생기면 어쩌나 진땀이 흐르고 입이 바짝바짝 타들어 갔다. 어떤 상황이 찾아와도 당당히 버티자 이를 악물고 용문의 앞에 앉았다.

"동생은 어디로 유학을 가나요?"

"제가 졸업한 도쿄음대에요. 여동생도 미국으로 가게 됐구요."

"역시 그 댁은 남다르네요. 육백 원이라 하셨나요? 조 사장은 천 원이라고 몇 번씩이나 강조하던데. 레코드도 내야 한다면서요? 작곡가 비용이니 뭐니 경비가 그렇게 많이 든다고."

기어코 그녀가 천 원을 받아 내려는 모양이었다.

"그런 건 레코드가 팔린 후 정산해도 됩니다. 천 원까지 부탁하는 건 너무 죄송해서요. 제가 어제도 말씀드렸지만 그 돈은 꼭 돌려드리겠어요."

"허허허, 그러지 않아도 된다니까요."

레코드 수익에 대해 기대가 큰 조순애였다. 그러나 싸구려 같은 취입곡을 고르고 있는 그녀가 심덕의 눈에는 영 미덥지 않았다.

"그냥 육백 원이면 됩니다."

"정 그러시다면 취입할 때 또 부탁하시죠. 알았습니다. 오늘 아침 당장 수표를 발행할게요."

"감사합니다, 감사합니다."

그런 심덕을 뚫어지게 바라보는 용문이었다. 그 눈길을 느끼며 혹시 모를 일이 벌어질 것 같아 심덕은 감사하다는 인사만 연거푸 하고는 곧장 현관으로 나갔다. 그런데 신발장에서 구두를 꺼내는 일이 그렇게도 번거로웠다. 그때, 그가 심덕의 등을 만지기 시작했다. 몸이 저절로 움츠러들면서 절망감이 몰려왔다. 이럴 줄 알았어, 이제부터 시작이구나.

"웬 옷에 실밥이 잔뜩 묻어 있지? 2층 이불이 뜯어졌나 보군."

심덕의 몸이 떨렸다. 실밥을 뜯어 내는 그 손이 다른 곳을 넘나들 수도 있다. 옷깃을 잔뜩 여미며 뒤도 돌아보지 못하는 그녀에게 그가 말했다.

"이렇게 우리 두 사람만 있으니 걱정되십니까? 저 그런 사람 아니에요. 내가 다 불안해서 못 살겠군요, 허허허."

유명한 호색한이라더니 잘못된 소문이었나. 심덕은 돌아서서 마침내 그의 얼굴을 쳐다보았다.

"가세요, 그만 가세요. 남녀가 만났다고 해서 남녀관계가 생기는 건 아니에요. 앞으로 자주 봅시다. 좋은 일이 많이 있을 겁니다."

악수를 건네는 그에게 심덕은 연신 감사하다는 말만 쏟아 냈다.

§§§

늘 씩씩하기만 했던 기성은 심덕이 내놓은 유학비를 보며 한참을 울었다.

"왜 그래? 내가 이 정도도 못 해 줄 줄 알았어?"

누이가 언론의 질타를 묵묵히 감수해 왔던 것이 바로 이것 때문이었다 생각하니 눈물이 그치지 않았다.

"이 돈도 많이 모자랄 거야. 어쨌든 힘닿는 데까지 버텨 봐. 안 되면 언제든 내가 또 보내 줄게."

기성이 누이의 손을 꽉 잡았다.

"누님, 저를 믿으세요. 제가 반드시 집안을 이끌어 가겠어요."

"남자로 태어난 게 무슨 죄야? 그런 부담감은 갖지 마."

그래도 눈물이 멈추지 않는 녀석이었다.

"내가 네 똥 기저귀 갈아 주던 거 기억 안 나니? 에그, 얼마나 냄새가 고약하던지."

그제야 기성의 얼굴에 쓸쓸한 웃음이 번지고 있다.

"하기야, 난 한 게 하나도 없지. 천방지축 뛰어다니기만 했으니 너희 둘은 언니가 다 키웠어."

기성은 큰누나 이야기만 나오면 늘 아련해졌다.

"내가 잘해야지요. 우리 집안에 남자라곤 나 하나밖에 없는데, 꼭 성공해서 어머니와 누님들께 보답하고 싶어요."

딸 많은 집에 유일한 아들로 태어나 집안을 살려야 한다는 중압감에서 하루도 벗어나지 못하던 아이였다. 심덕은 동생의 손을 가만가만 토닥여 주었다.

이들 남매들은 아버지에게서 음악적 감수성을, 어머니에게서는 시대를 뛰어넘는 진취적 성향을 물려받았다. 그랬기에 이들은 꼭 닮아 있었다.

"이 돈으로 빨리 떠나겠어요. 누님이 항상 그러셨죠? 언젠가는 우리 삼남매가 함께 한 무대에서 노래하게 될 날이 올 거라고……."[24]

마침내 레코드를 취입할 날이 다가왔다.

"이번 취입곡은 다양하게 준비했어요. 관객들이 박수를 치며 함께 노래를 따라 부르다가도 창작곡만 나오면 찬물을 끼얹은 것처럼 조용해지는 거 보셨죠? 라디오 청취자들도 마찬가지예요."

"사람들이 고급 음악에 대한 열망이 전혀 없다고 생각하지는 마세요. 라디오 듣는 사람들까지 무시하지 말라는 겁니다."

"고급이란 것이 대체 뭔데요? 고급이란 건 일부 부유층만의 향유물이에요. 식민지의 국민들이 모두 다 즐길 수 있는 음악을 해야 한다고 주장한 사람이 누군데요? 돈 벌고 싶지요? 하지만 돈과 명예, 두 마리 토끼를 어떻게 다 잡는답니까."

이럴 거라면 저 사람은 유행가 가수들의 후원자가 되는 게 나았다. 왜 하필 나였을까. 그러나 조순애만 탓하고 있을 수는 없었다.

"의외로 취입 날짜가 일찍 잡혔어요. 빨리빨리 해치웁시다."

당시 부유층에서는 가정에 축음기를 비치하는 일도 부의 상징이었으니 레코드판을 수집하는 일은 또 하나의 자부심이었다.

오래전부터 준비해 오던 가곡은 다 치워 버렸다. 조순애가 가지고 온 노래들은 대부분이 가요나 엔카뿐이었다. 조순애는 그 많은 날을 엔카를 번안하는 일에 힘을 쏟았던 것이다. 마침내 엔카를 부르게 되는 날들이 오고야 말았다.

"엔카는 안 된다는 둥 싫다는 둥 그런 걸로 시간을 끌지 않았으면 합니다. 당장 눈앞에 펼쳐져 있는 궁핍을 어떻게 해결할 수 있을지 그것만 생각해요. 시간이 없어요."

그렇게 떠밀리다시피 오사카의 닛토 레코드사로 향했다.[25] 어려울 것 없는 노래들이었기에 닷새 만에 취입을 마쳤다. 1925년 1월이었다.

안기영과 이중창으로 부른 〈매기의 추억〉을 타이틀곡으로 하고, 〈어여쁜 색시〉, 〈나와 너〉, 〈아, 그것이 사랑인가〉, 〈어머니 부르신다〉, 〈망향가〉, 〈방긋 웃는 월계화〉 등 이 노래 저 노래가 아무렇게나 뒤섞였다. 그 일은 윤심덕이 조선 최초의 레코드 취입 가수가 된 또 하나의 사건이었다. 레코드의 성공 여부는 며칠 안으로 판정이 났다. 국민들이 좋아하던 〈매기의 추억〉이 사방에 울려 퍼졌고, 윤심덕을 출연시키려 라디오가 적극 나섰지만 역시 아직은 노래를 집안에 두기 위해 돈을 쓰는 사람들은 드물었다. 더욱이 윤심덕이 부르는 엔카는 듣기도 싫었다. 그녀에 대한 열광은 그녀가 성악가일 때만 빛났을 뿐이다. 심덕이 입이 마르게 조순애에게 주장해 왔던 것도 바로 이 때문이었다.

이용문에게 꾼 육백 원을 갚을 수 있을 만큼의 수익도 들어오지 않았다. 조순애의 말대로 후원금이었다면 돌려주지 않아도 될 돈이었다. 결국 심덕의 고집으로 빚까지 얻어 이용문의 손에 쥐어 주고 나니 후원회는 빈털터리가 되어 버렸다. 화가 머리끝까지 난 조순애는 심덕을 원망하고 닦달하며 불만을 터뜨리는 일에 전념했다. 그런데 심덕에게도 덩어리째 울화가 들어서는 일이 터지고야 말았다.

한참 당년에 경성 여류 음악가로 갈채를 받던 윤심덕은 근래 낙산 부호 이용문의 애첩이 되어 황금정 거대한 가옥에다 거처까지 마련했다 한다. 그런데 또 무슨 사단이 생겼는지 불과 한 달 만에 서로 갈라서고 말았다니 참으로 알 수 없는 일이다. …… 윤심덕

은 금전 앞에선 처첩의 구별이 없는 모양이다.[26]

'예술인가 예술가(穢術嫁)인가'라는 제목하에 씌어진 어처구니 없는 기사가 등장했다. 순식간에 윤심덕은 '더러운 술수로 시집을 가는' 희대의 잡것이 되어 버렸다. 저를 이용문의 첩이란다. 거대한 가옥에 거처까지 마련했다고도 한다. 그게 사실이라면 이렇게 억울하지도 않을 것을. 실패만 거듭하는 음악도 다 때려치우고, 금테 두른 썩은 물고기가 되어 둥둥 떠오르면 그만일 것을. 조소와 빈정거림과 괴롭기 짝이 없는 질타가 그 옛날의 정열적 음악가를 남루한 부랑자로 만들어 버렸다.

누가 나를 사지로 내몰았을까.

'이용문을 찾아간 일은 조순애밖에는 모른다. 육백 원이 고스란히 되돌아간 데다 빚까지 지게 되었으니 결국 심술을 부렸던가? 그렇다면 엔카로 뒤범벅된 무대를 무한정 잡아 나갔으면 그만이었을 텐데. 어떻게든 내가 한 푼도 받지 않고 그 빚을 다 갚았을 텐데, 그랬을 텐데.'

심덕은 그만 앓아눕고 말았다. 아침이 오는 것도, 그 하루가 막막하게 흘러가는 것도 싫었다. 답답하고 외로웠다. 그녀는 완전히 혼자였다.

13장

행복한 인생들아, 너 찾는 건 허무

"옷은 이렇게 잘 입고 다니면서 본분을 잃으셨나? 옷차림보다는 행동거지에 더 신경 써야 하는 거 아니야?"

이제는 대놓고 빈정대던 일본인 교사들은 혹시 또 그렇고 그런 윤심덕의 기사가 나지 않을까 눈에 불을 켜고 신문을 읽었다. 공연마다 빈자리가 눈에 띄게 많아졌고 계획된 공연도 취소되기 일쑤였다. 거기에 후견인들도 하나둘씩 손을 씻고 떠나 버렸다. 심덕은 모두가 등을 돌린 세상에서 살아가고 있다는 게 치욕스러웠다.

비를 몰고 찾아온 1925년의 5월은 침울했다. 낮게 내려앉은 하늘은 생동하는 토지의 혈관을 막아 버리듯 비만 뿜어 댔다. 내리는 비처럼 그녀는 마냥 혼자 있고 싶었다. 쓸쓸한 날에 쓸쓸할 수 있는 권리도 없는 세상이었다.

퇴근 길. 심덕은 교문을 빠져 나와 길고 긴 골목을 혼자 걸었다. 심덕이 이러저러한 이유로 욕을 먹고 있음을 전혀 알지 못하는 어머니는 그녀의 노래가 너덜너덜 찢겨 나가고 있다는 것도 알지 못했다. 그런 어머니의 얼굴을 보는 건 괴로움뿐이었다. 이젠 조순애와 타협하는 것도 기자들을 경계하는 것도 다 싫었다.

어디로 갈까…….

학교를 빠져나와 골목을 돌자 갑자기 비바람이 거칠게 몰아쳤다. 몸이 휘청거리는 사이 우산이 멀리 날아가 버렸다. 심덕은 그것을 줍기 위해 뛰었지만 한 걸음 다가가면 바람으로 또다시 멀어져 가는 우산이었다. 우산을 주우러 가려다 말고 심덕은 담벼락에 기대어 서서 그냥 울었다. 저절로 흘러내리는 눈물을 닦을 힘도 없었다. 그러라지, 이놈의 세상…….

'네가 언제 단 한 번이라도 내 편인 적이 있었더냐. 이런 세상에서 내가 더 이상 무엇을 하려 한단 말이냐. 저기 저 바람에 꺾여 버린 우산처럼 이리저리 뒹굴다가 만신창이가 되어 개천을 따라 흘러가 버리면 그만인 것을.'

그때였다. 누군가가 우산을 받쳐 주었다. 심덕은 눈물로 범벅이 되어 있는 얼굴을 들어 그를 바라보았다.

246

"왜 울고 다녀요?"

심덕은 자신의 눈을 의심했다. 김우진이었다. 이 사람이 왜 여기에 있지? 생각 속에서만 머물러 있던 사랑이 갑자기 피돌기를 시작했다. 그 어떤 이도 이런 꿈틀거리는 느낌을 주지 못했다. 때로는 친구라 생각키로 하며 사랑으로부터 도망치던 자신이었지만 그이의 얼굴이 현실로 다가오자 친구나 우정 따위는 사치에 불과하다 여겨졌다. 자신을 억지로 틀어막고 있는 감정을 모두 내던져 버리고 필사적인 힘을 다해 사랑 안에서 안심하고 싶었다.

우진도 마찬가지였다. 그녀의 편지 한 통이 그를 박차고 일어나게 만들었다. 자신을 속이고 있던 단단한 벽들을 모두 깨부수며 집을 나왔다. 그것은 자신도 모를 힘이었다.

한 달 전 심덕은 우진에게 편지를 썼다.

나를 일으켜 주는 사람은 아무도 없단 말인가. 정말 내게는 한 사람도 없다는 말인가. 과거, 민설란의 일이 계속해서 생각났다. 그토록 처참하게 무너져 버렸을 때, 오직 한 남자가 있었다. 바로 그 남자가 생각났다. 생각하지 않으려 애썼지만 밤마다 자신을 잡고 놓아주지 않는 남자였다. 살기 위해 붙잡고 또 붙잡아 한 몸이 되었던 그 남자 김우진에게, 처음으로 편지를 썼다. 그래도 우진의 마음만큼은 그녀의 가장 가까운 곳에 있다 믿고 싶었다.

혹 아무것도 아닌 내가 마치 무엇이나 된 것처럼 잘못 생각하고 사는 것은 아닌지 두렵습니다. 이런 세상에서 가장 좋은 친구는 누구이며 가장 나쁜 친구는 누구일까요? 바로 나 자신이겠지요. 만일 내가 나를 구할 수 없다면 세상도 나를 구할 수 없을 것입니다. 하지만 나를 천편일률적인 것으로 찍어 누르는데도 이렇게 가만히 있어야 할까요? 이제 나는 저항하지도 못하는 걸까요? 눈 뜨면 절망이고, 눈 감으면 벗을 기다리는 마음뿐입니다.

1925년. 4월. 윤수선 올림.

심덕의 편지를 보자마자 우진은 가방을 쌌다. 그가 곁에 있어줘야 할 사람은 시아버지의 사업을 도우며 매일 성장하고 있는 아내가 아니라, 화려한 미래가 보장되어 있는 자식들이 아니라, 나날이 메말라 가는 한 가난한 여자였다.

그렇게 배와 기차를 몇 번씩 갈아타고 마침내 이곳으로 달려왔다. 그런데 하필이면 그녀가 담벼락에 기대어 울고 있는 모습과 맞닥뜨렸다. 그날 그녀가 울고 있지 않았더라면 기나긴 운명의 싸움도 시작되지 않았을 것이다.

그토록 애타게 그리던 그녀와 한 우산을 쓰게 된 우진은 무작정 심덕을 이끌고 학교 앞 주점에 들어섰다. 국밥을 앞에 놓고 마주 앉은 두 사람은 한 숟갈도 뜨지 못했다. 눈물은 여전히 심덕의 볼을 타고 흘렀고 우진은 그저 술만 찾을 뿐이었다. 한 잔 술을 넘기자, 우진은 이용문 이야기부터 꺼내야 한다고 생각했다.

"그런 기사를 믿는 사람은 아무도 없어요. 기가 막혀 다들 콧방귀나 낄 거요."

심덕이 울음을 삼키며 말했다.

"이용문도 세상이 얘기하는 그런 사람은 아니었어요. 한번은 찾아와 그런 일은 자신한테 다반사로 있는 일이라더군요. 이제는 면역이 됐대요. 기사를 정정해 달라는 말도 귀찮대요."

심덕은 만일 이용문과 그리도 호화판으로 살았다면 그 돈을 갚지 않아도 되었을 것이라며, 울었다. 후원회가 빈털터리가 된 것도 다 그것 때문이라, 또 울었다. 억울하다, 울었다. 윤심덕이라는 존재는 이제 다 끝났다, 울고 또 울었다.

한 잔을 또 들이켜던 우진이 분노를 터뜨렸다.

"기자들은 윤심덕이라는 한 여성을 집중 사냥함으로써 가난하고 희망 없는 대중들의 마음을 달래고자 하는 거예요. 공부를 많이 하고 성악을 해 봤자 여자는 여자일 뿐이라는, 저 한없이 고루해 빠진 민중의 심사에 영합해 보려구요. 그러나 그것은 민중을 편협한 마음으로 보려는 지식인들의 오만입니다. 민중을 언제나 토라져 있는 존재로만 보는 건 또 다른 우월주의예요. 일제가 대놓고 주입시켜 온 '조선인 열등주의'에 암묵적으로 동조해 스스로 제 살을 깎아 먹는 일이라는 것을 알고도 모른 척하는 거지요……"

이렇게 마주 앉아 있는 것만으로도 심장이 멈출 것만 같은데 그는 울고 있는 연인을 위로하느라 온 힘을 쏟았다. 그 말이 그렇게도 고마웠다. 그러나 한번 터진 울음은 영영 그치지 않았다. 그간의 모든 설움이 한꺼번에 폭풍으로 몰아쳤다.

"실컷 울어요. 얼마든지 울어요."

담벼락에 기대어 울고 있는 심덕에게 우산을 씌워 주던 우진은 다시는 이 여자를 혼자 놔두지 않겠다 결심했다. 우산 하나로는 부족했다. 사랑만으로도 부족했다. 지금까지 마음껏 펼치지 못하고 살아왔던 제 삶의 전부를 끄집어내 그녀에게 다 주어도 모자랐다.

뛰어난 여자 하나가 일본인도 부족하여 총독부의 비위나 맞추는 조선 언론의 칼에 맞아 쓰러지기 일보직전이었다.

◇◇◇

일본은 때리고 조선은 모른 척했던 그 이름, '조선인.' 그가 바로 윤심덕이었다.

우진은 심덕의 곁으로 자리를 옮겼다. 제 손으로 그 눈물을 닦아 주고 싶었다. 우진의 손이 뺨에 닿자 심덕은 그의 손길이, 사랑의 힘이, 질식할 것만 같았던 자신을 구하고 있다 여겼다.

'우리는 여전히 이렇게 사랑하고 있는데 도대체 무엇 때문에 헤

어짐에 목숨을 걸었을까? 사랑하기에도 모자란 날들을 이별로 채우려 했을까요?'

심덕은 그의 손을 잡아끌었다. 그러고는 자신의 심장으로 가져갔다. 심장이 요동치고 있음을 느끼게 해 주고 싶었다.

"결심하고 왔어요. 수선이 밀어내지 않는 한 오래오래 함께 있을 거요. 이제는 흔들리지 않을 것이오."

그의 말소리에는 간절함이 담겨 있다.

"수선, 당신이 창가와 미국 민요만 부른다고 여기저기에서 아우성을 치는 걸 내가 어찌 모르겠소? 난파뿐 아니라 한기주, 채동선, 그들 모두가 당신 곁을 떠난 것까지 소상히 알고 있어요. 내 더듬이는 오로지 당신에게로만 가 있으니까요."

심덕은 그의 말에 담긴 진심의 소리를 들으며 자신을 에워싸고 있던 독한 외로움이 하나둘 떨어져 나가는 걸 느꼈다.

"그것이 내가 당신 곁에 있어야 하는 이유요."

이제 이이가 왔다. 그의 헛기침 소리와 코끝에 스치는 향내만으로도 충분히 좌절을 농담으로 바꿀 수 있는 자신감이 생기고 있다. 두 사람은 누가 먼저랄 것도 없이 서로를 껴안았다. 곁에서 밥을 먹던 사람들이 놀라 오랫동안 두 사람을 지켜보고 있었지만 그렇게 할 수밖에 없었다. 남들의 시선보다는 사랑이 우선이었다. 우진은 유부남이라는 그 징그럽게 따라다니는 꼬리표 때문에 사랑하는 여인을 영원히 보지 못하고 살게 되는 일은 없어야 한다고 생각했고, 심덕은 이토록 쓰라린 사랑을 사람들이 지적하고 힐난할지라도 내 감정의 주인은 바로 나 자신이라 당당히 말하고 싶었다.

"일단 여기에서 나갑시다."

우진이 여자의 머리카락을 쓰다듬으며 말했다. 그 말 속에는 격정적인 삶의 활기가 자리했다. 그것은 긴 겨울을 이겨 낸 꽃들의 향연이었고 봄 지나 여름으로 계절을 바꿔 타려는 바람과 땅과 비의 안간힘이었다.

함께 있어야 한다. 둘만의 보금자리는 이 세상 어느 곳에도 없지만 살아있고 싶다면 그럴 수밖에 없다. 아무것도 생각하지 말자……. 끝없이 파고드는 가족에 대한 죄책감과 성공해야 하는데 그러지 못하는 초조함, 그런 것들은 모두 잊을 것이다. 언젠가 일본에서 우진과 처음 입맞춤을 했던 순간처럼 다시 또 그런 결심을 하고 있는 심덕이었다.

그렇게 하여 두 사람이 들어간 곳이 종로 근처의 여관이었다. 이곳에서만은 살기 위해 깊은 호흡을 시도해야 할 일은 없을 것이다. 사랑만으로 저절로 숨이 쉬어질 수만 있다면 무엇이든 다 할 것이다. 어쩌면 다시는 오지 않을 이 순간을 위해, 죽어도 내려놓을 수 없었던 짐을 벗어 내기 위해 두 사람은 서로의 몸에 어깨를 기댔다.

그는 분명히 말했다. 이곳에 오래오래 머물 것이라고. 그렇다면 천천히 시간을 끌어도 되었고 침착해도 되었다. 그가 돌아가지만 않는다면 시간은 얼마든지 많았다. 그런데도 두 사람은 갈 길이 먼 사람들처럼 끝없이 서로를 붙잡았다. 헤어짐과 아픔의 실체가 무엇인지 다 알고 있던 두 사람은 그렇게도 과감하게 입술을 끌어당겼다.

"별 볼일 없는 일 때문에 상처 받을 필요 없어요. 당신은 윤심덕이오."

무엇 때문에 서로에게 사랑을 느꼈던가. 그와 그녀가 서로에게 이끌렸던 것은 아름다움이나 개성 때문은 아니었다. 현실에 대한 부정과 욕망의 좌절 때문도 아니었다. 나는 너였고 너는 나였기 때문이었다.

너는 너의 길을 걸어가라, 나도 너의 길을 걸어갈 것이다. 나는 내가 누구인지 모르지만 너는 나를 알고 있는 유일한 사람이다…….

낡고 냄새나는 이불이 펼쳐졌다. 함께 덮을 이불 하나 공유하지 못했던 이들에게 그것은 세상의 전부였다. 그들은 옷을 벗었다. 남자는 옷 말고도 평생 약속되어 있는 부(富)를 벗어던졌고 여자는 여자로서의 질서를 내던졌다. 안경을 벗은 우진은 그 큰 눈으로 심덕을 내려다보았다.

"내가 당신을 못 잊는 건 당신은 언제나 제삼자가 내리는 잣대에서 벗어나고자 노력하는 사람이기 때문이오. 이런 여자는 처음 보았으니까요."

"그건 당신이 잘못 봤어요. 나는 그런 사람이 아니랍니다. 나는 나를 평가하는 말들 하나하나에 일일이 칼로 찔리는 사람이에요."

우진은 그녀를 꼭 안으며 생각했다. 내가 하는 말을 알아듣고 이해하는 사람이 등장하기 전에는 벙어리로 살았다고, 그러나 이 순간, 입을 맞추고 있지만 내 입술에는 끊임없이 이야기를 만들어 내는 말샘이 터지고 있다고, 사랑이란 이렇게 서로 이야기를 주고받는 것이라고…….

심덕과 그는 입맞춤을 하면서도 그동안 하지 못했던 이야기를 하느라 정신이 없었다. 상대방의 이야기가 미처 끝나지 않았는데도 참지 못하고 자신의 이야기로 덮어 버렸다. 그러다 동시에 웃었다. 그러면서도 서로에게 피어오르는 살냄새를 맡으면 아찔해졌다. 우진에게 있어 사랑은 말이며, 웃음이며, 살냄새였고, 눈앞의 펼쳐진 두 사람만의 이부자리였다. 이상도 꿈도 다 소용없는 짓이었다.

심덕이 속삭였다.

"사랑하는 두 사람은 똑같은 희망과 기대와, 똑같은 의미를 갖고 만나야 옳다고 생각했어요. 한 사람은 그저 맹목적인 사랑에 불타고 있고 또 한 사람은 불투명한 사랑에 괴로워한다면 그것은 사랑이 아니라 여겼지요. 그런데 그런 얘기가 다 무슨 소용이 있겠어요?"

그러자 우진이 또 속삭였다.

"우리의 사랑이 이루어질 수 없었던 것은 우리가 가진 삶의 모든 것을 다 소유하려 했기 때문이었소. 아프거나 많이 슬프더라도 그냥 우리 앞에 조금밖에 남지 않은 것들을 나누면 안 될까요?"

그 말에, 심덕은 그의 목을 붙잡고 또다시 몸의 말을 건넸다. 그 몸은 우리가 이렇게 사랑하는 '짝'인데도 어느 곳에서 또 다른 짝을 만난다는 말인가, 그렇게 계속 소근거렸다.

두 사람이 완전한 사랑에 도달했을 때, 우진의 말은 또 한 번 터져 나왔다.

"우리 늙어 죽을 때까지 이렇게 살아요."

 ·\\\\

두 사람은 함께 있기로 약속했다. 똑같은 생각과 똑같은 마음이 있는 한, 앞으로 어떤 일이 벌어지든 지금은 아무것도 생각지 말자 했다.

"수선, 내가 겨우 6개월 동안 사장 자리에 있으면서 받은 월급이 얼마인 줄 아시오? 아버지가 한 달에 백 원씩 줬어요. 그러니까 육백 원을 받았소."

"그렇게나 많이?"

"여기 올 때 집사람에게 거의 내놓고 왔는데 괜찮지요?"

"물론이죠, 잘했고말고요. 그 돈이 내 돈은 아니잖아요."

어쩐지 그의 아내에게 미안하기만 한 심덕이었다. 우진이 건넨 돈은 얼마 되지 않았지만 세를 얻을 만큼 충분했다. 그리하여, 두 사람은 종로구 수은동 60번지, 오쿠다 사진관 뒷방에 세를 얻었다.

"내가 경성에서 할 일이 없을 것 같소? 조명희나 홍해성, 그 친구들이 일자리를 마련해 준다 했어요."

"당신이 그토록 미워하는 기자로 취직한단 말인가요?"

"작품을 연재할 거요. 지금, 이광수 등의 소설가들은 조선 앞에 놓인 미래를 똑바로 직시하지 못하고 있어요. 계몽소설이라는 미명하에 사람들의 정신을 계몽할 생각은 하지 않고 여전히 과거에 머물러 사랑 타령만 하고 있으니."

누구보다 현실 직시의 글을 쓰고 싶어 하던 우진이었다. 이광수류의 소설들이 선진화해야 할 조선인들의 사고방식을 케케묵은 신파로 꽉꽉 닫아 버리고 있다 했다. 심덕은 문학을 이야기하고 있는 김우진이 드디어 살아나고 있음을 느꼈다. 저렇게 하고 싶은 일이 많은 그를, 눈빛만으로도 이 삶을 다 얻은 것처럼 치열하게 변해 가는 그를 어찌 아버지의 발아래에만 묶어 둬야 한단 말인가.

무엇보다 함께 거할 수 있는 집까지 마련하자 감격이 넘쳤다.

물론 어머니와 동생들은 후견인들과 함께 마음 편히 활동할 수 있는 독립 공간으로 자리를 옮기는 줄로만 알고 있었다. 어머니는 특히 마음이 애잔하여 이렇게 말했다. '아무래도 식구들 걱정 때문에 네가 펼치고 싶은 일을 다 못하는 것 같구나야. 얼마든지 독립하라, 얼마든지.' 아무것도 모르는 어머니를 속이고 있다 생각하자 마음이 무거웠지만 사랑을 위해서 모든 것을 떨쳐 버릴 수밖에 없었다.

"이제 죽어도 여한이 없어요."

"수선이 그러지 않았던가요? 서른 살에 죽겠다고."

"당신을 놔두고 어떻게 죽어요?"

조선인의 기(氣)는 시장에 모여 있었다. 모두의 기를 받기 위해 시장통을 걷고는 했던 두 사람은 모든 것을 흠뻑 빨아들였다. 하지만 우진은 심덕의 손을 잡는 것만으로도 모든 기가 자신에게로 몰리는 것만 같았다. 두 사람의 기가 차고 넘칠 때 그들은 장 보는 일을 바로 집어치우고 집에 돌아와 다시금 꼭 붙어 사랑을 나눴다.

"여보…… 이렇게 불러도 되죠?"

"그렇게 부르고 싶어요?"

"당신 아내는 당신을 뭐라고 부르나요?"

"그 사람은 나를 부르지 않아요…… ."

갑자기 쓸쓸해졌다. 여보라 부르고 있지만, 그는 진정한 자신의 남자가 아니었다.

"당신을 여보라고 부른 사람이 내가 처음이란 것에 만족해야 하겠지요?"

심덕이 감추고 있는 슬픔의 의미를 알고 있는 우진이었다.

"수선, 난 그저 맹목적으로 살고 싶소. 질서정연한 것이 뭔지 지금은 생각나지도 않아요. 백지로 살고 싶어요. 그러니까 당신도 좀 흐트러져 봐요."

어쩌면 사람들이 고통에 빠져드는 것은 온 삶을 다 부둥켜안고 그 안에 질서를 부여하기 때문인지도 모른다. 자유에 대한 의지를 막는 모든 것이 우진은 싫었다. 아마도 자유에 대한 갈망은 그가 심덕보다 더 심했을 것이다.

심덕이 출근하면 우진은 책상 앞에 앉아 언젠가 그녀가 작시를 해 달라 했던 말을 떠올려 보았다. 한 번도 잊어 본 적이 없는 말이었다.

우진은 가방 속에 넣어 온 수첩을 꺼내들었다. 누가 작시를 하겠는가, 나밖에 더 있을까. 온종일 그녀를 기다리며 한 줄 두 줄 시를 써 내려갔다.

광막한 광야에 달리는 인생아, 너의 가는 곳 그 어드메뇨

쓸쓸한 세상 험악한 고해에 너는 무엇을 찾으려 하느냐

눈물로 된 이 세상이 나 죽으면 그만일까

행복 찾는 인생들아 너 찾는 것 허무…….

함께 살고 있지만 가사는 왜 자꾸 죽음으로만 연결되는지, 우진은 안타까운 마음에 수없이 고쳐 보았다. 눈물로 얼룩진 세상을 보듬을 만한 제 그릇은 과연 얼마만큼의 크기인지도 헤아려 보았다. 남자만 믿고 있는 여자에게 괜찮다고 잘 살아 보자고 말하고는 있지만 언제나 사랑은 만족스러울 만큼 채워지지 않았다. 세상의 완벽한 지지를 받지 못하는 한, 이런 마음은 언제나 지속될 것이다. 구절마다 온통 죽음의 잔상뿐인 그 시를 오래도록 들여다보았다.

'사랑은 삶을 멸시하는 것이 아니다. 그러나 내 글은 왜 이렇게 세상에 대한 환멸과 증오로 가득 차 있을까? 이게 아닌 것을, 사랑한다면 좀 더 생명력이 넘쳐도 될 것을.'

아버지 때문이었다. 긴긴 날, 자신이 하고 싶은 일을 꾹꾹 누르는 데에만 시간을 바쳤던 그였다. 아버지의 울타리에서 뛰쳐나왔어도 모든 게 낯설기만 했다.

우진은 시를 완성하며 비로소 자신의 삶을 읽었다. 그는 시의 제목을 「사의 찬미(死의 讚美)」라 붙이며 펜을 놓았다.

우진과의 비밀스런 동거로 그간 까마득하게 잊고 있었던 아이. 바로 옥임이었다. 여름이 시작되던 어느 날, 홍석후가 후원회로 찾아왔다. 아이 때문에 마음고생이 심한지 얼굴이 말이 아니었다.

"아이가 심각한 수준에 다다랐어요."

홍석후는 옥임을 업고 후원회 골목을 빠져나간 그날 이후, 당장 병원을 찾았다 한다.

"일단 세브란스에 입원부터 시켰지요. 뚜렷한 정신병의 증세를 보이고 있는데도 조선에서는 그쪽 분야가 아직 서툴러 그저 수면제와 안정제만 먹이다가 며칠 안 돼 퇴원하고 말았어요."

그가 따로 알아본 결과 서양에서는 이를 '기분부전장애'라는 말로 정의하고 있다 했다. 주로 아동기와 청소년기에 나타나고 낮은 자존감과 빈약한 사회성, 염세적인 것이 특징이었다.

"음악이라면 자다가도 벌떡 일어나는 아비와, 음악을 소음으로 여기는 어미 사이에서 제 정체성을 잃은 게지요."

홍석후는 옥임이 하고 싶어 하는 음악을 통해 치료하는 일밖에는 뾰족한 수가 없을 듯하다 덧붙였다.

"그래서 혹 심덕 씨의 도움을 받을 수 있으면 얼마나 좋을까 하고 이렇게 찾아왔어요. 음악으로밖에는 치유가 안 될 거 같아서요."

심덕은 옥임이 피아노에 천재적 재능이 있음을 두 눈으로 확인한 사람이었다. 그러나 음악을 하고 못하고는 중요한 것이 아니었다.

"죄송합니다만 홍 박사님은 옥임이 그렇게 된 데에 누구에게 가장 큰 책임이 있다고 생각하세요?"

그는 대답도 못하고 고개만 숙였다.

"저도 딸로 태어났으니 구박덩어리로 클 수도 있었을 거예요. 그런데 제가 이 자리에까지 오게 된 데에는 어머니와 아버지의 똑같은 생각과 똑같은 믿음이 있었기 때문이에요."

홍 박사는 눈가가 빨개지는가 싶더니 이내 물기 어린 눈으로 심덕을 바라보았다. 그 모습을 보니 심덕의 마음도 편치 않았다.

"박사님, 제 생각엔 옥임이 어머니는 남들과 다르게 자기주장이 강하고 똑똑한 분인 것 같아요. 홍씨 집안이 전부 음악에만 미쳐 있으니 어머니는 살림이나 하며 소외되고 있는 자신이 초라해 그런 식으로라도 저항하고 있는 건 아닐까요?"

아이를 위해서라도 부부가 한마음 한뜻이 되는 게 제일 시급한 일이라 당부했다. 음악으로 치유를 하고 싶다 하니 이런 조언이 우선되는 건 당연했다. 이윽고 그가 고개를 끄덕였다.

"맞아요. 애들 교육에도 관심이 많은 집사람은 고루하거나 시대에 뒤떨어지는 사람이 절대 아닙니다. 제가 너무 외롭게 했나 봐요. 전 남자의 바깥일을 여자한테 시시콜콜 말하는 건 좀스런 일이라 생각했어요. 이런저런 오해로 다툼도 많았지만 유독 애엄마가 왜 그렇게 음악에 반감을 가지는지 화가 나서, 점점 더 어긋나고 있었지요."

난파와 말이 잘 통했던 것처럼 이 집 식구들은 모두 남의 이야기에 열심히 귀를 기울이는 사람들이었다.

"제 동생한테 부탁해 보겠습니다. 옥임이가 제 노래를 좋아하니 저도 함께 노래를 가르칠게요. 피아노는 마음을, 노래는 언어 장애를 치유할지도 몰라요."

홍석후는 무조건 찬성이라 했다. 옥임에게 윤심덕은 삼촌 대신인 사람이었기에.

이때, 의외로 성덕이 흔쾌히 승낙해 주었다. 고통 많은 언니에게 조금이나마 도움이 되고 싶었다. 어쨌건 전문학교에서 학생들을 가르치는 강사였기에 성덕은 아이들 문제라면 언제나 마음이 열려 있었다.

"언니가 집에다 피아노를 사 놓은 게 얼마나 다행인지 몰라요. 옥임이가 얼마든지 마음 놓고 드나들며 배울 수 있잖아요."

결국 성덕이 없을 때에도 언제든 옥임이 찾아올 수 있도록 대문을 활짝 열어 놓기로 했다. 무엇보다 〈봉선화〉라면 무조건 좋아하던 어머니가 대환영이었다.

"난파의 조카라구? 그렇다면 한 푼도 받지 말고 가르쳐라."

심덕은 옥임의 어머니 김 씨를 찾아가 허락을 구했다. 김 씨는 윤심덕이 직접 찾아오자 놀라 쩔쩔매다 이내 융숭한 대접을 했다. 하지만 형편이 나아져 피아노를 한 대 사 줄 만한데도, 마음 하나 바꾸는 건 그리도 힘들었다. 그래도 심덕에게 아이를 맡기는 일만큼은 기꺼이 찬성했다.

"사실 저는 모든 소음이 싫은 사람이에요. 어렸을 때 대장간 옆에 살았거든요? 온종일 망치 두드리는 소리가 어찌나 시끄러웠는지요. 이사를 가고 싶어도 형편이 안 돼 못 갔어요. 지금도 무슨 소리만 나면 가슴부터 두근거려요. 째깍거리는 시계 소리만 들려도 심장부터 떨리니까요."

그 이야기를 남편에게조차 하지 못했다며 속마음을 터놓았을 때, 심덕의 가슴도 아팠다. 그러면서도 김 씨는 윤심덕까지 나설 만큼 딸의 피아노 실력이 대단하다는 걸 자신만 몰랐다는 사실에 그렇게도 쓸쓸한 표정을 지었다.

그해 낙원동 동덕여학교에 입학한 옥임은 열심히 오갔다. 아이의 일상은 이제 규칙적으로 변해 갔다. 학교가 파하면 성덕에게로 달려가 피아노를 배우고, 할머니가 해 주는 맛있는 음식들을 먹었다. 그러고는 해 질 무렵에는 하루도 빠짐없이 삼촌이 살았던 집 앞에 들러 파란 대문을 뚫어지게 보다가 무거운 발길을 집으로 돌렸다.

드문드문 전해 주는 말로는 요즘 아버지는 술도 멀리하고 일찍 귀가하려 애쓰고 있다 한다. 그래도 옥임은 피아노를 사 달라는 말만은 절대 하지 않는다 했다. 옥임은 한없이 여리고 착한 아이로 태어났기에 고초를 겪고 있는 게 분명했다. 심덕과는 전혀 다른 아이였다. 어디 한번 달려들어 봐라, 온몸으로 맞부딪쳐 줄 테니, 그런 독한 마음으로 버텨 내는 성격이 아니면 이 바닥에 뛰어들 수도 없다. 특히 여자는 집안에서 열렬한 뒷받침을 해 줘도 모자라는 형국 아닌가.

"언니, 옥임이 쟤가 원래부터 피아노를 잘 친다는 걸 알고 있었어요? 내가 가르칠 게 하나도 없어요."

"난파도 그런 말을 했어. 어깨너머로 배웠을 뿐인데도 저 애의 흡인력은 따라갈 사람이 없다고."

"홍난파 씨가 가르쳤으니 오죽할까요?"

최근 옥임의 피아노에는 전날의 광기는 도저히 찾을 수 없었다. 그렇다면 그것은 섬광처럼 왔다 간 폭풍우에 불과했나.

그날 내면에서 뿜어져 나왔던 것들을 모두 잊어버리기나 한 듯 옥임은 순수하고 가냘픈 아이의 본성을 찾아 갔다. 과연 옥임은 그토록 좋아하는 음악으로 조금씩 치유되어 가고 있는지도 몰랐다. 옥임이 보여 주었던 격렬한 피아노 소리가 그리웠다. 주저 없이 건

반 위를 날아다니며 무한대로 뻗어 나가던 손가락의 향연을 한 번만 더 보고 싶었다. 그 거친 음악엔 질서를 파괴할지언정 생명을 파괴하지는 않는, 탐미적 힘이 있었다. 그러나 그 솜씨를 절대 보여 주지 않았다. 그것도 이상한 일이었다. 더 이상한 건 여름인데도 항상 낡은 목도리를 두르고 다닌다는 거였다.

"옥임아, 안 더워? 그 목도리 좀 어떻게 해 봐."

그럴 때마다 한사코 제 목도리를 움켜쥐고는 했다. 심덕이 만날 때마다 목도리 타령을 하자, 할 수 없이 난파가 주고 간 것임을 말해 주었다.

'아, 어린 네 삶이 왜 이리 복잡하니? 음악이 정신 치유에 도움이 된다지만 음악 때문에 언젠가 또 고통을 받을 수도 있는데…….'

심덕의 가족에게는 가끔씩 또렷한 목소리를 들려줬지만 자신에게 무언가 힘든 일이 있는 날에는 온종일 한마디도 하지 않았다. 어떨 땐 일주일이 가고 열흘도 갔다.

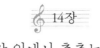

14장

칼 위에서 춤추는 자여

말복이 다가오던 어느 날 저녁.

심덕은 우진과 산책을 하기 위해 집을 나섰다. 이이 역시 옥임이처럼 제 하고 싶은 일을 못하게 하는 아버지 때문에 어둠 속에서 살았다. 사랑 하나 때문에 그 어둠을 뚫고 자기에게로 와 주었다 생각하니 고맙기만 했다. 심덕은 그런 그의 손을 더 꼭 잡았다.

그런데 어느 구석에선가 불빛이 번쩍 빛났다. 두 사람은 일제히 하늘을 쳐다보았다.

"뭐죠? 지금 번개 쳤나요?"

"응? 이 날씨에 무슨."

심덕은 여기저기 두리번거리기 시작했다. 무언가 불길한 예감이 들었다. 그때였다. 웬 남자가 숨을 거칠게 몰아쉬며 뛰어왔다.

"혹시 김우진 씨 아닌가요?"

우진은 경성에서 자신을 알아보는 사람이 있다는 것이 신기하기만 했다.

"1921년 순회공연 당시 총연출을 맡았던, 그 김우진 씨 맞죠?"

"그렇습니다만……."

"제가 그 공연을 누구보다 열심히 취재하던 사람입니다. 그런데 요즘 신문사로 자꾸 이상한 제보가 들어와서요."

그건 카메라 플래시였다. 그 카메라를 꼭 쥐고 있는 품이 기자가 분명했다. 그는 순회공연의 히로인이던 김우진이 윤심덕과 종로 한가운데에서 동거를 하고 있다는 제보를 받았다.

"거짓이길 바랐는데, 사실이었네요."

기자의 얼굴에 알 수 없는 미소가 번져 나갔다. 세상에 이처럼 환장하게 맛깔스런 기사를 독식하게 되다니, 이럴 수가, 이럴 수가……! 만면에 희열을 가득 머금은 기자는 두말도 하지 않고 돌아서서 뛰기 시작했다. 특종 사진이 찍힌 카메라를 행여 놓칠세라 가슴에 꼭 품은 채로.

두 사람은 아무 말 없이 공원으로 걸어갔다. 길이 나지 않은 곳까지 계속 걸으며 울창한 숲길로 접어들었다. 함께 산 지 겨우 두 달 남짓. 사랑은 여름을 닮아 더욱 푸르러지기를 바랐다. 마음은 캄캄하고 습기로 가득했지만 서로에게 의지해 조금이나마 햇빛 한 줌을 받아들이던 날들.

심덕은 산책을 하다 말고 그만 다리가 풀려 주저앉았다. 겉으로는 태연한 척했지만 입술이 파랬다. 우진은 그런 그녀가 안타까워 이마에 흐르는 땀을 닦아 주었다.

"여보……."

우진의 입에서 처음으로 '여보' 소리가 나왔다. 아, 이제 이이가 진정으로 내 사람이 되어 가는 건가……. 손수건에 배인 남자의 향기가 코끝을 어지럽힌다. 그것은 가질 수 없는 사랑의 향기인 동시에 이별의 냄새였다.

그렇게 정적이 흘렀다. 한참 후, 심덕은 두 손으로 그의 얼굴을 감싸며 간절하게 애원했다.

"여보, 우리 그냥 이렇게 가요. 사람들이 침 뱉고 욕해도 그냥 가요. 안 될까요?"

우진이 심덕의 손을 꽉 움켜쥐었다.

"그럽시다, 마지막까지 어떻게든 함께 있어 봅시다."

마지막까지……. 언제가 그 '마지막'이 될지 알 수는 없지만 지금은 그러고만 싶었다. 저녁 바람이 여름의 훈김을 서서히 물리치고 있음일까. 꼭 껴안은 두 사람의 품으로 이상하게도 한기가 밀려들었다.

그로부터 며칠 후, 두 사람의 불륜이 만천하에 공개되었다.

경성 한복판에서 청년 문학가이자 유부남인 김우진과 성악가 윤심덕이 버젓이 살림을 차렸다고, 경이롭고 보기 드문 공연을 펼쳐 왔던 윤 씨가 날이 갈수록 허술한 공연을 하게 된 이유는 이처럼 불쾌한 사랑 타령 때문이었다고, 윤 씨는 자신을 향해 박수와 환호를 아끼지 않았던 국민들에게 큰 실망감을 안겨 주게 되었다고……. 그 후로도 계속해서 두 사람의 연애 행각을 제멋대로 상상하고 구성한 기사들이 물밀 듯 쏟아져 나왔다. 심덕이 임신을 했다 했고, 이미 아이를 낳아 기르고 있다고도 했다. 아내를 두고 바람이 난 김우진의 행위가 더 부도덕하다며 부친과 아내의 이름과 나이까지 파헤쳐 댔다. 또한 심덕이 부진한 공연으로 돈 많은 김우진의 첩으로 들어앉은 게 분명하다는 둥 요란들을 떨었다.

〰

결국 이렇게 될 줄은 알았지만 없는 이야기까지 만들어 소설을 쓰는 기자들에게 진저리를 쳤다. 심덕이 다니던 학교에서는 마치 이런 일을 기다리기라도 했다는 듯 그녀를 사지로 내몰았다.

"윤 선생, 이게 사실입니까?"

교장은 날 선 눈으로 심덕을 추궁했다. 유부남이었기에 불륜으로 몰아가는 건 당연한 일이었지만 그는 자신이 그토록 사랑하는 남자였다.

"사실이냐고 묻지 않았어요? 지금, 학부모들의 항의가 빗발치고 있어요. 이 사태를 어떻게 수습할 겁니까?"

윤심덕이라는 여자에게 쏟아지는 여론의 질타가 한 방향으로 달려가는 데는 며칠이 걸리지 않았다. 심덕은 한마디도 대응하지 않은 채, 2년 반 동안 몸담고 있던 교직을 떠나려 마음먹었다. 어차피 교장이 원하는 교사로서의 덕행과는 거리가 먼 자신이었다.

아이들의 우상이었다. 그러나 악영향을 끼치는 뒤틀린 우상이었기에 될 수 있으면 빨리 교문을 나서야 함이 옳았다. 그러나 그렇게 된다면 관비를 토해 내야 할 것이다. 교사들은 머뭇거리는 심덕을 보며 그걸 또 그렇게 조롱했다. 그들은 마치 이런 일이 일어나길 일찍부터 두 손 모아 염원했던 사람들 같았다.

그 와중에, 조순애는 모든 것이 다 끝난 것처럼 굴었다. 기자들을 불러 해명을 하자고 했다. 무엇을 어떻게 해명할 수 있을지 모르겠지만 심덕은 자포자기하는 심정으로 그러자 했다. 몇몇 기자들이 득달같이 사무실로 달려왔다. 심덕은 핏기 없는 얼굴로 그들을 향해 독백처럼 이야기를 시작했다.

"저는 이미 언론에 의해 만들어진 사람이에요. 딱 그만큼이에요. 온몸을 다해 노래를 불러도 껍적댄다 하고, 감정에 충실하기 위해 다양한 표정을 지으면 가식적이라 했죠. 감동에 넘쳐 슬픈 노래를 부르면 목소리를 쥐어짠다 했습니다. 관객들이 원한다 해서 미국 민요와 창가를 불렀더니 2년 만에 무너져 버린 성악가의 자존심, 연습 부족, 프로 의식의 부재라 했고……. 여러분들이 어찌나 말을 잘 만들어 내는지 혀를 내두를 수밖에요. 상상할 수조차 없는 단어들을 총동원해 짓밟았잖아요? 게다가 말도 안 되는 소리로 이러쿵저러쿵 제 행동을 문제 삼았어요. 그냥 여기저기 피어 있는 이름 모를 꽃들 중 하나로 조용히 살아 주길 바랐으면서 왜 저를 무대 위에 세웠는지 도무지 알 수가 없군요. 알 수가 없어서 점점 움츠러들었던 내게, 이렇게 외로운 내게, 사랑하는 사람이 있어 주는 일이 뭐가 그리 나쁜가요? 이제 저는 당당해지고 싶습니다. 그래요, 어디 해보려면 해보세요. 당차게 밀고 나갈 겁니다. 어디, 세상이 이기나 내가 이기나 해봅시다."

심덕의 말이 끝나기도 전에, 조순애는 퇴장해 버리고 말았다. 심덕은 그녀의 등 뒤에 대고 마지막 말을 외쳤다.

"윤심덕 후원회는 오늘부로 문을 닫습니다."

심덕의 차갑던 손이 땀으로 젖어 갔다. 기자들은 개떼처럼 몰려들며 온갖 질문을 퍼부었다. 그건 분노보다 더한 슬픔이었다. 죄송하다는 한마디만, 그와는 아무 관계도 아니라는 한마디만 해 준다면 천하의 윤심덕이기에 용서할 수도 있을 것이라는 표정들이었다. 그러나 심덕은 그런 표정을 믿지 않았다. 그런 표정을 하고도 얼마든지 참혹한 기사를 써 대는 사람들이었다.

회견장을 빠져나오고 있을 무렵, 밖에서 기다리고 있던 조순애와 마주쳤다. 그녀는 후원회 문을 닫는다는 말에 화가 났는지 얼굴이 벌겋게 달아올라 어쩔 줄을 몰라 했다.

"누구 마음대로 그런 결정을 내립니까? 누구 때문에 지금까지 버텨 왔는데."

심덕은 아랑곳하지 않고, 제가 하고 싶은 말만 했다.

"조 사장님, 저는 인간에 대한 믿음을 가장 중시하던 사람이었어요. 그런데 언제부턴가 우리 두 사람은 서로를 인간으로 보지 않았어요. 특히 조 사장님은 저를 때깔 좋은 물건을 대하듯 손때가 묻을 때까지 이리저리 뒤집어 보는 데에만 혈안이 됐어요. 제게 무슨 일을 저질렀는지 다 알고 있지만 따지지 않겠습니다. 부디 안녕히 가세요."

그것으로 조순애와의 짧았지만 힘들고 험난했던 시간들이 끝나 가고 있었다.

"정말 뻔뻔하기 이를 데 없는 사람이야. 그래, 윤심덕! 어디 네 마음대로 살아 봐라."

악을 쓰고 있던 조순애 곁으로도 기자들이 달려들었다. 조순애는 분이 안 풀리는지 그 조그만 입에서 속사포처럼 윤심덕의 흉을 쏟아 냈다. 보름 후에도 한 달 후에도, 언론은 결코 윤심덕을 절대 동정하지 않았다. 언론은 발정난 암캐처럼 이리 뛰고 저리 뛰었다. 수많은 사람들이 그들의 사랑에 대해 분별없는 감상이니, 탕자의 교만이니, 낭만일 뿐인 공상이니, 세상에 떠도는 말을 다 갖다 붙이며 멸시했다.

그러나 두 사람에게 있어 사랑은 성찬이었고, 위대했고, 간절했다. 사랑은 고통이지만 즐거움이었고, 슬프지만 치열했고, 위험했지만 탐스런 것이었다.

〰〰〰

며칠 후, 세상의 이목이 싫었던 심덕은 우진과 함께 여행을 결심했다. 억지로라도 기운을 내 어서 이곳에서 떠나자……. 그런데, 순간 누군가 문을 요란스레 두드린다.

"심덕아, 심덕아! 문 열라. 너 여기서 살고 있는 줄 다 알아! 그러니 어서 열라!"

어머니의 목소리였다.

"빨리 열지 못하갔네? 심덕아, 심덕아!"

이렇게 갑자기 어머니와 대면하게 될 줄은 몰랐다. 가슴이 두근거렸다.

"어머니에요, 어머니가 오셨어요."

심덕의 말에 우진도 당황하기 시작한다. 하지만 이내 침착함을 되찾으며 말했다.

"열어 드려야지요."

문을 열면, 저 문을 열면, 세상에서 가장 누추한 딸아이를 보게 될 것이다.

"수산, 당신은 절대 초라해져서는 안 됩니다. 어떤 일이 있더라도 우리 사랑을 지켜 내야 해요. 나는 어머니를 설득할 겁니다. 이럴 수밖에 없었다고."

"아니오. 초라한 건 나 혼자만으로 족하오. 그러니 당신만큼은 떳떳해야 해요."

그러나 문을 연 순간, 초라해지는 건 나중 문제라는 것을 알게 되었다. 어머니의 곁에 우진의 아버지, 김성규가 서 있었다.

"애비야, 너 정말 왜 이러는 게냐? 뭐가 부족해서 이런 싸구려 셋방에서 구차하게 사는 게야?"

점효는 남편의 천하디 천한 연애 기사를 접하고 청천벽력의 심정으로 책상 서랍을 뒤져 편지 뭉치를 찾아냈다. 홍영후, 조명희, 홍해성……, 그들의 편지를 일일이 들춰 보다가 마침내 윤수선에 이르렀다. 겉봉은 홍영후의 이름으로 되어 있었지만 그 내용은 윤수선의 것이었다.

김우진에 관련된 소식이라면 목포 바닥이 가장 먼저 떠들썩하기 마련이었다. 어디론가 훌쩍 떠나 버린 남편. 처음엔 며칠 내로 돌아올 줄 알았다. 그러나 큰돈을 내놓고 가기에 불안하기도 했다. 그런데 윤수선과의 염문이 온 세상에 퍼졌다. 그 편지를 붙잡고 마냥 울고 있는 며느리의 모습과 마주한 김성규는 그 길로 경성으로 올라왔다. 신문에 이미 두 사람이 사는 주소까지 밝혀져 있었으나 김성규는 편지 봉투에 적힌 주소대로 심덕의 모친부터 찾았다. 그녀를 앞세워야 일이 쉬워질 것 같았다.

　어머니는 앞뒤를 가리지 않고 고함을 질러 댔다.

　"이것아, 왜 말을 안 한 기야, 왜 에미를 속인 기야?"

　울지 않으려 했지만 어머니를 보자 심덕은 눈물부터 쏟았다. 우진이 달려들어 말했다.

　"이 사람은 아무 잘못 없습니다. 다 제 잘못입니다. 제발 이 사람한테는 뭐라 하지 말아 주십시오."

　"뭐라구? 처녀를 이렇게 만들어 놓고 지금 무신 말을 하는 거이야? 얘는 조선 최고의 성악가야, 자네가 뭐라고 세상 망신을 다 시키는 거냐 이 말이야!"

　어머니는 김성규를 의식하여 더욱 크게 소리를 질렀다. 그때, 김성규가 불쑥 끼어들며 말했다.

　"우진아, 내가 잘못했다. 다, 내 잘못이야."

　무릎까지 꿇었다.

　"너는 아들이 있고 딸이 있는 사람이야. 지금 네 아들이 병으로 죽어 가고 있어. 그러니 이제 다들 그만두어, 제발."

　심덕은 너무 놀라 심장이 타들어 갔다. 이이의 아들이 죽어 가고 있다니.

　"그러지 마십시오, 아버지. 이제 저는 여기에서 살 겁니다. 어떤 소리도 들리지 않아요."

"정말이야, 이 사람아! 부디 못된 아들은 되어도 좋으니 못된 아비는 되지 말아 주게나."

하지만 우진은 싸늘했다.

"자식의 존재는 아버지에게나 중요할 뿐이에요."

심덕의 어머니는 우진의 말을 듣고 기겁을 했다.

"아니, 부모한테 그게 무슨 소리야. 이 사람, 이거이 정말로 정신이 나간 거 아이야?"

김성규가 더욱더 머리를 조아린다. 심덕은 그런 그를 일으켜 세우려 애썼다. 김성규는 냉정하게 심덕의 팔을 뿌리치며 쏘아붙였다.

"정 그렇다면 첩으로 들어와 살게. 그럼 되겠나?"

그 이야기를 듣던 어머니가 우진 애비의 허리춤을 붙들고 절규하기 시작했다.

"아니, 이 남정네가 이 무슨 말이오? 댁이 부자면 얼마나 부자고 잘났으면 얼마나 잘났다고? 내 딸이 그렇게도 만만해 보이시오? 행여 내 딸이 첩질이나 할 아이로 보이느냐 이 말이외다!"

심덕은 정신 줄을 놓을 정도로 두려웠다. 가족들 앞에서 첩이니 뭐니 그런 말만은 듣고 싶지 않았다. 사람들이 다 뭐라 해도 어머니에게만은 자랑스런 딸이고 싶었다.

어머니는 더 크게 고함을 질렀다.

"자네, 여기서 어서 나가라, 어서 나가란 말이야!"

어머니는 우진을 힘껏 떼밀더니 힘에 부치는지 풀썩 주저앉고야 만다. 자리에서 일어날 힘도 없었지만 살고 싶지도 않았다.

〰

연인들의 두 눈이 잠시 허공에서 부딪친다. 그 눈은 마치 '행복은 언제나 도망칠 준비가 되어 있는데, 우리는 그것도 모르고 더 큰 행복을 바랐던 것일까요?' 묻는 듯했다.

모친의 발악에 밀려난 우진은 더 이상 그곳에 머물 수 없었다. 이러다가 돌아가실 수도 있겠다는 두려움이 앞섰다. 그렇게 심덕을 뒤로하고 발길을 떼던 우진은 다시 한 번 연인을 돌아다본다. 안경에 서린 뿌연 김 때문에 우진의 눈동자는 보이지 않았다. 그가 울고 있었던 것이다. 우진은 되돌아와 모친 앞에 무릎을 꿇고 말했다.

"저희에게 시간을 조금만 주시면 안 되겠습니까?"

마침내 그를 똑바로 바라보게 된 어머니였다. 점잖은 젊은이다. 품새가 얌전하여 절대 허튼짓은 하지 않을 사람처럼 보인다. 유부남만 아니었다면 얼마나 좋았을까. 우진의 안경 아래로 눈물이 흘러내리자 어머니는 그에게 배어 있는 짙은 외로움에 가슴이 뭉클해졌다.

"어이쿠, 이런 사람이 왜, 왜 하필이면 내 딸을……."

이런 과감한 일을 어떻게 저지르게 됐는지 물어보고도 싶었다. 그러나 무모한 짓이었다. 내 딸이 망가지는 것은 안 된다는, 그것만은 절대로 안 된다는 말만 삼키고 또 삼켰다. 두 사람의 처참한 모습을 보며 어머니는 말없이 나갔고, 김성규도 할 수 없이 그녀를 뒤따랐다.

우진은 벽에 기대어 울고 있는 심덕에게 다가갔다. 그러고는 그녀의 얼굴을 어루만졌다.

"우리는 한두 살 먹은 어린애들이 아니오. 이젠 어른들이 좌지우지할 수 없어요. 만일 지금 당신이 나를 붙잡는다면 나는 가지 않을 것이오."

"당신을 놓치고 싶지 않아요. 내가 의지할 데라곤 당신밖에 없기 때문이에요. 그러나, 그러나…… 첩이 되고 싶지는 않아요."

우진의 눈빛이 강렬해져 갔다.

"반드시 이혼을 하리다. 언제일지는 모르지만 빠른 시간 내에 그렇게 하리다. 그때까지 나를 기다려 줄 수 있겠소?"

심덕은 대답하지 못했다. 한 남자 앞에서 자존심 강하고 재능 있는 조선 최고의 음악가 윤심덕이 그 어떤 것에도 떳떳할 수 없다는 사실만이 가슴을 짓눌렀다. 이제 그만두자. 이혼을 하라는 것도 내 허망한 욕심일 뿐이다. 남의 여자를 아프게 하고 쟁취하게 될 사랑이라면 여기에서 그만두자…….

"수산, 아이가 아프다잖아요?"

우진의 입이 비틀어져 갔다.

"핑계고 구실일 뿐이오."

아버지의 말이라면 모든 것을 부정하고 싶은 그였다.

"일단 내려가요. 그리고 그것이 정말 핑계고 구실이라면 다시 와요."

심덕은 눈물로 흥건히 젖은 얼굴을 돌렸다. 사진관 뒷방에 세를 든 두 사람의 보금자리가 갈기갈기 뜯겨져 나갔다. 천정이 내려앉고 바닥이 갈라졌다.

어머니가 들어와 다시금 우진을 다그쳤다. 그의 옷소매를 잡아 끌고 마침내 문을 열어 등을 떼밀었다. 밖에서 기다리고 있던 김성규가 몰려든 기자들을 쫓아내는 모습도 보인다. 기자들은 두 사람의 시간들을 단번에 타락으로 내몰기 위해 안간힘을 다해 버렸다.

이제는 괴로워하면서 살아야 하는가, 절망하면서 죽어야 하는가……. 밖으로 나온 우진은 책상 서랍 속에 놓고 온 여러 가지 메모들이 생각났다. 그중, 심덕이 부탁하던 작시를 완성하고 「사의 찬미」라는 제목을 붙여 놓은 것도 있었다.

  웃는 저 꽃과 우는 저 새들이 그 운명이 모두 다 같구나

  생에 열중한 가련한 인생아, 너는 칼 위에 춤추는 자도다

  허영에 빠져 날뛰는 인생아, 너 속였음을 네가 아느냐

세상의 것은 너에게 허무니 너 죽은 후는 모두 다 없도다

잘 살고 못 되고 찰나의 것이니 흉흉한 암초는 가까워 오도다

죽음에 대한 시가 종이 한 장을 꽉 채우고 있었다. 그의 사랑, 윤심덕에게는 어울리지 않을지도 모르는 시였다. 우진은 어두워져 가는 내리막길을 걸었다. 그 길은 심덕의 손을 잡고 오르내리던 길이었다. 그러나 이 길을 다시 걸을 수 있을까.

'평생을 낯선 절망에 몸을 맡기는 것은 사람이 할 짓이 아니다. 끝없이 사랑하며 그 사랑에 현기증을 느끼고 싶다. 그런데 그렇게 살 수 없다면 나는 도대체 어디에서 나를 찾아야 할까……'

시간은 한없이 느리게 갔고, 빈 방에는 어김없이 김우진의 그림자가 서성거렸다. 심덕은 사진관 셋집에만 머물렀고 세상 밖으로 한 걸음도 떼지 않았다. 심덕은 온종일 우진이 앉아 있던 책상 앞에 석상처럼 꼼짝도 않고 앉아, 그가 서랍 안에 남기고 간 메모들을 뚫어지게 들여다보고 있다. 거기엔 문학을 다시 시작하려는 그의 의지가 빼곡히 담겨 있었다. 글을 쓰던 우진의 가느다란 손가락도 어른거렸다. 절망 끝에 놓여 있는 그녀에게 우진이 써 놓은 메모들은 고통의 잔재로 남았다. 눈이 가물가물할 때까지 우진의 글씨를 보고 또 보면서 마침내 그의 시 「사의 찬미」를 다 외워 버리고야 만다.

15장

쓸쓸한 고해

"언니, 더운데 뭘 그리 골똘히 생각하고 있수?"

종로 덕흥서림 앞에서 만난 아이는 김용주였다. 동덕여학교에서 옥임과 몇 마디라도 나누며 지내는 아이라고는 한 살 어린 동급생으로 이 아이밖에는 없었다. 유난히 홍난파의 음악에 빠져 있던 용주는 옥임이 그의 조카라는 걸 알게 되면서 더욱 살갑게 다가왔다. 그 덕에 학교에도 조금씩 정을 붙여 가는 옥임이었다.

둘은 여름방학이 시작되기 전부터 매주 금요일마다 이곳에서 만나기로 약속도 했다. 용주의 아버지 김동진은 바로 이곳 덕흥서림의 사장이었다.[27]

두 사람은 가까운 빵집으로 자리를 옮겼다.

"언니, 또 삼촌 생각한 건 아니지?"

"별소리를 다."

용주는 늘 삼촌에 대해 독특한 감정을 갖고 있는 옥임의 마음이 궁금했다. 그저 삼촌이라 그러겠거니 생각하곤 했지만, 그 감정이 어느 땐 너무하다 싶을 정도로 과해 보였다. 그 또래의 아이들은 주로 남학생에게 관심을 보여 편지를 쓰네 어쩌네, 그들만의 사춘기를 보내고 있었다. 그러나 삼촌이 유학을 떠나 버린 텅 빈 집을 지금까지 매일 찾아다니는 걸 보면서 이건 예삿일이 아니라 생각했다. 그래도 요즘은 삼촌 대신 그 유명한 윤심덕에게 많은 위안을 받고 있다니 다행 중의 다행이었다. 그런데 그런 윤심덕이 곤경에 빠져 버렸다.

"김우진이라는 작가 말이야. 나, 그 사람 알아."

"……응?"

"책에서 봤어."

덕흥서림에서 살다시피 하던 용주는 어렸을 때부터 책을 끼고 살았다. 그 나이에 안 읽은 책이 없을 정도였다. 문학도가 꿈이기도 한 아이였다.

"일본 유학 시절부터 좋은 글을 많이 썼대. 특히 영어를 그렇게 잘한다나 봐. 희곡에 관심이 많아 조선의 신극 운동을 처음으로 펼쳤다고도 하고. 암튼 천재래, 천재."

용주는 조숙했다. 열다섯 살짜리도 얼마든지 똑똑할 수 있었다. 이런 아이가 문학가가 되면 참 좋을 듯했다.

"근데, 그 사람은 조혼 때문에 마음을 못 잡고 있나 봐. 윤심덕을 사랑하는데도 본부인과 헤어지지 못하고. 두 사람 잘 어울리는 것 같은데, 참 안됐어."

젊은 사람들은 생각이 좀 달랐다. 두 사람의 염문을 불륜이라 보지 않고 사랑으로 보았다. 그런데 그 무렵, 약혼자가 정해진 아이가 바로 용주였다. 그래서인지 그 아이 역시 조혼에 대해 늘 불만을 터뜨렸다. 조선이라는 나라가 택한 혼인 풍습은 언제나 달라질까.

김우진의 이야기를 하면서 점점 화가 나기 시작하는 용주였다. 그러던 아이가 제 가방에서 봉투 하나를 꺼냈다.

"그게 뭐야?"

"내 청첩장."

"뭐?"

용주의 얼굴에 또 한 번 분노의 열기가 스치고 지나간다.

"네 나이가 몇이라고? 겨우 열다섯이야."

여자의 나이는 아무 상관이 없었다. 남편 될 사람의 나이가 중요했다. 아들이 스물을 넘기면 큰일 나는 줄 아는 시대 쪽에서 혼사를 차일피일 미루면 파혼을 하겠다 으름장을 놓은 모양이었다. 아직은 어리기만 한 용주였으나 여자가 파혼을 하면 재취로 들어가야 하는 세상이었기에 부모들도 어쩔 수 없었다.

"혼인하면 학교를 그만두게 될 거 같아. 오늘은 언니한테 그 말을 하려고 나온 거야."

용주가 갑자기 눈물을 뚝뚝 흘렸다. 마음이 아픈 쪽은 오히려 옥임이었다. 겨우 마음이 통하는 친구를 만났다. 그런데 이별이 또 눈앞에 와 있었다. 사랑하는 사람들 모두 그렇게 하나둘 떠난다 생각하니 가슴이 휭하게 뚫려 갔다.

용주는 빵을 세 개나 허겁지겁 먹었다. 초조하고 서글픈 마음을 먹는 것으로 달래는 모양이었다. 옥임도 삼촌이 떠났을 때에는 밤마다 깨어 미치도록 무언가를 먹고 또 먹었다. 부잣집 맏딸로 태어난 용주였지만 여자 인생은 빈부귀천 없이 다 똑같았다. 용주의 모습이 남 같지 않았다.

〰

용주와 헤어진 후 옥임은 어둡기 짝이 없는 심덕의 집을 찾았다. 창밖으로 새어나오던 불빛은 고작 서너 개의 촛불이었다. 그나마 저 촛불들이 지켜 주고 있었구나.

"아줌마는 왜, 참고만 사세요?"

방에 들어서자마자 아이가 화를 내었다.

"왜 그래? 나는 괜찮아. 여름방학 잘 보내고 있어?"

심덕은 언제나처럼 꼭 껴안아 주었다.

"이게 무슨 냄새에요?"

술병이 사방에 널브러져 있다.

"아주 조금 마셨어, 쥐똥만큼."

윤심덕이 아무런 옷이나 걸치고 있는 것은 처음 보았다.

"왜 이런 옷을 입고 계세요?"

"응, 이제 나도 조선 여자로 살아야 할 것 같아서."

"언제는 조선 여자 아니었어요?"

"완벽한 조선 여자로 살아야지."

옥임은 마음이 아팠다. 자신의 아픔보다 더 아팠다.

"이러는 건 안 돼요."

"왜? 난 이러면 안 되는 거야?"

"윤심덕이니까요. 윤심덕은 안 돼요."

이렇게 작은 아이에게서 이런 위로의 말을 듣게 될 줄은 몰랐다. 웬일인지 또박또박 말도 잘하고 있다. 여전히 성덕에게 피아노 교습을 받고 있는 아이는 그 어려운 곡도 척척 쳐 내니 성덕의 실력이 오히려 무색할 정도였다. 그래서인지 닫혔던 마음도 많이 열려 갔다. 이제는 이 아이가 제자리로 돌아가야 할 때다.

"옥임아, 요즘은 아버지도 일찍 들어오신댔지? 어머니도 비록 집에서는 안 된다 하시지만 어느 정도 허락하셨고."

그러나 아이가 갑자기 울음을 터뜨렸다.

"아니에요, 아니라구요. 우리 집은 지금 난리가 났어요. 셋째

오라버니가 또 바이올린을 들었거든요."

셋째는 위의 두 형들보다 훨씬 뛰어난 재질을 보였고 그가 켜는 바이올린 음률에서 홍난파의 느낌이 진하게 배어나온다 했다.[28]

"아버지는 또 매일 늦게 들어오시겠지요? 엄마는 결국 집을 나가시겠죠? 일곱 살 때부터 이를 악물었던 제 노력은 다 허사가 돼 버릴 거예요."

도대체 어린애가 무엇 때문에 이를 악물었을까.

"제가 피아노를 치면 엄마가 아버지와 헤어진다 그랬어요. 너무 무서웠어요. 그래서 다시는 피아노를 치지 않으려 결심했는데…… 그때부터 말이 나오지 않았어요."

그 말을 의사 앞에서조차 하지 못했다 한다. 어머니가 고집불통에다가, 남편이나 들들 볶는 여자로 보이는 게 싫었다.

아, 그랬구나. 저 때문에 부모가 헤어지려 한다니 얼마나 놀랐을까.

"음악을 듣기 싫어하는 사람도 있어. 우리는 음악을 좋아하는 사람이라서 모르겠지만 조그만 노래라도 들리면 심장부터 뛰는 사람도 많아. 싫은 건 싫다고 말하는 사람이 바로 네 어머니야. 말도 못하고 꿍꿍 앓는 조선 여자들과는 달라."

아무리 달래도 아이는 고개를 저었다.

"누구든 자기의 생각을 정리하는 데는 십 년이 걸린대. 우리 옥임이는 내게 이 말을 하기 위해 십 년을 기다려 온 거야. 앞으로는 더 잘 견뎌 낼 수 있겠지?"

울음과 함께 제 속에 있던 걸 다 토해 냈으니, 그건 어느 정도 병이 나았다는 증거가 아닐까.

"언제까지나 제 곁에 있어 주실 거죠? 그럼 어떻게든 견뎌 볼게요."

심덕은 가슴이 두근거리기 시작했다.

"이 아줌마가 사라질 것처럼 보여?"

아이는 눈물을 닦으며 이런 말을 했다.

"삼촌이 곧 오신대요. 독주회 때문에요. 그런데 금방 다시 일본으로 돌아가요. 학교에 다녀야 하거든요. 그럼 1년이 가도 2년이 가도 못 오실 거예요. 그런데 아줌마저 없으면 어떻게 해요? 전 옛날로 되돌아갈 것만 같아요."

어쩌면 옥임의 말이 맞을 수도 있다. 다 잃은 나는 이곳에 어울리는 사람이 아니다. 옥임을 꼭 안으며 십 년 후 서른아홉 자신의 미래를 생각해 보았다. 아무도 자신의 곁에 있어 줄 것 같지 않았다. 그때는 이런 고해성사와 같은 일도 벌어지지 않을 테지.

아줌마가 사라질 것 같아 두려워하던 아이의 눈빛만큼은 아무리 잊으려 해도 잊을 수가 없었다.

§§§

김우진, 그 사람이 다시 돌아오기만을 기다려야 하는 걸까. 그를 기다리는 일에 모든 정열을 빼앗겨야 하는 것일까. 그런데 싫었다. 그는 계속해서 왔다가 계속해서 가 버릴 것이다. 그런 생각으로 하루하루를 지옥처럼 살고 있는 심덕이었다.

그런 날들이 흘러갔다. 얼마 후, 그 원수 같은 조순애가 또 찾아왔다. 이용문을 마지막으로 한 번만 더 만나 달라는 것이었다. 기가 막혔다. 빼 먹을 것이 아직도 남아 있다 생각하는 이 여자. 가장 처절한 순간을 적시에 공략하는 것도 이 여자가 가진 교활함이었다. 심덕은 단호하게 거절했다.

"한 번 더 본다고 얼굴이 닳는 것도 아니잖아요? 음악학교를 설립하는 일이고 윤심덕 씨가 재기할 수 있는 절호의 기회에요. 우리, 보란 듯이 다시 뭉쳐 봅시다."

윤심덕의 재능을 이용해, 천 원을 미끼로 이 무대 저 무대를 전전케 한 사람이었다. 능욕도 주고 수치도 주고, 들었다 놨다 하고 싶은 대로 다 한 사람이었다.

그런데 이제는 그놈의 음악학교에서 함께 일할 날만 손꼽아 기다리는 모양이었다.

"이용문 씨가 그날 있었던 일에 대해 사과하는 자리도 마련하겠다 했어요."

"이보세요. 그분은 댁이 알고 있는 그런 사람이 아니야. 딴 데에서는 어떻게 하고 다니는지는 모르지만 이 윤심덕이한테만큼은 깍듯했다구! 그날 무슨 일이 있었는지 물어보기나 했어?"

반말까지 하며 고함을 지르자 여자의 얼굴이 빨갛게 달아올랐다.

"그 양반이 처자식한테도 민망한 그런 소문에 왜 입을 다물고 있는지 알기나 해? 같잖아서야, 당신 같은 여자가 같잖아서! 여기서 당장 나가지 못해?"

방문을 열어 젖히자 조순애는 입꼬리를 비틀며 자리에서 일어났다.

"이 수모 절대 잊지 않아. 당신, 반드시 후회하게 될 거라구."[29]

조순애의 그 마지막 말은 '윤심덕이 이용문의 첩'이라는 기사로 또다시 되돌아왔다. 《개벽》 2월호에 실린 기사를 인용해 결국 기자들은 마치 새로운 뉴스처럼 포장해 신나게 써 내려갔다. 김우진과의 불륜보다 더 큰 먹잇감으로 생각하는 모양이었다.

윤심덕 씨가 또 이상한 소문을 만들어 냈다. 이번에는 동대문 낙산 밑 부호 이용문 씨. 윤 씨를 잘 아는 측근에 의하면 윤 씨 남동생인 윤기성의 유학비를 이용문 씨가 대 주었다 한다. 윤 씨가 이용문 씨의 집을 방문한 바로 그다음 날, 이용문 씨가 육백 원을 은행으로부터 찾아 윤 씨에게 건넸다는데 윤 씨가 시내 모처에서 이용문 씨와 살림을 하느니 어쩌느니 하고 소문이 낭자한 상황이다.[30]

이미 철지난 먹잇감이었다. 잡지를 본 사람이 별로 없다고 생각했는지 지금도 첩으로 사는 양 게거품을 물었다. 김우진과의 불륜에 더해진 매춘설이었는데 사람들은 뭐가 먼저이고 뭐가 나중인지 따지지도 않고 소문만 날랐다. 신기한 건 기성의 '유학비 육백 원'이 처음으로 등장하기도 했다. 그걸 누가 떠들고 다녔는지는 아예 궁금하지도 않았다. '그걸 모르면 바보지.' 생각할수록 끔찍한 이가 바로 조순애였다. 이로써 조선의 프리마돈나는 한꺼번에 추잡한 인생으로 전락해 버렸다.

심덕에게는 대응할 그 어떤 힘도 남아 있지 않았다. 언젠가는 결백이 밝혀지겠지만 아마도 그런 일은 사후에나 있을 법한 일이다.

이제, 모든 것을 끝내야 한다. 사랑도 노래도…….

심덕은 송충이만도 못한 이 사람들의 곁을, 성숙이라고는 눈곱만치도 찾아볼 수 없는 이 바닥을, 어서 빨리 벗어나는 것만이 살 길이라 생각했다. 두려운 눈으로 자신을 바라보던 옥임의 예감대로…….

16장

이래도 한세상 저래도 한세상

목포에 내려간 우진은 밥도 제대로 넘기지 못한 채 술만 찾았다. 때론 이 집안에 이혼이란 있을 수 없다는 아버지 앞에서 하루에도 몇 번씩 울부짖으며 매달렸다.

"지금 우리는 한 가지 고집을 위해 수백 년의 노예 생활을 하고 있어요. 저는 더 이상 노예가 되고 싶지 않아요."

"네놈이 지식인이야? 고작 그런 말장난이나 하려고 유학까지 갔다 왔느냐?"

"세상이 달라졌는데도 지금까지 저는 조선인의 삶을 갉아먹어 온 유교 관념 때문에 모진 형벌을 받아 왔어요. 유교가 사라지면 세상이 무너지기라도 한답니까?"

"네가 생각하는 유교가 아무리 낡은 것이라지만 너는 두 아이의 아비이고 그것은 영원히 변하지 않는 진리야."

아버지는 이런 놈과는 절대로 말을 섞지 않으리라 결심하고 합명회사 사장 자리를 빼앗았다. 그러고는 이층 서재를 '백수재(白壽齋)'로 명명하고 현판까지 걸어 주며 그토록 하고 싶어 하는 문학이나 실컷 하라 했다. 문학에 몰두하면 적어도 그 여자 생각은 하지 않을 것만 같았다.

백수재.

아들놈이 백수를 누리기 원했던 것일까? 그건 이런 삶에 큰 미련이 없는 우진에게는 걸맞지 않은 꿈일 뿐이었다.

'문학만이 이런 추한 삶을 바꾸리라 믿었던 내 의지는 점점 절망이라는 지점에 맞닿았다. 문학도 하잘것없는 것처럼 여겨지고 있다.'

그런데 그때부터, 사랑도 문학도 좌절일 뿐이라며 백수재에 틀어박혔던 우진은 알 수 없는 신경성 발작증을 폭발적으로 일으키기 시작한다. 사실, 이 증세는 10년 전부터 혼인에 대한 충격을 감당하지 못하던 우진을 늘 괴롭히던 것이었다. 인간의 가장 기본적인 권리이자 '배우자를 자신이 고를 자유'를 빼앗겼던 그 순간부터. 그래도 유학 때문에 집을 떠나 있었기에 한동안은 잊고 살았던 것인데 다시 아버지와 한집에 묶이면서 마치 도화선에 불을 붙이듯 걷잡을 수 없이 터져 나왔다. 거의 매일 히스테리와 공포감이 몰려왔다. 우진은 시도 때도 없이 서재를 뒹굴었고, 심장이 옥죄어 오면 가슴을 뜯어내는 괴로움에 피멍이 들도록 제 가슴팍을 때렸다. 그런데도 이것이 혹 죽음에 이르는 길인지 몰라서, 기꺼이 그 길을 가기 위해서 그 통증에 전적으로 몸을 던지며 삶을 포기하기도 했다. 그러나 죽지도 못하고 밤낮을 나뒹굴었다. 마침내 의사들이 총동원되어 왕진을 왔지만 그들은 일시적 유약 증세라며 그저 마음 편히 쉬라고만 했는데…….

유약 증세, 그것은 아버지가 늘 꾸짖던 것이었다. 아버지에게 있어 유약 증세란 나약한 지식인의 변명이었고 일하지 않는 이유를 다른 데에서 찾는 잉여 인간들의 자기 연민일 뿐이었다. 그것은 또한, 문학이야말로 생명력과 거리가 먼 것이라며 비아냥거리던 현실주의자들의 진단이기도 했다.

윤심덕과의 사랑은 차치하고라도 아버지로 인해 비롯된 지금까지의 속앓이를 동정하는 이는 그 어디에도 없었다. 며칠에 한두 번 시작되는 발작 증세가 극에 달하면 저만치에서 어머니의 옷자락이 펄럭였다. 어머니, 어머니……. 그간 한 번도 불러 보지 못했던 그 이름을 부르며 또다시 긴 잠의 터널 속으로 빠져 들어갔다. 헛것이 보여 까무라치기를 하루에도 몇 번.

"술을 가져와, 술을."

"대체 왜 이러세요, 이 상황에 술이라니요?"

점효는 울부짖었다.

"술을 마시면 괜찮을 거 같아."

가슴을 뜯으면서도 술을 달라는 아들의 모습을 보며 아버지는 땅이 꺼져라 한숨만 쉬었다.

"인간이 왜 이리 세월이 가도 변하지 않는 게냐? 아침에 든 생각도 저녁에는 변하는 게 인간이거늘, 그것이 바로 인간이 하등동물과 다른 점이 아니겠느냐? 너는 어찌 이리 못나게 태어난 게야?"

김성규는 그 말만 매일 반복하며 가슴을 쳤다. 지긋지긋한 자식 때문에 노인네의 얼굴은 매일 흑빛으로 변해 갔다. 그는 이제 모든 걸 체념하기로 작정했다.

"그래, 이제 그만 놓아주마. 네가 살고 싶은 사람하고 살아."

점효도 남편을 단념했다.

"우리가 부부로 살아간다는 것에 무슨 의미가 있어요? 당신을 붙잡고 있다는 사실 하나만으로 내가 죽을 지경인데 당신이 나 대신 이 무슨 몹쓸 병이란 말이에요? 빨리 나아요. 낫기만 하면 보내 드릴게요. 나도 그만 내 삶에서 자유롭고 싶으니까."

속이 썩어 문드러질 대로 문드러진 점효 역시 이제는 남편을 포기하리라 결심했다.

§§§

아버지와 아내가 자신을 놓아주겠다는 말에 우진은 죽을힘을 다해 정신을 차렸다. 그리고 어느 날, 마침내 아버지에게 하직 인사를 하게 되었다. 아버지는 자식이 죽어 가슴에 묻는 일보다는 하루라도 빨리 내쫓아 버리는 게 낫다 생각했는지 3천 원을 마련해 주었고, 그 돈은 아버지에게 물려받는 마지막 유산이 되어 버렸다. 장남으로서 그가 훗날 받을 수 있는 유산은 막대할 것이었으나 현재의 그에게 그런 건 아무런 가치도 없었다.

무언가 모를 해방감에 웃음을 터뜨리며 그 집을 나왔다. 하지만 거기에 아픔이 전혀 없었던 것은 아니다. 대문을 여는 순간, 아내가 딸과 아들을 데리고 서 있었다. 우진은 그만 울컥 치미는 눈물을 참으며 아이들을 천천히 부둥켜안았다.

"잘 살아야 한다. 어머니 말씀 잘 듣고……."

두 살짜리 아들은 졸린지 자꾸 칭얼거렸고, 아비가 안아 올리자 그 품이 불편하여 자꾸만 버둥거렸다. 그리고 내년에 보통학교에 들어가게 될 딸 아이. 요즘 들어 유난히 글을 읽고 쓰는 일에 열을 올렸는데 다들 애비를 닮아 그렇다 했다.

앞으로 오래오래 눈에 밟히는 일이 있다면 바로 자식들과 헤어지던, 바로 이 순간일 것이라 생각했다. 딸아이가 자꾸 물었다.

"아버지, 어디 가세요? 언제 오실 거예요?"

곧 돌아올 거라는 말은 할 수 없었다. 그 조그만 손으로 아비의 손을 잡으며 반짝반짝 빛나는 눈으로 또 물었다.

"뭐 사올 거예요?"

이제는 이 손을 놓자마자 잊는 법부터 배워야 한다.

그리고 아내. 김씨 집안의 뒤틀린 부자 사이에 끼어들어 눈물이 마르지 않던 그녀였다. 한 남자의 등 뒤에서 온갖 설움을 다 겪고 살아왔기에 서로가 마지막 인사를 한다는 건 참으로 고통스러운 것이었다. 그러나 점효에게 인사도 하지 않고 떠난다는 것은 그 가슴에 또 한 번 대못을 박는 일이었다.

우진은 점효에게 다가갔다. '미안하오. 아무 잘못도 없는 당신한테 정말 미안하오.' 그러나 목구멍에 걸려 결국 밖으로 나오지 못했다.

점효가 아이들을 데리고 말없이 대문 안으로 들어갔다.

1926년 1월.

멀고도 먼 길을 한걸음에 달려와 사진관 집에 도착했을 때 이미 심덕은 사라지고 없었다. 우진은 서대문에 사는 모친을 찾아가 제발 심덕을 만나게 해 달라, 애원했다. 그녀는 그저 울기만 했다.

"이제, 그만 심덕이를 가슴에서 놓게나. 살아도 사는 게 아니긴 나도 마찬가지야. 우리 역시 그 아이를 편하게 해 주지 못한 사람들 아니갔어? 우리 심덕이가 잠시나마 마음 편히 있을 수만 있다면 이제 정말 그렇게 해 주고만 싶어. 어디 갔는지 모르니 자네도 다 잊고 편히 살게나."

그 얼굴에는 주름살이 가득 했다. 저번에 보았을 때와는 영 다른 모습이었다.

"우리네 삶은 자네처럼 그리 유복하지가 않아. 그 아이가 없으면 당장 우리도 어떻게 살아야 할지 눈앞이 캄캄하네만 내가 그러라 했지. 노래하기 싫으면 그러라 했고 숨고 싶으면 그러라 했어. 그렇게 수렁에 빠져 사는 것은 죽어도 보기 싫다 그랬네."

딸아이가 사랑하던 남자였다. 그렇게도 사는 것이 힘들었지만 가족들에게는 말 한마디 못하고 견뎌 냈던 딸아이가 이 남자에게 모든 것을 의지하고 싶어 했다. 그랬기에 상간녀니 불륜녀니 천하의 추잡한 이름표를 달고도 이 남자를 사랑한다, 온 천하를 향해 떳떳하게 공표했던 것이다. 그런 심덕의 마음을 모를 리 없는 어머니였다. 우진의 손을 꼭 잡아 주는 것밖에는 그에게 해 줄 수 있는 일은 아무것도 없었다.

심덕의 집을 나서니 겨울바람이 심했다. 찬바람을 맞아 그런지 목포에서처럼 심장이 조금씩 뻐근해져 왔다. 도대체 그녀는 어디에 있는 걸까. 망연히 골목 끝에 서 얼어 있는 하늘만 바라보고 있던 그에게 성덕이 조심스레 다가왔다.

"언니는 지금 하얼빈에 가 있어요."

"네?"

"어렸을 때부터 잘 알고 지내던 목사님 한 분이 그곳에 계시거든요. 그곳에서 모든 것을 잊고 조금만 쉬었다 가라 권했다 합니다. 최근에는 조선 이주민들을 위해 봉사를 하고 있대요."

왜 하필 그 척박한 땅으로 간 것일까. 그러나 이해할 것도 같았
다. 모반으로 가득한 이곳 경성보다는 나을 것이다.

성덕은 편지 봉투 하나를 건네주었다. 그곳에 주소가 적혀 있
었다.

"처음엔 한 달 정도 있으면 오려니 했는데 벌써 석 달이 넘었어
요. 김 선생님이 돌아오라 간곡하게 편지를 하시면 올지도 몰라
요. 그리고…… 이건."

성덕이 우진에게 또 하나 건네준 것은 열쇠였다.

"언니가 사진관 셋집을 처분하지 않았거든요. 그 집은 김 선생
님이 얻은 거라고 하대요."

그 와중에 별 걸 다 생각하는 여자였다. 네 돈 내 돈이 어디 있
다고 그렇게 예민하게 구는지 화가 나려 했다.

"제 생각엔 그곳에서 기거하시는 게 좋을 듯한데……."

성덕의 말을 끝까지 듣자 주체할 수 없을 만큼 심덕이 그리웠
다. 지금까지 단 한 번도 우진을 배신한 적이 없는 그녀, 저 주고
양보만 했던 사람, 아주 조그마한 죄도 짓지 않았으면서 큰 죄
를 진 것처럼 뭉텅뭉텅 살점이 뜯겨 나간 사람, 너무도 보고픈 사
람……. 우진은 다시금 심장이 죄어 오며 묵직한 통증이 시작되
고 있음을 느꼈다. 가슴팍을 붙잡은 채 온몸을 비틀어 대고 있는
그를 보자 성덕이 깜짝 놀랐다.

"왜 그러세요, 어디 아프신 거예요?"

그 자리에 주저앉고 마는 그였지만 그저 허탈하게 웃으며 말했다.

"가끔 이래요. 괜찮아요, 수선을 보면 곧 나을 병이에요."

성덕은 그의 팔을 붙잡으며 자신도 모르게 눈물이 흘렀다. 갈 곳 없는 모든 외로운 이들의 유일한 안식처가 그리움이라니, 내 언니를 사랑해 주는 이 사람이야말로 이미 내 식구였다. 아무리 남들이 뭐라 해도 이런 사랑을 어찌 떼어 낼 수 있을까.

"안 되겠어요, 우리 집으로 가요. 어서요."

우진은 고개를 저었다. 그 열쇠를 가방에 소중하게 넣고는 다시금 가슴을 움켜쥘 뿐이었다. 혹 상사병이 아닐까. 구부정한 모습으로 골목을 빠져 나가는 그를 보며 성덕은 언젠가는 자신이 꼭 작곡을 해야겠다 마음먹던 구전 시조 하나를 가만히 읊조렸다.

비는 온다마는 임은 어이 못 오는고

물은 간다마는 나는 어이 못 가는고

오거나 가거나 하면 이렇게도 그리우랴……

§§§

1926년 3월.

심덕은 고국으로 돌아오는 배에 올랐다. 멀고먼 만주 벌판. 흙

바람만이 전부였던 하얼빈에서 몇 개월을 보냈다. 추위는 조선보다 훨씬 심해 맨살을 내놓기라도 하면 즉시 얼어 터져 버렸다. 조선 이주민들은 겹겹이 껴입고도 동상과의 전쟁을 치렀다. 동상에 걸린 손과 발을 잘라 내면서까지 생명 부지를 위해 서로의 등에 기대어 힘겨운 삶을 이어 갔다. 그러나 그간의 지친 몸을 그들에게 맡기고 있는 게 차라리 나았다. 아무리 많이 배우면 뭐하고, 화려한 조명 아래에서 박수갈채를 받고 살면 뭐하나. 그 뒤안길엔 욕설과 저주로 가득해 만주를 강타하는 바람보다 더 냉기가 심했던 것을. 이용문과의 매춘설이 퍼지자 만주로 도망쳐 버렸다는 소문은 또 사람들의 안주거리가 되어 있을 테지.

봉사활동이라 해 봤자 노동에 지친 부모 대신 교회로 몰려온 아이들에게 밥을 해 주고 노래를 가르치는 것밖에 더 있었을까. 아이들의 해맑은 얼굴에서 받는 위로는 컸다. 그러나 그 척박한 삶 가운데 있다 보면 인간 세계에는 좌절밖에 없다는 생각에 다시금 살과 뼈가 아파왔다.

언제까지나 녹지 않을 것처럼 꽁꽁 얼어 있는 송화강을 보며 가끔은 자신의 앞날을 생각해 보았다. 조선은 여전히 음악의 동토로, 생고집을 부리는 냉정한 현실로, 어둡다 못해 깜깜하고 싸늘하게 꼬여 있겠지. 그곳엔 이제 보고 싶은 사람도 없었다.

그러던 중, 김우진으로부터 편지가 왔다. 그녀를 보기 위해 곧 만주로 출발할 것이라고, 자신이 갈 때까지 꼭 기다려 달라고, 이미 목포 본가와의 인연을 완전히 끊었다고, 그러니 한 번만 더 버텨 보자고…….

떨리는 손으로 그 편지를 수없이 읽어 보았다. 믿고 싶었고 기다리고 싶었다. 그러나 가족들과의 인연이 그렇게 쉽게 끊어질 수 있을까. 가족으로 맺어진 인연으로부터 그가 평생 자유롭지 못하면 어찌할까, 변치 않을 것만 같은 그와의 사랑도 언젠가는 저 만주 벌판의 싹트지 않는 풀씨처럼 삭막하게 메말라 버리는 건 아닐까……. 그렇게도 많은 생각이 오갔다. 산다는 것은 결국 아물지 않은 상처를 부여안고 평생을 처참하게 떠도는 일이었다. 고름을 짜내면 생각지도 않은 자리에 또 다른 고름이 잡히는 것이 이토록 징그러운 삶의 정체였다. 그런 생각을 하면 마음의 평화가 갈 길을 잃었다.

온다던 우진에게서 두 달이 흘렀는데도 연락이 없자, 이것이야말로 거미줄처럼 얽힌 삶의 구렁텅이에서 저를 빼내어 주려는 신의 계시라 여기기도 했다. 마침내 그에 대한 믿음과 그리움을 하나둘 접고, 다시는 헛된 일에 희망을 걸지 않으리라 결심했다. 그런 결심이 서자, 겨우 눈물이 말라갔다.

그때, 안동에 사는 형부가 죽었다는 성덕의 편지가 왔다. 가난을 자신의 몫으로 알고 견디던 언니를 생각하니 다시 눈물이 쏟아졌다.[31]

편지 말미에는 '언니, 김 선생님은 잘 도착했는지 궁금해요. 그곳으로 간다며 길을 나선 지 벌써 한참 되었는데……'라고 써 있었다. 심덕이 안동으로 가기 위해 채비를 할 때까지 결국 우진은 오지 않았다.

하얼빈에서 장춘과 심양을 거쳐 대련까지, 몇날 며칠 열차를 수없이 갈아타고 길고 긴 귀국길에 올랐다. 그런데 대련에서 인천으로 향하던 뱃길에서 심덕은 우연일 수도 필연일 수도 있는 음악 하나를 듣게 되었다. 그것은 루마니아의 작곡가 요시프 이바노비치의 〈도나우강의 잔물결〉이라는 군악대 행진곡이었다. 아름다운 왈츠풍이었지만 언제부터인가 사회주의 혁명을 독려하는 음악으로 변해 중국과 소련 등지에서 흔히 들을 수 있는 곡이었다. 또한 이 곡은 전 세계적으로 널리 퍼져 결혼을 축하하는 가사를 담아 '축하의 노래(Anniversary Song)'로 바뀌기도 했다.

심덕도 일본 어디에선가 들어 본 적이 있던 곡이었다. 그 음률이 새삼 새로운 감흥을 일으켰다. 그 음악이 끝날 무렵에는, 이상하게도 경쾌한 왈츠가 지독히 서글픈 곡조가 되어 가슴 속의 울음 주머니를 건드렸다. 그녀는 문득 함께 배에 타고 있던 사람들을 둘러보았다. 아무도 그 곡을 의미심장하게 듣고 있지는 않았다. 오로지 그녀만이, 신바람 나는 행진곡을 눈물로 듣고 있었다.

자기도 모르게 우진이 써 준 「사의 찬미」를 꺼내들었다. 하도 보아 이제는 낡고 낡은 휴지처럼 변해 버린 시였다. 거기엔 생과

사가, 기쁨과 슬픔이, 희망과 고독, 좌절, 희열, 눈물, 추구, 유혹과 희생, 그 모든 게 다 담겨져 있었다. 희로애락과 삼라만상을 다 초월하여 모든 걸 발아래 두고 싶은 도인의 마음까지 전해져 왔다.

이 시대에 이런 글을 어느 누가 쓸 수 있을까. 김우진을 따를 사람은 아무도 없었다. 잊으려 했건만 그 음악을 듣자 우진이 또 가슴속으로 달려들었다. 안경 속에 감춰진 눈동자와 언제나 코를 만지고 있던 그의 긴 손가락을 다시 보게 된다면, 늘 커피에 목말라 있던 그의 공허와 다시 마주한다면, 이 삶은 비극으로 끝나 버릴 것이 분명했다. 그러나 이바노비치의 곡을 듣자 미치도록 그의 품이 그리웠다. 그는 누구보다 따뜻한, 인간의 체온을 갖고 있었다.

심덕은 그 시를 보고 또 보았다. 그것은 그의 가슴이자 그녀의 가슴이기도 했다.

§§§

심덕은 그간의 태도를 완전히 바꾸기로 결심했다.

'무조건 닥치는 대로 일을 하리라. 그것이 먼저다. 평생 식구들의 삶을 책임지겠다며 이를 악물던 내가 아니더냐. 이제 성덕의 유학은 내 마지막 책임이다. 뒷골목 싸구려 극장에서 노래해도 좋다. 창가도 엔카도 다 불러 버리자.'

어차피 이 땅은 서른 넘은 여자에게는 아무도 관심을 두지 않는 곳이다. 성악? 나이 든 여자의 노래는 노래로 듣지 않고 술집 작부의 젓가락 장단으로 여기는 곳이니 이제 성악 따위는 부를 필요도 없다.

'자존심? 어차피 남편도 자식도 없는 몸, 무엇이 두려우랴. 남아 있는 내 길을 그냥 혼자 가자.'

과거의 명성에 빠져 있기보다는 추락해 버린 현재의 모습을 그대로 직시하는 것만이 북만주의 흙먼지에 휩쓸려 헤맸던 자아를 되찾는 일이었다.

경성에 도착하자마자 심덕은 우선 자신을 조롱했던 기자들부터 만나러 다녔다. 그들의 환심을 사는 일은 무엇보다 중요했다. 윤심덕이 다시 일어섰다는 걸 보여 주고 싶었다. 그러나 그들에게 윤심덕이라는 당당하고 도도했던 멋쟁이 유학생의 잔영은 이미 지워진 지 오래였다.

"저러고 나다니는 걸 보니 궁하긴 궁한가 봐. 하기야, 유부남한테 혼이 팔렸는데 뭔들 잘 풀리겠어?"

"첩으로는 들어가기 싫고 흠 많은 성악가라 큰 무대에 설 수도 없고…… 저렇게 하루가 멀다 하고 찾아오니 뭐라도 한 줄 써 줘야 하는 거 아니야? 목소리가 걸걸한 거 보니 담배도 꽤나 태우시는 거 같던데."

"요즘 외국에는 저런 목소리가 유행가에 잘 어울리는 거 몰라?

허허 참."

등 뒤에서 수군거리는 소리도 못 들은 척했다. 자존심을 팽개치자 모든 것이 여유로웠다. 아무리 너희들이 날 무시해도 어디엔가는 이 윤심덕을 그리워하는 사람들도 있는 법이고, 내 재질이 아까운 누군가도 있는 법이다. 내게 용기를 주던 그 많은 학생들도 무럭무럭 자라고 있다……

신문사를 두루 돌아다닌 후에는 단 하나의 무대라도 건지기 위해 뛰어다녔다. 좁고 지린내 나는 싸구려 극장이라도 좋았다.

그러던 어느 날, 젊은 기자 하나가 어떤 깡마른 남자를 데리고 집으로 찾아왔다.

"윤심덕 씨, 이분은 이경손 감독이라고 합니다."

이경손? 어쩐지 그 이름이 낯설지 않았다. 감독은 긴가민가 하는 심덕을 바라보고는 제 소개를 하기 시작했다.[32]

"작년에 나운규 씨가 심봉사로 주연을 맡았던 〈심청전〉을 혹시 보셨나요?"

그 많은 사연을 갖고 있던 심덕이 그 영화를 보았을 리는 없다. 그런 영화도 있었던가.

"저의 데뷔작입니다. 비록 실패하기는 했지만."

아, 그렇다. 이경손은 열여덟에 벌써 영화를 만들기 시작했던 그 천재 감독이었다. 아직도 그는 스물 초반밖에는 안 돼 보였다. 남자는 윤심덕이라는 대성악가를 이렇게 만나게 되어 몸 둘 바를 모르겠다며 고개를 조아렸다. 모든 걸 내려놓은 심덕에게는 과찬의 말이기도 했다.

"여기 김 기자님을 우연히 만났는데, 제가 졸라 대는 바람에 여기까지 오게 됐네요. 저나 김 기자님이나 윤심덕 씨라면 광적으로 좋아하는 사람들이라서요."

경손은 단도직입적으로 새로 찍을 영화의 여주인공은 윤심덕으로 결정했다며 힘주어 말했다.

"이번 영화는 꼭 성공하고 싶습니다. 윤심덕 씨가 연극도 꽤 하신 걸로 알고 있는데 꼭 허락해 주십시오."

3년 전 일본 유학생들 중심으로 만들어진 토월회(土月會)에서 몇 번 연극에 참여하기는 했지만 본업이 아니었기에 연극 무대는 늘 낯이 설었다. 그런 내가 과연 연기를 할 수 있을까. 심덕은 자신이 없었다.

"다음 달부터 크랭크 인 하는데 제목은 〈동도〉입니다. 이미 이 작품은 브로드웨이는 물론 미국 각지의 순회 공연을 통해 대성공을 거두었고······."[33]

그는 작품 이야기가 시작되자 열정이 차고 넘쳐 사람의 마음을 한순간에 사로잡는 달변가로 돌변해 버렸다. 약 5년 전에 미국에서 무성영화로 만들어져 우리나라에서까지 대대적인 성공을 거두었다는 이야기도 빠뜨리지 않는다. 그 영화를 번안하겠다는 것이다.

〈동도〉에서 심덕이 맡게 될 역할은 순진한 젊은 여인이 남자에게 버림받고 사회에 외면당하면서 고난을 겪는 내용이었다. 감독은 그녀의 사연을 잘 알고 있는 세상 사람들 중 한 명으로서 윤심덕이야말로 여주인공으로 적격이라 생각했다.

"하지만 자신의 착한 행실을 통해 결국 진정한 사랑과 행복을 찾게 된다는 것이 해피엔딩이죠."

감독의 보충 설명에 김 기자도 심덕의 눈치를 보며 한마디 거들었다.

"이런 내용이라면 윤심덕 씨에게 놓인 현재의 상황이 좋은 쪽으로 바뀌지 않을까 싶네요. 저 같은 햇병아리 기자의 감각으로도."

영화가 인기를 끈다면? 그럼 당연히 윤심덕은 대중들에게 모든 것을 용서받고 거듭날 수도 있었다. 그러나 그런 일이 그리 쉬울까.

심덕은 대답도 하지 않은 채 그저 이경손의 자신만만한 모습만 넋 놓고 바라보았다. 거침없이 이야기를 쏟아 내는 이 감독이 그저 부럽기만 했다. 첫 작품에 실패를 맛보았다 해도 패기가 넘치는 사람이었다. 심덕은 그 모습에서, 문득 자신감으로 꽉 차 있던 제 어린 시절을 떠올려 보았다. 열심히 살았던 순간순간들이 스쳐 지나갔다. 그런데 겨우 서른 살에 다 내동댕이치려 했다. 그건 세상에 굴복하는 일이었다.

얼마 후 심덕은 영화배우로의 첫발을 내딛기 위해 기자회견까지 열었다.

"이번 제 삶의 전환은 새삼스럽거나 우연한 게 아닙니다. 오해 많던 과거의 제 생활을 변명하기 위해 나선 건 더구나 아닙니다. 아직 우리 사회에서 여자는 배워도 가정으로 들어가 현모양처나 교사가 되거나 산파간호부, 사무원 등이 되어야만 말썽이 없을 줄 압니다. 그중에서도 여자 배우는 부랑무식한 타락자가 아니면 누구도 차마 못할 짓으로 생각합니다. 아마도 모두가 이번에 제가 가게 될 영화배우의 길을 최후의 말로로까지 평가하겠지요. 물론 모든 각오를 하고 있습니다. 하지만 조선 영화 예술의 한 귀퉁이에서 조그마한 역할이라도 할 수만 있다면 그것으로 만족하고자 합니다. 제가 가려는 길이 얼마나 험할지 지금은 아득하기만 합니다. 저를 도와주십시오."[34]

심덕의 각오는 굳건했다. 이름까지 윤리다로 바꾸었다. 일본으로 건너가 낮은 코도 조금 높이고 돌아왔다. 추문에 휩싸여 생명이 끝나 가는 성악가 윤심덕의 잔재를 지우고, 세상에 처음 등장하는 것처럼 새롭게 변신하고 싶었다.

〈동도〉는 무성영화로 감정 처리와 눈빛 연기가 최우선이었다.

그랬기에 무대에서 노래했던 자신의 몸짓을 기억해 내고, 모든 감정과 눈빛을 윤심덕의 것으로 만들어 나갔다. 남자에게서 버림받고 사회에서 외면당한 한 여자를 자신만큼 잘 표현할 수는 없으리라……. 참으로 모순된 상황이었다. 우진과의 애절한 사랑을 이용하고 있다는 자책감에 빠지기도 했지만 그 삶의 아픔을 모두 감정선 안으로 끌어들이지 않으면 안 되었다.

혼신을 다해 연기했던 윤심덕 주연의 〈동도〉.

영화는 1926년 5월에 개봉되었다. 하지만 설렘도 잠시, 개봉되자마자 시원찮은 노래 실력은 고사하고 영화배우를 하기에도 저급한 연기력이라는 비난에 노출되었다. 첫날부터 언론은 그녀의 연기를 열심히 비하하고 조롱했다.

'역시 깊이가 없었다. 목소리를 잃은 그녀가 재기를 위해 비장하게 끄집어낸 것이 연기였지만 배우는 아무나 하는 게 아니다. 그 삶이 몸 가꾸기와 부도덕에 얽매어 있듯이 참인간으로서 가져야 할 내면의 실종이 연기에서 그대로 드러났다…….'

그럼, 그렇지. 그들은 윤심덕의 재기에 직면하여 마치 어디 두고 보자는 심사로 펜 끝을 갈아 온 사람들 같았다. 윤심덕의 영화를 보고 싶어 했던 사람들은 언론의 이런저런 참담한 평론을 접하고는 아예 관심을 지워 버렸다. 그들은 더 이상 윤심덕이라는 여자에게 한 푼도 쓰고 싶어 하지 않았다.

영화는 며칠도 못 가 간판을 내렸다. 사실, 영화 하나로 인생의 과오를 세탁하게 될 거라는 생각은 무모한 짓이었다. 그러나 신문 기사의 한마디 한마디는 이전에 당했던 모멸감의 배가 되어 심덕을 더욱더 괴롭혔다.

이제 당신, 윤심덕은 더 이상 아무것도 하지 말라는 뜻이었다. 윤심덕을 온몸으로 거부하는 거대한 함성들이 매일 아침부터 밤까지 환청으로 들렸다.

17장
환생키를 바라노라

일본 닛토 레코드 회사로부터 또 한 번 레코드를 내자는 의뢰를 받은 건 절망으로 숨도 쉬지 못하고 지내던 어느 날이었다.

밑바닥까지 내려간 심덕이었다. 영화까지 형편없이 망한 마당에 내 노래를 듣고 싶어 할 사람이 과연 어디에 있을까 싶었다. 영화 출연으로 받은 개런티는 이미 개인적인 홍보에 모두 다 쏟아부어 버리고 남은 것은 또다시 텅 빈 지갑뿐이었다.

'레코드 한 장 사 달라고 또다시 구차하게 세상 밖으로 얼굴을 내밀어야 하는데, 과연 그만한 용기가 아직 남아 있을까. 몸을 일으켜 바깥세상을 내다보는 것도 싫은 내가, 또 무슨 소리를 들으려고.'

그러나 심덕은 몸을 일으켰다. 마지막으로 한 번만 더 해야 했다. 싫어도 구차해도 어떻게든 성덕의 유학 자금을 마련해야 언니로서의 무거운 짐이 사라질 것이다. 성덕은 그런 언니에게 그러지 않아도 된다며 연일 말렸지만 심덕의 마음은 그게 아니었다. 내리사랑이란 책임 회피를 불가능하게 하는 독특한 무게였다. 가끔씩 책상에 엎드려 울고 있던 동생이었다. 그 모습이 떠오를 때마다 가슴이 찢어지고는 했는데 그게 바로 내리사랑이었다.

레코드 취입으로 과거 이용문과의 치명적인 구설수를 당한 일도 있고 하여 이번에는 닛토가 제시하는 조건이 무엇인지 꼼꼼히 따져 보았다. 이번에도 역시 취입비 오백 원이었다. 심덕은 그 돈을 먼저 받아야겠다는 뜻을 비쳤다.

심덕이 취입할 노래는 스물여덟 곡이었다. 닛토는 미국 민요와 조선 가요, 엔카를 섞어 불러 달라는 조건을 달았다. 작년과 다를 바 없는 노래에 몇 가지만 더 추가한 것이었다. 흥, 그러자꾸나. 이 마당에 무슨 말인들 못 들어주랴. 손가락질을 너무 자주 오래 받다 보니 이 세상에서 가장 쉬운 건 체념이라는 것도 알게 되었다.

'제발 연기 따위는 하지 말고 노래나 제대로 하라'는 대중들의 질타로 다시금 노래를 하려 한다. 그러나 노래는 이제 삶에서 아무것도 아니다. 이러쿵저러쿵 선곡에 대한 이야기는 하지도 말자. 힘이 들어가는 일은 싫다. 계획표를 짜는 것도 싫고 돈 계산을 해 가며 아등바등 사는 것도 싫다.'

모든 것을 포기하고 나니 오히려 취입비를 받아 내는 일이 순조로웠다. 닛토는 심덕에게 조선 측 대리인을 통해 오백 원을 선뜻 건네주었다.[35]

진즉에 이렇게 살 것을, 재기에 대한 꿈은 버릴 것을. 노래에 대한 열정도 헌신짝처럼 내버릴 것을…… 그것으로 참으로 길게 끌었던 성덕의 유학비가 마침내 해결되었다.

1926년 6월.

유난히 잔잔한 바다였다. 레코드를 취입하기 위해 성덕과 함께 시모노세키 항으로 향했다. 반주는 성덕이 전부 맡기로 했다.

심덕은 동생과 함께 뱃전에 서 있었다.

"이제야 겨우, 너를 미국으로 보낼 수 있게 되었구나."

"난 그냥 어머니 모시면서 조선에 머무는 것도 괜찮다 생각했어요."

성덕의 나이도 이미 혼기를 넘겼지만 그 아이 역시 언니처럼 결혼에는 관심이 없었다. 결혼에 관심이 없다기보다는 자신의 타고난 재능을 소홀히 하고 싶지 않은, 음악에 대한 고집이 더 컸다.

"가야 해. 노래를 사랑하고 노래하는 사람을 존중하는 나라에서 한번 네 꿈을 마음껏 키워 봐. 그런데 조선에는 천천히 와. 아무 때나 오면 안 돼."

비록 자신은 성악가를 광대로 여기는 시대에 살아, 십 년은커

넝 바로 앞도 보지 못하고 있지만 동생들만큼은 그렇게 살도록 놔두고 싶지 않았다. 이제 취입이 끝나는 대로 성덕은 요코하마 항에서 마침내 미국행 배를 타게 될 것이다. 자매는 앞으로 오랫동안 만나지 못하게 되더라도 만나고 헤어지는 일에 큰 미련을 두지 않기로 약속했다.

"꼭 한집에서 한솥밥을 먹어야 가족이라더냐? 어머니 아버지의 핏줄을 이어받은 이상, 우리는 어디에서든 영원히 한 가족이야."

"언니, 나는 단지 이번에만은 언니가 취입한 노래가 많은 사람들의 사랑을 받게 되었으면 좋겠어요. 그 생각밖에는 없어요. 그것 말고는 아무 바람도 없어요."

"과연 그따위 노래가 사랑을 받게 될까? 내 영혼을 팔아 버린 노래인 것을. 내겐 아무것도 중요하지 않아. 노래를 부르라 하면 부를 것이고, 부르지 말라 하면 부르지 않을 거야. 살아 있으면 사는 것이고, 죽게 되면 죽는 것이고……."

무엇에든 아무런 애착이 없는 심덕이었다. 다시는 못 볼 사람들처럼 자매는 그저 서로의 손을 꼭 잡았을 뿐이다. 그래 가자, 어서 일본으로 가자.

밤이 되었다. 심덕과 성덕을 태우고 일본으로 가는 배는 그 어느 때보다 천천히 물살을 가로질렀다. 그 물살 너머로 저만치 조그맣게 반짝이던 별들이 하나둘 사라져 갔다.

성덕의 피아노 반주로 레코드 취입을 했다. 작년 취입한 레코드에 실린 곡들과 새롭게 추가한 〈사우(思友)〉, 〈기러기〉, 〈산타루치아〉, 〈캔터기 옛집〉, 〈시든 방초〉 등을 불렀다. 그때, 심덕은 끝으로 한 곡을 더 부르게 해 달라 간청했다. 그것은 김우진이 작시한 〈사의 찬미〉였다.

닛토의 관계자들은 노래를 들어 보더니 서로 의미심장한 눈빛을 교환했다. 비록 번안곡이었지만 취입이 끝난 앞의 곡들과는 무언가 달랐고, 제목이며 곡조에 사람을 잡아당기는 강한 흡인력이 있었다.

"사의 찬미라……, 좋습니다. 맨 마지막 곡에 끼워 넣읍시다. 편곡이랑 작시가 아주 좋군요."

뭔가 예상 밖의 주목을 받을 것만 같은 길조도 느껴졌다.

"만일 이 노래가 흥행하게 되면 편곡자에게도 수익금이 돌아가나요?"

"허허, 아무렴요. 별걱정을 다 하시네요."

편곡은 성덕의 힘을 빌려 밝고 경쾌한 왈츠를 마단조의 슬로우로 바꾸었다. 그랬더니 비탄조의 감수성이 한층 진해졌다. 한때는 결혼 축하곡이었던 이 노래가 지금 이곳에서는 죽음을 찬미하고 있다. 삶과 죽음은 그렇게 똑같은 방향으로 순환하는 것인지……. 흥행에 성공할 리 만무했지만 그저 우진이 작시하고 성덕이 편곡한 〈사의 찬미〉를 끼워 넣었다는 것만으로도 충분히 만족스러웠다.

노래를 부르자니 목소리가 제대로 나오지 않았다. 며칠 동안 쉬지 않고 그 많은 노래를 부르느라 목은 마를 대로 말라 있었고 호흡도 편치 않았다.

"윤심덕 씨, 안정을 좀 취하고 이 노래는 내일 다시 하면 어떨까요?"

"시간이 없어요. 오늘 다 끝내야 해요."

연습이다 뭐다, 일본에 머문 지도 한 달이 넘었다. 성덕이 떠나기로 한 날짜가 이틀밖에 남지 않았기에 마음이 급했다. 그날은 남은 힘까지 다 쏟아 반드시 취입을 끝내야만 했다.

그 노래를 부르고 있다. 수많은 얼굴들이 눈앞을 스쳐 갔다. 학무국장과, 민설란, 조순애, 이용문, 그리고 총독부 놈들……, 그들이 아우성치며 그녀를 물어뜯었다. 도드라지게 반짝거리던, 한 예민한 예술가를 지상으로 끌어내리려 요동치는 기자들도 있었다. 모두들 과거 지향적인 것을 상식이라 여기며 거기에 맞춰 살라 아우성쳤다. 소프라노에게 음이 낮은 미국 민요를 부르라 강요하고 그것을 부르면 노래에 영혼이 없다 질타했다. 또한 우리 작곡가들이 만들어 낸 창작곡을 부르면 관객이 먼저 외면했다. 젊은 작곡가들은 굶주린 배를 움켜잡고 어디론가 흩어져 갔다.

그리고 사랑……. 1920년에 만나 지금까지 한 사람을 가슴에 품었다. 그는 세상과 힘겨운 싸움을 하고 있는 자신을 유일하게 사랑해 준 남자였다. 진정한 예술인으로 대접해 줬고 조선 남자의 가부장적 잣대를 과감히 꺾었다.

그녀의 애타는 사랑이 드러나자 모두들 관습과 어깨를 나란히 하라 또 달려들었다. 마치 그들이 모든 이에게 악마의 향수라도 뿌려 대는 것처럼 두 사람을 떼어 내려 안간힘을 썼다. 거기엔 사랑 없는 결혼은 찬성할지언정 이혼은 절대 용납하지 않는 혼인 관습과 가문의 완고한 체면치레가 뿌리 박혀 있었다.

아팠다. 마음이 아프니 몸도 아팠다. 그래도 그 노래는 불러야 했다. 산산이 부서지고 깨어지는 한이 있더라도 그 노래만은 불러야 했다. 어쩌면 그 노래를 끝으로 다시는 무대 위의 여인으로 살아가는 일은 없을지도 모른다. 모든 걸 포기하고 종로 어귀, 그 좁디좁은 골목에서 선술집을 하고 있을지도.

성덕을 미국으로 보낸 후 심덕은 홀로 일본 거리를 헤맸다.[36)]

밤이 되자 가방 깊숙이 여러 개의 술병을 넣고 자신이 묵고 있는 오카하루 여관으로 갔다. 심덕은 술병을 꺼내 눈물의 액체를 들이마셨다. 마시고 또 마셨다.

"자, 〈사의 찬미〉를 위해 축배를 들자!"

그녀는 홀로 잔을 높이 들었다. 초록이고 빨강이고, 파랑이며 분홍이었던 지난날을 취한 가슴으로 헤아려 보았다. 마침내 이렇 듯 검정이 되어 버린 인생, 그 고독한 여정까지.

다음 날, 그다음 날도 술을 마셨다.

술을 마시면 늘 서른 해 동안 쌓아 둔 변명과 눈물이 한꺼번에 토사물로 쏟아져 나왔다. 참으로 아득한 인생이었다. 그런 실패 한 인간 하나가 물로 입을 헹궈 내며 마치 곧 무대 위로 오를 사 람처럼 조그마한 방 한가운데 서 있다.

한때는 전부였던 것들이 그 방에 나뒹굴었다. 모두 다 쓰레기 로 변해 버린 그것들이. 숙명과도 같은 노래와, 그 노래를 포함한 예술과, 인간관계와, 그리고 빈 지갑, 끔찍하게 여겼던 사랑까지도 쓰레기로 뒹굴었다. 삶 전체를 다시 청소하고 싶고 닦아 내고 싶 지만 이미 소용없는 일이었다. 곧 윤심덕은 잊힐 것이고 김우진은 그곳에서 그 모습 그대로 살아가게 될 것이다.

〰

우진이 하얼빈에 도착했을 때에는 이미 4월이 지나고 있었다.

심장 때문에 사진관 셋집에서 한 달을 머물다가 심덕 모친의 지 극정성으로 겨우 일어날 수 있었다. 2월이 되어서야 겨우 출발을 시도했는데 아직도 북풍이 심해 뱃길은 좀처럼 열리지 않았다. 비 록 열린다 하더라도 고질적 심장 발작이 또다시 도지는 바람에 몇 번이나 병원 신세를 져야 했다. 몸과 마음이 피폐해질 대로 피폐해졌다. 목포와 완전히 결별한 이상, 어쨌든 그녀에게로 가야 했지만 도무지 여건이 따라 주지 않았다.

심장과 뱃길이 번갈아가며 말썽을 부리자 시간은 덧없이 흘러만 갔다. 그렇게 간신히 도착한 그곳에, 그녀는 벌써 떠나고 없었다. 이렇게 늦을 수밖에 없었던 이유를 말할 기회도 주지 않은 채, 그녀가 닦았던 교회 바닥은 먼지만 가득했다.

"윤 선생이 늘 아침저녁으로 깨끗이 청소해 주곤 했는데, 다시 이렇게 됐어요. 제가 하느라고 하지만 여자 손길을 따라갈 수가 없군요."

아침부터 밤까지 이주민들의 품앗이를 돕는 목사였다. 그의 얼굴이 그렇게도 초췌했다. 먼 길에 지칠 대로 지친 우진의 몸은 그녀가 그곳에 없다는 현실에 낙담하여 또 몇 날 며칠을 가슴을 붙잡고 뒹굴었다.

"이대로 경성으로 돌아가는 건 무리예요. 용한 한의사 한 분이 있는데 그분도 사람들을 돌보느라 워낙 바쁘셔서요. 며칠만 기다리면 오실 겁니다."

그렇게 조금씩 날짜를 미루다 한 달이 후딱 지나가 버렸다. 심덕이 머물렀던 방에 거처를 정하고 잠을 청하면 또 몇 번이나 심장이 문제를 일으켰다. 그러나 심덕은 이곳이 경성보다 좋다 했다. 이곳이 그 어떤 화려한 무대보다 편하다 했다. 우진은 그곳에서 그런 그녀의 마음을 헤아리며 한의사를 기다렸지만 그는 끝내 오지 않았다.

목사의 극진한 보살핌으로 마침내 그곳을 떠날 수 있을 만큼 몸이 회복되었을 때는 벌써 초여름이 시작되었다. 그는 아버지에게 받은 돈의 절반을 교회에 내놓았다. 그녀가 사랑하던 곳이라면 아무것도 아깝지 않았다.

그가 다시 종로로 돌아왔을 때에도 심덕은 없었다. 모친은 딸아이가 레코드 취입을 위해 일본으로 갔다 전해 주었다. 심덕이 돌아올 날만 기다리며 우진은 사진관 셋집에 머물렀다.

그러는 동안 하얼빈에서부터 끄적여 왔던 희곡 「산돼지」를 완성했다.[37] 이 희곡에는 당대 식민지의 암담한 현실을 배경으로, 젊은이들의 새로운 각성을 촉구하는 내용을 담았다. 식민지는 아버지로 대표된 것이었고 젊은이들은 바로 김우진을 대변하고 있었기에 자전적인 의미가 강했다.

우진은 목포 '백수재'의 책상 서랍에 자신의 여러 작품들을 고이 넣어 두었다. 다시는 되돌아가지 못할 곳이었기에 언젠가는 자식들이 그것을 펼쳐 보며 아비의 마음을 헤아려 주기만을 바랄 뿐이었다.

탈고를 한 후, 피로감에 깜빡 잠이 든 어느 날이었다. 셋집으로 갑자기 심덕의 모친이 들어섰다.

"일본에서 심덕이 편지를 보내왔어야. 취입이 끝났는데도 당분간 조선에는 발을 들여 놓지 않겠다는 거이야. 만주도 모자라 이제는 일본에서 떠돌겠다 하니 이를 어쩌면 좋갔네?"

어머니는 허리춤에서 꼬깃꼬깃 접힌 종이 한 장을 꺼내 내밀었다.

"심덕이가 혹시 자네가 오면 주라고 이런 편지 한 장을 동봉해 왔어. 어서 읽어 보시게."

우진은 심장이 터져 나갈 듯 그 편지를 읽었다. 아아, 거기엔 너무도 낮이 익은 심덕의 글씨가 먹구름처럼 떠다니고 있었다.

내 나이 서른. 만일 남자가 필요했다면 결혼을 했겠지요. 그러나 결혼을 했다면 아주 이른 나이에, 오전 아홉 시와 같은 그런 싱그러운 시간에 했음이 옳았어요. 그랬다면 이렇게 괴로운 날들과 마주하지도 않았을 테지요. 하지만 나는 그 시간을 놓치고야 말았습니다. 당신…… 결혼을 했으면 더 일찍, 더 빨리 했으면 좋았을 것이라 생각하게 했던 사람. 그러나 한발 늦게 만났던 남자. 당신의 불안한 시선을 파고들어가 파멸이어도 좋을 만큼 격한 사랑이었다고, 위험한 사랑이었지만 언제까지나 붙잡고 싶었다고, 길을 잃어도 집을 잃어도, 모든 것을 잃어도 좋다고, 그렇게 외치고 싶었지만 그러지도 못했던 나.

찢어지고 쪼개지는 아픔 하나를 꼽자면 당신의 시선은 항상 이리저리 분산되어 있었다는 겁니다. 내 얼굴을 바라보다가도 곧장 다른 곳을 찾아 헤매는, 그러나 그곳 역시 오래 바라보지 못했던, 그 불안정한 시선에 내 마음은 그렇게도 비어 갔던 겁니다.

사실은 조그만 일에도 쉽게 상처를 받는 사람이 나라는 여자였으나 그렇지 않은 척, 담담한 척, 모든 것이 우스워 보이는 척하게 만든 사람도 당신이었습니다. 척, 척, 척……, 당신은 나를 척하면서 살게 만든 사람이자, 더 이상 상처가 날 곳이 없을 만큼 가장 큰 화상을 입힌 존재였어요.

1926년, 이 여름.

내가 노래 하나를 부릅니다. 고막을 웅웅거리며 파고드는 나의 성대는 요즘 들어 조금씩 트고 메말라 안타깝기만 합니다. 그래도 나는, 쉰 목소리로 나의 노래를 부르기 시작합니다. 아, 당신의 노래이기도 하죠.

"광막한 광야에 달리는 인생아, 너의 가는 곳 어드메뇨. 돈도 명예도 사랑도 다 싫다……."

이 기차에서 저 기차로 갈아타고, 또 다른 기차를 갈아타는데도 종착역이 보이지 않아요. 종착역을 찾아 삶의 전부를 허비했지만 그곳은 쉽게 찾을 수 없습니다. 지금 내가 해야 할 일은 그 종착역을 찾는 길뿐입니다.

〈사의 찬미〉 취입을 앞둔 1926년, 7월…….

종착역을 찾으러 다닌다니 이게 무슨 말인가. 정신이 번쩍 들었다. 아, 하얼빈에 늦게 도착한 이유를 편지로라도 전했어야 했다. 그러나 그럴 수 없었다. 시름 많은 그녀에게 아프다는 말까지 하고 싶지는 않았다. 우진은 그 즉시 일어났다. 한시라도 빨리 일본으로 뛰어가 그녀를 만나야 했다.

모친이 걱정스레 물었다.

"자네 얼굴이 왜 이래? 그거이 안 좋은 편지야?"

우진이 허둥대자 어머니 역시 왠지 모를 불안감에 허리도 펴지 못한 채 그대로 얼어붙었다.

'수선, 제발 아직도 일본에 있어 주기를, 거기에서 그만 오랜 숨바꼭질을 멈추기를, 나를 용서해 주기를, 한 번만 더 믿어 주기를…….'

우진은 가진 돈을 몇 푼만 남기고 모친 앞에 거의 다 내놓았다. 이제 아무도 없는 모친이었다. 성덕과 막내는 등록금만 달랑 손에 쥔 채 고행의 유학길에 올랐고, 그녀의 전부였던 심덕은 언제 돌아올지 몰랐다.

모친은 그 돈을 보며 한참을 울었다.

일본행을 하루 앞두고, 낯선 경성에서 만날 수 있는 친구라고는 조명희와 홍해성밖에 없었다. 종로의 한 찻집에서 만난 세 사람은 모처럼의 해후에 웃고 떠들었지만 그 시간은 짧기만 했다. 우진은 조명희에게 자신이 쓴 「산돼지」의 원고를 쑥스럽게 쥐어 주고는 문학잡지에 기고할 방안을 모색해 달라 부탁했다. 어쩌면 세상의 빛을 보는 첫 작품이자 마지막 작품이 될 지 모를 그것을. 잠시 침묵이 흘렀다.[38]

이윽고 심덕의 이야기로 접어들자 분위기는 점점 어두워져갔다.

"그렇게 땅 끝까지 추락한 여자는 처음 봤어. 그 여자는 안 될 거 같아. 자네 인생에 도움이 안 될 거 같다구."

조명희가 한숨부터 쉬었다. 우진은 심덕의 편지를 보여 주며 말했다.

"빨리 가서 수선을 데려와야겠어. 어쨌든 돌아와 그녀의 재기를 도와야지."

편지를 보자 조명희가 쓸쓸히 웃었다.

"얼마나 힘들었으면 이리도 방황할까. 그렇다고 설마 죽지야 않겠지."

홍해성도 답답함을 감추지 못했다.

"수선이 영화배우로서 새 길을 모색했지만 그것도 다 엉망진창이 돼 버렸으니 다시 일어선다는 게 과연 가능할까."

두 사람은 내내 걱정스레 우진을 바라보았다.

"다 내 손에 달렸어."

우진은 그 말만 하고 일어났다. 조명희는 제 모든 것을 다 퍼 주었던, 그래서 오늘 자신의 길을 틔어 주었던 친구의 서글픈 어깨를 가만히 감쌌다. 홍해성 역시, 그 많은 걸 버리고 고난의 길을 자처하며 떠나는 이 어리석은 친구와 훗날을 기약할 뿐이었다. 그 짧은 만남이 김우진과의 영원한 이별인지도 모르고.

\\\

오사카에 도착한 우진은 무작정 닛토 회사부터 찾아가 윤심덕의 거처를 물었다. 그녀에게 숙소를 마련해 준 회사 사람들은 심덕이 오카하루 여관에 머물고 있음을 알려주었고 우진을 그곳으로 안내까지 해 주었다.

"심덕 씨 몸이 많이 안 좋은 듯해요. 어떻게든 회복이 되어야 취입한 레코드 홍보도 하고 다시 무대에 설 수 있을 건데 말입니다."

일본에까지 알려진 윤심덕의 연인이 분명해 보였다. 혹 이 사람으로 인해 윤심덕이 툴툴 털고 일어날 수 있을까 하여 더할 나위 없는 친절을 베풀고 돌아갔다.

방문은 굳게 잠겨 있었다. 여관 주인이 혀를 차며 말했다.

"무슨 여자가 그렇게도 술을 퍼마시는지 모르겠어요. 저러다가 죽지 싶어 하루에 한 번씩은 꼭 방문을 두드려 본답니다. 오늘 아침에 얼굴을 봤으니 지금 방 안에 있을 겁니다."

방문을 두드렸다. 두드리고 또 두드렸다.

"수선, 제발 문 좀 열어요. 수선, 수선!"

할 수 없이 열쇠를 가지고 온 주인이 방문을 열어 주었지만 그녀는 없었다. 어수선하게 펼쳐진 이불과 몇몇 옷가지만이 어지럽게 놓여 있었다.

시간이 흘렀다. 그 시간은 만주를 헤매던 시간보다 더 길게 느껴졌다.

그때였다. 방안을 초조하게 서성이던 우진의 등 뒤로 가만히 문이 열렸다. 술병을 들고 들어선 여인은 몹시도 낯설었다. 하얼빈에서조차 만나지 못하고 엇갈리기만 했던 그녀는 예전의 그 윤심덕이 아니었다. 산발을 한 머리카락은 제멋대로 휠휠 날아다녔고, 동공이 풀린 눈은 허공을 바라보았다. 가슴을 치며 그리워했던 이가 바로 앞에 있었으나, 그녀의 눈은 결코 사랑하는 이와의 만남을 믿지 못했다. 한 마리 눈 먼 고양이가 갈 곳을 몰라 헤매는 듯했다. 이 삶의 구심점을 잃어버린 눈이었다. 그 눈을 보니 자신의 몸 상태에 대해 얘기한다는 것도 변명처럼 여겨졌다.

"어쨌든 조선으로 되돌아갑시다. 여기에서 산다고 달라질 건 아무것도 없잖소."

"거기로 돌아가면 무슨 일이 달라지는데요? 당신은 돌아갈 집이라도 있잖아요?"

"도대체 무슨 말을 그렇게 해요? 집으로는 돌아가지 않아요."

그런 말도 그녀에겐 다 부질없었다.

"내가 보낸 편지는 신경 쓰지 말아요. 친구도 연인도 될 수도 없잖아요. 그러니까 그 편지는 우리의 인연이 모두 끝났다는 작별의 인사였어요. 편지를 보고 이렇게 찾아올 줄은 몰랐어요."

우진은 말을 잃었다. 언젠가, 종로의 한 여관에서 낡은 이불을 덮고 끝없이 속삭이던 일이 생각났다. 동이 트는 것도 모르고 서로의 품에서 떨어질 줄 몰랐던 시간들. 불행했지만 행복했던 시간이었다. 그때도 그는 심덕과 함께 오래오래 살 것이라 말했다.

하지만 이제 그녀는 아무것도 믿지 않았다. 같이 살 날은 영영 오지 않을 거라 생각할 뿐이었다. 우진은 그녀가 들고 온 술을 빼앗아 꿀꺽꿀꺽 들이켰다. 술의 힘을 빌려 우진이 입을 열었다.

"조선으로 갑시다. 당신은 얼마든지 다시 시작할 수 있어요."

다시 시작한다고? 그런 것도 이제는 헛된 꿈이 되어 버린 지 오래.

"어머니를 생각해요, 가족들을 생각해요."

그것도 진부하기 짝이 없는 이야기였다. 더 이상 몰락하는 딸의 모습을 보여 주고 싶지 않았다.

"어렸을 때, 사람들이 나더러 기생 팔자라 그랬어요. 만일 다시 시작한다면 내가 갈 길은 그 길이 되겠지요."

우진은 불같이 화를 냈다.

"어린 시절의 이야기를 반복해 꺼내는 것만큼 어리석은 일은 없어요. 내가 있는데, 내가 보살펴 준다는데 왜 그런 일이 생긴단 말이오?"

"다 쓸데없는 일……."

사람들은 나를 성악가로 대하지 않아요. 노래 잘하는 기생으로만 생각하죠. 이제는 술을 따르라고 하겠죠. 아무렇지도 않게 내 몸에 손을 대는 사람들도 점점 늘어날 거예요. 엔카에 팔아먹고 억지 기사를 써 못살게 굴던 일 따위는 차라리·양반일 정도로.

우진은 자신의 의지를 보여 주고 싶었지만 무엇으로 그녀에게 믿음을 줘야 할지 막막했다.

술에 취한 두 사람은 남남처럼 등을 돌리고 누웠다. 한방에 누웠으나 그들은 더 이상 따스할 수 없었다. 그 방은 어둠 속에서도 빛이 나야 할 예술가들의 방이었으나 자욱한 절망에 몸서리치는 방이 되어 버렸다. 그 밤에 이 사랑을 또 생각한다.

시계추 소리가 애절하게 들려왔다. 억겁을 지나 만난 것처럼 그립기만 한 그들이었다. 하지만 사랑은 저 시계추처럼 애증을 오갈 뿐이었다.

심덕이 몸을 돌려 쓸쓸히 우진의 등에 손을 대어 보았다. 그녀의 손길이 닿자 우진도 몸을 돌렸다. 두 사람은 서로의 얼굴을 들여다보았다. 남자는 이제부터 희망을 찾자고 애원했지만 여자는 희망을 놓아 버렸다. 사랑은 변할 것이고 마침내 두 사람을 파괴할지 모른다. 남자는 되돌아갈 것이고 여자는 허물어질 것이다. 그것이 심덕을 외롭게 했다. 너무도 외로워, 다시 등을 돌렸다. 우진은 그녀의 등을 감싸 안았지만 열정으로 타올랐던 그날의 그녀는 이미 딱딱하게 굳어 버렸다.

'사랑하지 않아서가 아니라 사랑이 무서워서 그래요.'

우진은 그녀의 목덜미에 입술을 가져갔으나 그것도 잠시, 심덕의 목덜미는 얼음처럼 차가웠다.

그렇게 시간이 흘렀다. 남자와 여자는 등을 돌린 채 동시에 눈물을 흘렸다. 여자는 그날로 돌아가서는 안 된다 생각했다. 살과 살을 쥐어뜯고, 뼈와 뼈가 으스러지고, 마치 저주를 퍼붓듯 서로를 탐했던 그날로 다시는.

다음 날 여명이 밝아오자, 심덕은 가만히 일어나 창문을 열었다. 새벽 공기 때문인지 간밤의 번민도 조금씩 수그러들고 있었다. 자고 있는 우진의 얼굴을 바라보며 다시금 이 삶을 차분히 생각해 보았다. 저토록 사려 깊고 온순한 사람이 이를 악물었다면 허튼 이야기는 아니리라. 누군가 매를 들면 두들겨 맞고 돌을 던지면 피를 흘리는 한이 있더라도 한번은 살 섞고 살아 봐야 하지 않을까.

하루에도 몇 번씩 심덕의 마음은 종잡을 수 없이 변덕을 부리곤 했다. 여기에서 더 지체하다가는 생각이 또 바뀔 거 같아 심덕은 서둘러 우진을 깨웠다.

"그래요. 오늘 당장 떠나요."

조선으로 돌아가는 길이 그를 고향으로 바래다주는 길이 되어도 괜찮았다.

1926년 8월 2일.

오카하루 여관에서 짧기만 한 하룻밤을 지낸 그들은 온종일 열차를 타고 시모노세키 항에 도착했다. 그리고 그날 밤, 부산으로 떠나는 관부연락선 '도쿠주마루[德壽丸]호'에 몸을 실었다.

여름의 정중간을 관통하는 끈적끈적한 바다 내음이 코끝에 맴돌았다. 두 사람은 여관에서 나올 때부터 아무 말도 하지 않았다. 이따금 우진이 심덕의 손을 잡아 주는 일 외에는.

배에 올라 밤을 샜다. 가장 가까운 곳에서 그녀의 마음을 읽고 있던 우진은 안타깝기만 했다. 애쓰지 않아도 될 사랑이었다. 우진이 이끄는 대로 사랑하기만 하면 될 것을 그녀는 마치 대피할 곳 없는 사막으로 끌려가는 사람처럼 두려워했다.

그래, 나를 믿는 것도 두렵고 우리를 에워싸고 있는 사람들도 두렵겠지.

두 사람은 객실에 앉아 칠흑 같은 어둠의 바다를 직시했다. 잠을 청했지만 머릿속은 더욱더 또렷해져 왔다. 우진이 자리를 깔아 주었다.

"눈 좀 붙여요. 해가 뜨면 우리에게 새로운 삶이 펼쳐져 있을 테니까."

시계를 보니 새벽 세 시였다. 심덕은 가만히 그의 얼굴을 쳐다

보았다. 그러면서, 문득 질문 하나를 던졌다. 그것은 지금 그녀에게 가장 절실한 질문이었다.

"평생 자식들을 안 보고 살 자신은 있는 건가요?"

"새삼스레 무슨 말을."

그저 아무렇지도 않게 대답하려는 우진이었다. 그런데 그때였다. 우진의 얼굴 너머로 아련한 그리움과 연민이, 말할 수 없는 회한이 스치고 지나갔다. 얼굴은 벌겋게 닳아 오르고 눈은 충혈되어 갔다. 잠시 우진의 안경 너머로 비밀스러운 물기가 서렸다. 혹 눈물인가. 곧 그는 가슴께가 아픈지 자꾸만 가슴에 손을 대며 몸을 틀었다.

'그런 질문은 하지 말아야 했나?'

우진이 갖고 있는 발작 증세를 전혀 모르고 있던 심덕에게는 그런 그의 모습이 충격적으로 다가왔다. 그때, 차라리 그의 표정과 행동에 담긴 극심한 고통을 외면해야 옳았다. 그런데 그걸 스쳐 버리지 못하고 덜컥 가슴에 담아 버렸다.

'두고 온 아이들을 그리워하는 아버지의 모습이야. 그러면 그렇지. 결코 부성애까지 저버릴 수는 없었겠지.'

심장이 또 발악을 시작했다. 우진은 격하게 객실 문을 열고 뛰쳐나갔다. 심덕은 몹시 놀랐다. 잠이 오지 않으면 마시려고 가방 안에 넣어 두었던 술병을 급히 꺼내 우진에게로 갔다.

난간을 붙잡고 괴로워하는 그였다.

'아아, 새끼라는 건 그런 존재다. 저이의 아버지가 큰돈을 뿌려 가며 순회공연을 허락한 것도, 회사까지 차려 사장 자리에 앉힌 것도 다 자식 하나 살려 보겠다고 한 일이 아니었을까. 그런데 저렇듯 심장이 오그라드는 고통을 참으면서까지 무엇 때문에 집을 나왔을까.'

우진은 술을 빼앗아 목구멍 속으로 겨우 넘겼다. 말로는 목포를 떠났다고 했지만 완전히 떠나지 못한 게 분명했다.

'이럴 거면서 왜 날 찾아왔나요, 왜?'

원망이 차고 넘쳤다. 이럴 것 같아 결국은 자신이 먼저 이별을 결심하며 편지까지 보내지 않았던가. 그들의 사랑은 겨우 붙어 있는 목숨 줄과도 같아 누가 누구를 원망하고 나무라서는 안 되었지만, 마지막 순간까지 뭔가를 재차 확인하고 싶은 것이 졸렬하기 짝이 없는 인간의 심사였다.

취기가 오르는지 우진은 힘없이 고꾸라지며 그녀에게 안겼다. 고의 심장 소리가 그 어느 때보다 크게 들렸다. 마치 부서질 것처럼 쿵쾅거렸다. 심덕은 우진의 얼굴을 매만졌다. 그 얼굴을 만지고 있자니 잿더미와 같은 이 사랑에 아직도 불씨가 일렁이고 있음이 또 한 번 느껴졌다. 마지막으로 한 번만 더 확인해 보자.

"수산, 지금 이 순간 결정을 해야 해요. 사랑을 택하든지, 자식들에게로 돌아가든지, 반드시 둘 중 하나를 선택해야 해요."

그러자 우진의 얼굴이 더욱 새까맣게 타들어 갔다. 그게 아니야, 그게. 심장이 말을 안 들어, 심장이……. 자식, 그 한마디에 시작된 발작이었다. 그러나 우진 역시 제 마음의 실체를 다 알 수는 없었다. 다만 심덕이 없는 세상에서 산다는 것만큼은 용납되지 않았다.

우진은 떨리는 손으로 연인의 입술을 찾아 제 입술에 가져갔다. 그때, 심덕은 이 입맞춤을 끝으로 사랑의 종말을 고해야 한다는 걸 온몸으로 느꼈다.

'내 사랑은 두 개의 입술이 꼭 닿는 것이 아니었어. 당신이 자식에게로 돌아가는 것도 내가 당신에게 줄 수 있는 마지막 사랑이야.'

그 시간, 우진은 난간에 기대어 끝없는 심연 속으로 빠져 들어갔다. 심장이 굳어 갔다. 아프다 소리칠 기운도 없었다. 다만 어젯밤 여관에서처럼 심덕이 자신을 밀어내는 것만 같아 두려웠다.

그런 우진이 겨우 입을 떼었다.

"수선, 나는 당신 없이는 안 돼. 당신 옆에 있으면 내 삶이 느껴지고 내 문학이 느껴져. 사진관 집에서 작품도 썼어. 그러니 다시는 목포로 돌아가지 않아요……."

그의 말은 모두 틀렸다. 그는 심덕보다 훨씬 좋은 조건을 가지고 태어났다. 그곳에서도 얼마든지 작품을 쓸 수 있다.

'나 윤심덕은 당신을 담을 만한 그릇이 못 됩니다.'

그때, 배가 크게 덜컹거렸다. 우진의 심장이 완전히 멈춰 가기 시작했다. 그제서야 심덕은 이 사람의 몸에 무슨 문제가 있다는 걸 깨달았다. 이런 모습은 처음 보았다. 심덕은 놀랍고 떨려 도와줄 사람을 찾기 시작했다. 그러나 그 밤에 갑판에 나와 있는 사람은 아무도 없었다.

심덕이 우왕좌왕하는 사이, 마침내 우진은 바다의 울음소리를 들었다. 바다는 잔인해질 수도 있는 것이지만 모든 고통을 달래주려는 듯 어머니처럼 그 큰 팔을 벌리고 있었다. 다시 한 번 배가 요동쳤다. 우진의 마른 몸이 그만 바다 속으로 미끄러지듯 빨려 들어갔다.

그가 바다에 빠졌다. 순식간의 일이었다. 미처 손을 내밀 틈도 없이 그는 사라져 버리고 말았다. 놀란 심덕은 그대로 주저앉은 채 고함을 쳤다. 사람이 빠졌어요, 사람이 빠졌다구요……! 그러나 그 어떤 소리도 입 밖으로 나오지 않았다.

그를 자신이 밀쳐 냈다고 생각했다. 자식이냐 나냐, 다그치고 몰아쳐 외로운 그를 죽음의 바다로 밀어냈다. 그리고 그가 바다로 빨려 들어가는데도 그 손을, 사랑하는 그 손을 잡아 주지 못했다.

죄책감이 그녀를 괴롭혔다. 이대로 그를 보낼 수는 없었다.

〰〰〰

머리가 맑았다. 이렇게 맑은 건 처음이었다. 아니다, 그건 맑은 게 아니었다. 그런 표현은 잘못되었다. 탁하고 어두웠다. 너무 어 두워서 오히려 텅 비어 갔다. 텅텅 비어 갔다.

우진이 다시 시작하자 그렇게도 애원했다. 그러나 그의 말처럼 다시 시작할 수 있는 순간은 바로 이 순간밖에는 없었다. 서른 살 에 죽겠다고 했던 제 말도 떠올랐다. 어둡고 텅 빈 머릿속에 떠오 르는 생각은 단지 그런 것밖에는 없었다.

심덕은 무언가 결심한 사람처럼 서둘러 객실로 들어갔다. 침착 해야 한다, 침착해야 해⋯⋯.

어머니께 드리기 위해 갖고 있던 현금 140원을 자신의 가방 안 에 넣었고, 우진의 웃옷에서 나온 20원과 금시계는 그의 가방에 밀어 넣었다. 그런데 가방 한쪽에 웬 편지 조각 하나가 구겨져 있 었다.

얼른 그것을 읽어 보았다. 그건 아내에게 쓴 편지였다.

보시오. 나는 먼저 어머니 계신 곳으로 가겠소. 집을 나올 때 아 무 말 없이 온 것을 용서해 주시오. 다른 말은 하지 않겠습니다. 다만 원하기는 몸 건강하여 두 아이를 위해 좋은 어머니가 되어 주어요. 당신과 같이 있는 동안 여러 가지 불안케 한 일은 조금도

생각지 말고 잊어 주시기를 빕니다.[39)]

그것은 유서였다.

언제 이런 걸 썼을까. 어젯밤, 차갑게 식어 가던 심덕의 등을 보며 몰래 일어나 썼을까. 아니면 집에서 나올 때부터 이미 지니고 있던 것일까. 사진관 집에서 작품까지 완성했다는 그의 말을 생각하면 문학만으로도 충분히 삶의 의지가 생긴 사람이었는데⋯⋯.

그러나 지금은 그걸 언제 썼는지 시시콜콜 따질 겨를이 없다. 미련한 사랑은 원래 그런 것이니까. 아무리 똑바로 걸어가려 해도 여기저기 걸리는 게 많아 두리번거리기 마련이니까. 이해할 수 있다, 무조건 이해할 수 있다.

심덕은 우진의 가방 깊숙이 그 편지를 도로 넣고는 쪽지 한 장을 두 사람의 짐에 붙였다.

"여기 이 짐들을 각자의 집으로 보내 주시오. 목포부 북교동 김수산. 경성부 서대문정 윤수선."

서둘러 객실 밖으로 나왔다. 우진을 품에 안은 채 멀어져 가는 물살을 바라보았다. 지금쯤 그의 영혼은 어디로 가고 있을까.

'아직 이 바다에 머물고 있다면, 그를 홀로 두어서는 안 된다. 그 한없이 외로운 손을 어서 잡아 줘야 한다. 그가 무사히 고향에 닿도록 말동무가 되어 줘야 한다. 여기에서 일단 멈추고, 다시

태어나 새롭게 시작하자고 그에게 매달리자…….'

심덕의 가슴으로, 바닷바람이 새처럼 푸드득거리며 들어섰다. 우진이 없는 빈 공간에 서 있자니 그녀의 가슴이 그렇게도 시리고 공허할 수 없었다. 폐와 내장까지 남김없이 뚫려 갔다. 김우진, 그 사람 없이는 살아도 살아 있는 게 아님을 또 한 번 느끼면서 심덕의 몸은 바짝 마른 나뭇잎처럼 힘없이 부서져 갔다.

만일 그가 오카하루 여관으로 찾아오지 않았다면, 〈사의 찬미〉만 끝없이 웅얼거리며 어디로 가야 할까, 어디로 가야 편안해질까, 매일 밤 그 길을 생각했을 것이다. 그러나 홀로 죽음을 찬미하는 것만큼 두렵고 떨리는 일은 없었다.

그런데 지금 그의 말대로 우리가 함께할 순간이 찾아왔다. 심덕은 그가 누워 있는 바다로 서서히 몸을 옮겼다. 그를 자식들이 있는 고향에 바래다줘야 할 것 같던 예감은 적중했다. 이제 그녀는 혼자가 아니었다. 아주 당분간만이라도 저 푸른 바다를 이불 삼아 두 몸을 뉘일 수 있다는 것이 심덕의 마음을 설레게 했다.

새벽 네 시쯤, 배가 쓰시마 섬을 지나가던 중이었다. 모두가 잠든 밤이었다. 밤길을 걷듯 두렵기만 했던 그들의 사랑이 마침내 영원으로 넘어섰다.

다음 생애에는 부부로 환생키를 바라면서.

종로에서 술 한 잔

훗날 총독부까지 증인 물색에 나섰지만 '그 배에 탄 이들 중 아무도 그 일을 본 이가 없었다'는 결론이 났습니다. 그러나 사건 직후 언론들은 마치 직접 눈으로 목격한 것처럼 생생하게 이 사건을 써 내려갔지요. 그간 언론이 얼마나 심각하게 당신을 왜곡해 왔는지 한눈에 볼 수 있는 일이었습니다.

지난 3일 밤 11시에 시모노세키를 떠나 부산으로 항해하던 관부연락선 도쿠주마루가 4일 오전 4시경 쓰시마섬 옆을 지날 즈음, 양장을 한 여자 한 명과 중년 신사 한 명이 서로 껴안고 갑판에서 돌연히 바다에 몸을 던져 자살했는데, 즉시 배를 멈추고 부근을

수색했으나 종적을 찾지 못했다.[40]

아무튼…….

그런데…….

왜 그랬나요? 눈 감으면 들려오는 그 노래, 그 당당하던 얼굴을 어찌 잊으라 그랬던가요. 몇 년이 흘렀지만 이곳은 아직도 그 일에 대한 충격에서 벗어나지 못하고 있습니다.

두 사람의 죽음 직후, 조선과 일본 언론은 '현해탄의 정사(情死)'라 대서특필했고, 윤심덕의 〈사의 찬미〉는 모든 이들에게 충격을 주며 어마어마한 레코드 수익을 올리게 되었어요.

그제야 언론은 윤심덕을 다시 만인의 연인으로 떠받들기 시작했습니다. 살아생전, 그렇게 물어뜯고 못살게 굴더니 언제 그랬느냐는 듯 얼굴을 바꾸었답니다. 두 사람의 희생으로 조선의 예술이 꽃피고 있다고도 했고, 불모지에서 조선 가곡을 작곡해 온 홍난파, 채동선, 박태준, 현제명 등에게도 큰 관심을 보이기 시작했습니다.

세상은 원래 그런 것인가 봅니다.

사실, 누군가가 그대들 두 사람이 이탈리아로 도피해 악기점을 하며 생존해 있음을 목격했다 하여 또 한바탕 난리가 나기도 했지요.[41] 자살이라는 것으로 세상의 이목을 집중시켜, 레코드 수익을 올리고 축음기도 많이 팔아먹으려 거짓을 꾸몄다는 겁니다.

총독부에서 이탈리아 대사관에 확인한 결과, 그곳에는 한국인이나 일본인은 한 명도 살고 있지 않는다는 답변이 왔더랍니다.

여기에 홍난파를 비롯한 채동선 등의 작곡가들과 윤성덕·윤기성 남매는 기자들의 질문에 변함없이 같은 말을 되풀이했습니다. 두 사람은 성격상, 그런 속임수를 쓰지 못하는 사람들이라고. 아무리 아버지와 뜻이 안 맞는다 해도 그 아버지의 가슴에 못을 박지 못할 사람이 김수산이고, 병든 어머니와 언니 동생들을 나 몰라라 할 그 어떤 이유도 없는 사람이 윤수선이라 했습니다. 둘만의 사랑을 위해서 평생을 그렇게 숨어 살 만한 이기적인 사람들이 아니라고요.

그 후, 닛토 회사는 또 한 번 의심을 받습니다. 수익금을 독식하려는 목적으로 그날 밤 그 배에서 두 사람을 살해했다는 것이죠. 그 이야기도 오랫동안 떠돌았습니다. '그럴 듯하다'에서 맞다, 아니다, 설마, 혹시……, 날이 갈수록 강하고 자극적인 억지와 추측이 더욱더 널리 퍼져 나갔습니다.

두 사람의 정사 덕분에 엉뚱한 회사가 돈방석에 앉았으니 다들 죽도록 배가 아팠겠지요. 모두들 이러쿵저러쿵 입방아를 찧으며, 추측 가능한 모든 이야기를 만들어 갔던 것입니다. 그렇게 가기에는 너무도 아까운 천재들이었으니 그럴 만도 하지요.

나는 이제부터 당신이 혹 궁금해할지 모를 홍난파 가문에 대해, 특히 홍옥임에 대한 이야기를 하려 합니다. 당신이 그토록 애지중지했던 홍옥임의 이야기를 말입니다.

우리 학생들에게는 난파의 조카이자 수선의 사랑을 독차지하고 있던 또래의 옥임 역시 늘 호기심의 대상이었어요. 예사롭지 않은 옥임의 피아노 실력도 널리 퍼져 갔지요.

그런데 당신의 죽음 이후, 옥임은 대부분을 길거리에서 보냈어요. 피아노도 멀리하고 옛날처럼 하루에도 몇 번씩 옷을 갈아입는 일에만 몰두했던 옥임은 당신이 유행시켰던 머리띠와 화려한 꽃무늬 스커트를 즐겨 입은 채 무작정 거리를 걸었습니다.

화려해도 너무 화려한 옷과 진하디 진한 화장에 어른들의 눈초리는 싸늘하기만 했습니다.

홍 씨네 가족들은 옥임에게 윤심덕의 혼이 썬 것이 분명하다며 몇 번이나 굿판을 벌이기도 했다네요. 아무 데도 의지할 곳이 없어서 방황했던 아이였거늘, 그 굿판은 옥임에게 또 얼마나 무서운 장면들이었을까요.

§§§

또래 아이들은 이런 옥임에 대해 괴이한 소문을 만들어 갔다.

"옥임이가 그러는데, 며칠 전 삼촌하고 밤중에 종로에서 명동까지 손을 잡고 걸었대. 삼촌의 손이 그렇게도 뜨거웠다나?"

"홍난파 씨가 왔다구? 무슨 소리야? 홍 선생은 1925년 가을 YMCA에서 독주회를 하러 한 번 왔고 1926년 5월 배우자 상(喪)을 당해 또 한 번, 그런데 얼마 후 윤심덕의 죽음으로 또……."

독주회는 1925년 10월부터 12월까지 4회나 열렸고 난파의 존재를 널리 알리며 성공적으로 끝났다. 배우자의 죽음 같은 사생활에 이르기까지 아이들은 홍난파의 귀국 일정에 대해서만큼은 연월일까지 시시콜콜 다 외우고 다녔다.

아내 상을 당한 그해에 윤심덕과 김우진에게 그런 일이 생겼으니 난파의 비극적 조선행은 연달아 이어졌다. 몇 달 사이에 사랑하는 사람들을 셋이나 잃은 그의 슬픔은 모르는 사람이 없을 정도였다. 그 후 도쿄신교향악단의 제1바이올린 연주자가 되었기에 도저히 짬을 낼 수 없었는지 귀국 소식은 들리지 않았다.

"근데 옥임이하고 언제 만나 그런 일을 벌여? 너 그거 어디서 들은 거야?"

"내 친구가 들었대. 옥임이 친구의 친구한테."

"지금 너, 네 희망사항을 얘기하는 거지?"

옥임은 제 삼촌을 이성 관계로 엮어도 별로 죄스럽지 않은 대상이었다. 수다를 떨 때, 그만한 재밋거리도 없었다. 하지만 거기에는 늘 옥임에 대한 동경도 함께 자리했다. 그 시대에, 여자가 피아노의 천재라는 건 처음 듣는 이야기였기 때문이다.

"걔는 그래도 돼. 우리하고는 달라."

"맞아, 나도 내 맘대로 살고 싶은데 그럴 수가 없으니."

그러나 옥임이 비 맞은 참새처럼 살고 있다는 건 아무도 몰랐다.

아버지가 결국 한 여자에게 깊이 빠져 버린 것이다. 그녀는 김 화동(金花童)이란 여자였다. 자줏빛 재킷을 입고 늘 바이올린 케이스를 들고 다닌다 했다. 해서 붙여진 별명이 '원동재킷'이었다.[42]

금파의 마음을 사로잡은 건 바로 그, 바이올린이었다. 바이올린을 품에 안고 사는 여자였던 것이다. 이 일은 한참 동안이나 사람들의 입에 오르내렸다. 어머니 김 씨는 아버지가 바람을 폈는데도 제 잘못이라며 고개를 떨궜다. 그리고 참고 사는 조선 여인으로 되돌아가 버렸다. 결국은 그 견고했던 성을 무너뜨리고 옥임에게 피아노를 사 주기까지 했다.

"옥임아, 이제 네 맘껏 치고 살아. 딸이라 무시했던 건 아니야. 미안해, 미안해."

하지만 옥임은 한 번도 피아노 뚜껑을 열지 않았다. 건반에 손을 대는 순간, 어머니는 시들어 가는 꽃이 되어 영영 일어나지 못할 것 같았다. 그건 부모가 헤어지는 일보다 더 무서운 일이었다.

1929년 홍난파가 귀국하자, 조카와의 헛된 소문을 일축해 버리고 동생의 인생을 탄탄대로로 만들어 주기 위해 홍석후는 서둘러 옥임의 약혼자를 물색했다. 그렇게 하여 고른 남자는 그의 제자로, '류 씨'라 불리던 의대생이었다. 옥임은 늘 그를 의심의 눈초

리로 바라보았다. 자신에게 적다면 적고 크다면 큰, 정신적 아픔
이 있다는 걸 알면서도 이 남자는 왜 이 혼인을 택했을까. 혹 아
버지의 부와 명성이 탐났던 건 아닐까.

'처음부터 나는 누구에게든 별로 중요치 않은 존재였어. 나는
아무렇게나 살아도 되는 사람이야. 부모님 속 그만 썩이고 그냥
결혼해 버리자.'

얼마 후 그에게 감춰 둔 여자가 있다는 것을 알게 되었을 때, 옥
임은 '나도 너를 사랑하지 않았다'고 가슴으로만 외쳤다. 역시나
약혼자는 결혼을 계속 미루면서도 홍석후에게 얻어 낼 수 있는
것은 다 얻어 냈다. 별꼴을 다 보면서까지 헤어질 수 없었던 건 다
시 정신병이 도졌다고 상심할 부모님 때문이었다.

1931년, 스물두 살이 된 옥임은 겨우 여학교를 졸업하고 이화
여전 작곡과에 입학했다. 여기에 홍 박사의 재력이 크게 작용했
으리라는 소문도 파다했다.

내친김에 홍석후는 옥임의 입학 축하연까지 성대하게 열어 주
었다. 그날, 미리 아버지가 준비해 둔 외제 그랜드피아노를 치며
옥임은 참석한 하객들에게 고마움을 표시했다. 한 곡이 끝나자
초대를 받았던 몇몇 사람들이 크게 박수를 쳤다. 그러나 다른 곡
이 시작되자 다들 먹고 마시는 일에 전념하기 시작했다. 그때, 옥
임의 약혼자는 계속 하품을 하며 시계를 보았고 풍성하게 차려
진 음식 앞에서 사람들은 분별력을 잃어 갔다. 다음 곡이 끝나자

이제 사람들의 박수 소리에는 공허만이 담긴 채로 표정까지 시들해져 갔다. 그런데 그녀를 절망에 빠뜨린 건 조금 늦게 도착한 홍난파였다. 옥임에게 다가온 삼촌은 조카의 어깨를 두드려 주었다.

"결국 해냈구나. 장하다, 우리 옥임. 근데 이걸 어쩌지? 네가 학교 생활 하는 걸 옆에서 지켜보고 싶은데 나도 미국 셔우드음악학교에 가게 됐으니. 삼촌도 아직 공부가 부족해서 말이야……."

잠시 옥임의 눈빛이 허공에서 머물렀다. 삼촌의 팔을 잡고 있던 옥임의 손이 그만 건반 위로 툭 떨어졌다. 쾅, 소리가 났다. 이럴 땐 무엇을 해야 하나.

그때, 갑자기 옥임의 손가락이 미친 듯이 움직였다.

다시는 오지 못할 거라 생각했던 그날의 홍옥임이, 건반 위로 되돌아오고 있었다. 아버지도 어머니도, 약혼자도 삼촌도 없는 사람이 되어 갔다. 오로지 혼자만의 내면에 파란을 일으키고 살던 그녀가, 말도 하지 못하고 자기 안에 갇혀 있던 그날들이, 새벽을 달리는 첫 기차처럼 우렁차게 모두에게로 달려들었다.

피아노 소리가 얼마나 요란했는지 그제야 사람들은 그녀를 쳐다보았다. 하지만 그 소리가 너무 시끄러워 얼굴을 찌푸리며 귀를 막았다. 곧 사람들의 잡담이 시작되었고 잔을 부딪치며 웃고 떠들었다. 그 소리는 점점 더 커져 피아노와 함께 아수라장이 돼 버렸다. 옥임은 모두에게 버림을 받고 있었다. 음악을 모르는 사람들과 함께 삶을 다시 시작해야 한다 생각하니 눈앞이 캄캄했다.

어머니만이 홀로 딸의 놀라운 피아노 솜씨를 확인하며 오열했다. 이 정도였나, 이런 아이였나. 그런데 내가 왜……. 그 시간 홍난파는 아이를 외면하며 천천히 발길을 돌렸고 시계만 보던 약혼자는 견디지 못하고 그만 나가 버렸다.

비로소 어머니를 이해하기 시작했다. 여자로 살아온 이 땅의 모든 어머니들을 다 이해하기 시작했다. 어머니가 그토록 뜯어말렸던 건 소음이 싫어서가 아니라 이런 사람들이 싫어서였던 것이다. 저 무지하고 싸늘한 눈초리들……. 그때, 윤심덕의 뒷모습에서 느꼈던 그 깊은 바다색의 허무가 옥임을 덮쳤다.

§§§

뉘라서 저 바다를 밑이 없다 하시는고
백천 길 바다라도 닿이는 곳 있으리만
임 그린 이 마음이야 그릴수록 깊으이다
하늘이 땅에 이었다 끝 있는 양 알지 마오……

—이은상 시, 홍난파 곡, 〈그리움〉

그대들의 죽음이 하도 안타까워 홍난파는 이 노래를 만들었습니다. 그런데 뜻밖에 이 노래를 옥임에게까지 들려줘야 할 일이 일어났습니다.

한창 꽃피는 스물두 살의 옥임이가 이화여전 작곡과에 입학한 지 한 달이 되던 어느 날이었어요. 그날은 결혼 날짜가 잡힌 날이기도 했지요.

놀라지 말아요. 홍옥임이 죽었습니다!

옥임이는 하나뿐인 친구 김용주 양과 영등포역으로 들어오는 열차에 투신하고야 말았습니다.

김용주는 시집살이가 그리도 고되었다 합니다. 학교도 그만두고 부엌에서만 맴돌아야 했던 제 처지를 자주 비관해 왔다지요. 그런데도 남편 된 자는 아내의 마음을 알아주지 못하고 눈물이 많다, 답답하다 하며 그렇게 자주 때리고 짓밟았다네요.

명문가 출신 두 여성의 죽음을 두고 《동아일보》는 이런 천하의 망측한 기사를 써 내려갔습니다. 역시 기자들은 상대하기도 싫은 작자들입니다

4월 8일 오후 서울 영등포역. 젊은 여성 두 명이 철로 위를 걷고 있었다. 그들은 몹시 정다워 보였다. 역 직원이 위험하다 외치자 그들은 잠시 철로에서 피하는 듯했으나 그로부터 30분 후 기차가 영등포역을 향해 달려왔고 이들은 다시 나타나 기차에 몸을 던졌

다. 두 사람은 서로 떨어져 살 수 없던 '동성의 애인'이었다. 홍옥임 은 평소 김용주의 불행한 결혼 생활을 동정해 왔다. 가족들은 생 전에 서로 지극히 사랑하던 그 정의를 생각하여 한 묶음으로 함 께 화장하기로 결정했다.[43]

그러니까 이루어질 수 없는 동성의 사랑을 끝내기 위해 죽었 다는 거예요. 사실 홍씨네 가족들은 옥임이 용주와 정말 친했는 지, 용주를 얼마나 자주 만났는지, 그런 데에는 깜깜무소식이었 다고 했습니다. 그런데도 그 후에도 이 신문 저 신문 할 것 없이 이를 '조선 최초의 동성애 사건'으로 방점 찍고 사람들의 흥미를 유도했어요.

그런데 철로에는 낡디 낡은 목도리 하나가 바람에 휘날렸다는 군요. 혹, 그 다 해진 목도리가 왜 그곳에 휘날리고 있었는지는 생 각지 못했을까요? 혹은 앞이 안 보이는 조선 여자로 사는 것이 싫어, 죽음만은 내가 결정하려 그랬을지 모른다는 생각은 없었을 까요? 그런 기상천외의 기사에 어째서 사람들은 아무런 의구심 도, 질문도, 분노도 없이 단번에 수긍해 버렸는지 모르겠습니다. 그 유명한 홍씨 가문의 천재 피아니스트 홍옥임이 그냥 그렇게 동성애자로 낙인찍혀 버려야 했는데도 말입니다.

그 일은 모두에게 윤심덕의 죽음만큼이나 받아들이기 힘든 일 이었습니다.

술 한 잔을 마시면 윤심덕이라는 여자가 부디 너희들만은 편안하게 잘 살아 달라고 부탁하는 듯합니다. 그러다가 안주도 없이 한 병을 다 털어 넣으면 아직도 너희는 잘 살아 내지 못한다며 눈물 짓고 있음이 느껴집니다. 생과 사의 의미는 무엇이고 시와 노래는 무엇인지 그곳에서조차 목이 타고 숨이 막힐 게 뻔합니다.

모두 그렇게 윤심덕을 잊어 갈 무렵, 조선에 처음 핀 꽃을 흠모하던 학생들은 점차 어른으로 성장했습니다. 동시대를 살았던 그대는 곧 우리들이었습니다. 그중에서 매일 종로통을 오가던 소년 하나는 마침내 시인이 되었지요.

시인이 된 나는 호를 '이상(李箱)'이라 정했어요. 오얏나무 상자를 뜻하는 '이상'은 향기가 오래가는 선물용 상자랍니다. 화필을 넣어 두면 은은한 향이 오래오래 배어나지요. 나는 그렇게 오래도록 사람들의 기억에 남는 시인이고자 했습니다.

오늘도 나는 종로에서 미친 듯이 술병을 쳐들며 그대 윤심덕에게 외칩니다. 당신이 살아 있던 그날들은 이 삶에 날개를 단 듯 행복했다고요. 천재 성악가 윤심덕, 그대가 있어 정말 고마웠다고요.

박제가 되어 버린 천재를 아시오?

나는 유쾌하오.

이런 때 연애까지가 유쾌하오.

우리 사회의 남과 여가, 서로 사랑하고 보듬어 줘도 모자랄 인류의 단 두 종이 '남혐(남성 혐오)'과 '여혐(여성 혐오)'으로 혼란을 겪고 있다. 이 두 종이 함께 잘 살게 될 방법은 정말 없는 것일까.

특히 최근의 미투(#MeToo)에는 함께 보듬고 잘 살기 위해 과감히 넘어야 할 장벽이라는 사람들과, 이로 인해 남과 여의 간극이 더 커지고 있다며 불편해하는 사람들이 맞서고 있다.

이런 틈바구니에서 세기의 사랑이라 평가받는 윤심덕과 김우진의 사랑 이야기를 조심스레 꺼내 본다.

그건, 조선의 뛰어난 성악가 윤심덕이 단지 여자라는 이유만으로 이런저런 추행과 비난을 겪고도, 천재 문학청년 김우진에게만 마음을 주었던 그 사랑이다. 그리고 그건, 조선의 풍습에 따라 가문이 고른 여인과 조혼하여 사랑이 뭔지 아내가 뭔지 몰랐던 유부남 김우진의 사랑이다. 그는 그 많은 유학생들 틈에서도, 하필 그렇게도 유명한 윤심덕을 만나 첫사랑의 감정을 알게 되었다. 하지만 그 사랑은 아무리 험곡을 넘어도 자갈길, 오르막길, 가시밭길만 있었을 뿐 더 이상의 행복과 환희를 얻을 수 없었다.

예술의 길을 걷던 남과 여. 그토록 말이 잘 통하고 느낌이 잘 통했던 윤심덕과 김우진은 뒤늦게 만났다는 것만으로 이미 불행했다. 지금의 잣대와는 달리 그 시절에는 첩을 두는 것이 흔한 일이었음에도 그렇게는 살기 싫었던 두 사람의 미련한 사랑은 과연 무엇이었을까.

이 소설은 천재적인 예술가였지만 미련한 사랑으로 서른 살에 생을 마감해야 했던 연인들의 이야기다. 또한 그들은 홍난파의 〈봉선화〉를 몹시도 사랑했다. 네 모양이 처량하다던 봉선화. 그러나 그 시대의 사람들 중 봉선화 아닌 사람이 어디 있을까.

윤심덕과 김우진뿐 아니라, 서자로 태어나 가문을 일으키겠다고 그 한 몸 부서져라 일을 했으면서도 아들을 가슴에 묻었던 김우진의 아버지, 난데없이 사랑을 빼앗겼던 김우진의 아내 정점효, 그리고 남겨진 자식들까지도 모두 그 시대의 봉선화가 아니었을까.

김우진의 집안에서 가장 큰 충격을 받은 사람은 당연히 그의 아내 정점효와 부친 김성규였을 것이다. 1931년 8월, 부친 김성규

는 전남 무안의 마계산 정상에 아들의 가묘를 만들어 놓고 이 같
은 묘비를 썼다.

어려서부터 맑고 명랑하고 총명하고 지혜로웠으며 해맑은 눈빛
에 어질고 효성스러우며 고결한 성품을 지녔다. 나이 겨우 열 살
되었는데 이미 열심히 공부하여 학문이 매우 돈독해졌으며, 19세
에 바다 건너 유학 하러 가서 일본의 구마모토 농업학교와 도쿄
의 와세다 대학 문과에서 우등생으로 학사학위를 취득하였으니
세상에서 말하는 세계의 대학을 다닌 자였다.

을축년에 귀가하여 10여 년 쌓인 신경쇠약으로 마침내 병인년
6월 26일 해시(亥時)에 죽었다.

(중략)

본래 자식이 먼저 죽는 법은 없지만 하늘이 그 아비가 부도덕한
데도 누리는 것이 지나친 것을 미워하여 벌을 내려 이 늙은이에게
아픈 독을 끼치게 되었다.

그 아비가 귀신에게 울부짖지만 끝내 죄 값을 치를 수 없어 마
침내 신미년 8월 초하루 묘시에 이 묘구덩이에 의관을 묻고 그의
처 정씨의 장지마저 만들어 피눈물을 닦으며 이를 기록하여 장손
에게 준다.

영화 〈사의 찬미〉로 많이 알려진 사연이지만 소설로는 한 번도

그려진 적 없는 이야기. 근대 여명기의 여성을 한 사람쯤은 소개하고 싶었던 때, 이 가슴에 다가온 사람은 바로 비운의 윤심덕이었고 그녀의 그림자로 살아야 했던 김우진이었다.

남아 있는 가족들에게 상처가 될 수 있는 '불륜의 사랑'이기에 글쓰기는 그 버거움을 이기지 못하고 매양 겉돌았다. 그러나 지금을 살고 있는 우리들에게 그들이 주는 메시지는 과연 무엇일까만 생각키로 했다. 그렇게 4년이라는 집필의 시간이 흘렀다.

사랑에 대해서만은, 꽉 막힌 그 시절보다 더 험악해지거나 제자리걸음을 하고 있는 이 시대의 남과 여가 아닌가. 여전한 가부장제와 끊임없이 재생산되는 갈등으로 이 좋은 세월을 다 갉아먹고 있지 않은가.

이런 우리를 비통하게 바라보고 있을 윤심덕과 김우진의 눈동자가 여전히 아프게 느껴진다.

한소진

1) 동아부인상회는 1920년 조선 기혼여성들의 순수 민간 자본으로 이루어진 협동조합이다. '여자는 가사에 집중한다'는 유교적 사고방식을 깨고 여성들이 주축이 돼 진행한 최초의 근대적 사업으로 당시 많은 관심을 받았다.

2) 이 노래는 1940년 김천애가 불러 비로소 국민의 사랑을 받기 시작한다.

3) 엔카의 전신이라 일컫지만 음악계에서는 '요나누키(よなぬき)'는 동양의 5음계적 선율과 서양식 단조 음계 선율을 조화시켜 화성에 적용했다고 분석하고 있다. 초창기 조선의 가곡에도 많이 쓰였다.

4) 「유학 가는 여학생」,《매일신보》, 1915년, 4월 27일자.

5) 우에노공원 근처에 있다 하여 '우에노음악학교'로도 불렸다.

6) 「아버지께」라는 이 시는 김우진의 유작으로 남아 있다. 본문에 인용한 대목은 그 시 중 3·5연이다.

7) 무안감리는 목포항 개항과 함께 외교 및 통상 사무를 위해 설치된 감리서의 책임자. 무안감리서는 현재 신안군청 자리에 있었다.

8) 경학원은 유교 교육 기관으로, 일제에 순응하며 조선의 자존심을 잃어가던 중이었다.

9) 홍난파의 맏딸 홍숙임(1918~1984)은 이화여전을 졸업하고 피아니스트로 활동했으며 슬하에 1남 2녀를 두었다.

10) 니혼 대학 문과에 다니던 박 모 군은 윤심덕에게 반해 구애를 했지만 그녀가 늘 냉정하게 뿌리쳤다 한다. 후일 그는 실연의 충격으로 정신이상이 생겨 학업을 중도에 포기하고 귀국해 몇 년 동안 총독부병원 8호실에서 입원 치료를 받았다는 소문도 있다.

11) 이곳은 예로부터 정계 거물들이 자주 찾는 요정들이 밀집해 있으며 지

금도 유명하다. 도쿄음대 가까운 곳에 자리하고 있다.

12) 이 노래는 윤심덕이 1926년 〈사의 찬미〉를 취입할 당시 〈시든 방초〉로 번안한 엔카다. 같은 레코드판에 담겨 있다.

13) 당시 전차는 1898년, 처음으로 청량리에서 서대문 간 운행을 시작했다.

14) 나혜석, 「1년 만에 본 경성의 잡감」, 《개벽》, 1923년 7월호, 87쪽.

15) 당시 쌀 한 가마는 5원이었으니 천 원은 지금의 화폐 단위로 1억 원 정도로 볼 수 있다.

16) 당시 경성에서 바이올린을 켤 줄 아는 사람은 열 명 남짓했는데 홍석후의 아들 재유와 은유는 홍난파의 크고 작은 공연에서 늘 함께 연주를 하고는 했다.

17) 채동선은 영문학을 전공했음에도 훗날, 천재적인 작곡가로 명성을 날리게 된다. 그는 주옥같은 가곡을 작곡하여 홍난파와 함께 국민들의 사랑을 받았다. 〈3·1절 노래〉, 〈개천절의 노래〉 등도 작곡했다.

18) 《개벽》, 1924년 8월호.

19) 일제는 1910년에 《황성신문》과 《대한매일신보》는 폐간했지만 조선에 거주했던 일본인들을 위해 《매일신보》는 일제 통치를 선전하는 도구로 사용했다. 1920년 창간한 《조선일보》도 마찬가지였다.

20) 녹안경, 「윤심덕 씨」, 《신여성》 제2호, 1923년 11월호, 34쪽.

21) 이 노래는 후에 개사가 되었지만 소프라노 조수미가 원가사로 취입해 지금까지도 애잔한 감동을 주고 있다.

22) 《조선일보》, 1924년 12월 16일자.

23) 홍옥임 시, 홍난파 곡, 〈콩칠팔 새삼륙〉, "콩도 일곱 갠지 여덟 갠지 대충대충, 삼 더하기 사도 육이라고 한다"는 뜻이다.

24) 윤기성은 도쿄음악학교와 미국 오하이오 대학교 성악과에서 바리톤을

공부한 후, 해방 직후 미군정 체신부에서 근무했다. 1950년 6·25 발발 시 중앙청에서 차를 타고 나오는 길에 인민군의 총에 즉사했다.

25) 이 회사는 이후 1928년 '일본 콜럼비아'로 개칭되었다.

26) 《개벽》, 1925년 2월호.

27) 덕흥서림은 당시 종로 2정목(현재 종로2가) 20번지에 자리를 잡은 대형 서점이었다.

28) 홍석후의 셋째 아들 성유는 동경 고등음악학원, 동경제국음악학교를 졸업하고 중앙보육학교 음악과에서 활동하다가 28세에 요절한 천재적인 바이올리니스트였다. 홍난파, 이영세(도쿄음대 후배) 등과 난파트리오를 결성하기도 했다.

29) 이성아, 「비운의 선구자, 윤식덕과 김우진(2)」, 한국방송통신대학교, 다음카페에서 인용. 이성아는 "이용문은 요즘처럼 특별한 장학재단 같은 것을 만든 것은 아니지만 유망한 젊은이들에게 해외 유학자금을 지원해 주고 있던 비교적 훌륭한 독지가였음이 후에 밝혀졌다. (중략) 시대의 희생자이며 가정의 희생물이었던 그녀의 스캔들에 대하여 세평은 너무도 부정적으로 굴절되고 확대되어 갔다"고 주장하고 있다.

30) 《동아일보》, 1925년 8월 5~7일자.

31) 윤심덕의 언니 심성은 1915년 이화학당 대학과를 졸업하고 3년 동안 모교에서 교편을 잡았다. 유관순의 스승이기도 했는데 안동으로 시집을 간 후 줄곧 경제적인 고통에 시달렸다 한다. 당시 이화학당은 주로 고아나 가난하고 불우한 여자아이들만을 선별해 입학시켰다.

32) 1905년생이었던 이경손은 〈개척자〉, 〈장한몽〉, 〈봉황의 면류관〉, 〈춘희〉, 〈숙영낭자전〉 등을 연출한 감독이자 작가이고 배우이다. 한국 영화 초창기의 선구자적인 영화인으로 평가된다.

33) 〈동도(東道)〉는 미국의 여성 작가인 로티 블레어 파커의 희곡이다.

34) 《동아일보》, 1926년 2월 26일자.

35) 윤심덕의 마지막 앨범은 연극 관계자 이기세의 주선으로 성사되었다.

36) 윤성덕은 미국 노스웨스턴 대학에서 성악을 전공하고 귀국하여 1932~1937년 이화여전 교수로 재직했다. 피아니스트로도 활동하다 미국에 귀화하여 1970년에 작고했다.

37) 김우진의 희곡은 「이영녀」, 「찬란한 문」, 「난파」, 「산돼지」 등이 유작으로 남아 있다.

38) 조명희와 홍해성은 훗날 그것이 김우진과 마지막이었음을 모두에게 전한다. 특히 조명희는 이즈음 건네받은 「산돼지」를 《조선지광》에 넘겨주어 1926년, 3회에 걸쳐 연재하게 하였고, 이는 김우진의 첫 발표작이자 유고작이 되었다.

39) 이 유서는 배 안의 유품에서 나온 것이며 사후 가족들에게 인계되었다. 당시에는 공개되지 않았지만 훗날 가족들에 의해 공개되었다. 여기에는 딸과 아들의 이름까지 적혀 있다.

40) 「현해탄 격랑 중에 청춘남녀의 정사」, 《동아일보》, 1926년 8월 5일자.

41) 후쿠오카의 한 신문사 사장이 로마에서 한 쌍의 부부가 악기점을 경영하며 살고 있더라고 쓴 기행문이 동기가 됐다.

42) 김화동은 1921년, 음악에 대한 꿈을 부잣집 유부남이 이루어 줄 거라 믿고 불륜을 저지른 것으로 언론에 오르내린 여성이다. '원동자켓'이란 별명은 현재 인사동이 된 원동, 이문동, 향정동, 수전동, 승동 중 원동(苑洞)에서 따온 것이다.

43) 《동아일보》, 1931년 4월 10일자.

사의 찬미

초판 1쇄 2018년 6월 30일
초판 2쇄 2018년 12월 30일

지은이 | 한소진
펴낸이 | 송영석

주간 | 이진숙 · 이혜진
기획편집 | 박신애 · 정다움 · 김단비 · 심슬기
외서기획 | 박지영
디자인 | 박윤정 · 김현철
마케팅 | 이종우 · 김유종 · 한승민
관리 | 송우석 · 황규성 · 전지연 · 채경민

펴낸곳 | (株)해냄출판사
등록번호 | 제10-229호
등록일자 | 1988년 5월 11일(설립일자 | 1983년 6월 24일)

04042 서울시 마포구 잔다리로 30 해냄빌딩 5 · 6층
대표전화 | 326-1600 **팩스** | 326-1624
홈페이지 | www.hainaim.com

ISBN 978-89-6574-657-7

파본은 본사나 구입하신 서점에서 교환하여 드립니다.

이 도서의 국립중앙도서관 출판예정도서목록(CIP)은 서지정보유통지원시스템 홈페이지(http://seoji.nl.go.kr)와
국가자료공동목록시스템(http://www.nl.go.kr/kolisnet)에서 이용하실 수 있습니다.(CIP제어번호:CIP2018015854)